# 日檢 **N3**
# 應考對策

# 本書詞性對照表

| | 本書標記方式 | 其他教材標記方式 | 例 |
|---|---|---|---|
| 動詞（V） | V 字典形 | V 辭書形、V 終止形、V 連體形 | 読<sup>よ</sup>む |
| | V ます形 | V 連用形 | 読<sup>よ</sup>み |
| | V て形 | V 中止形 | 読んで |
| | V た形 | | 読<sup>よ</sup>んだ |
| | V ない形 | | 読<sup>よ</sup>まない |
| | V ている形 | | 読<sup>よ</sup>んでいる |
| | V ば形 | V 假定形、V 條件形、V 假設形 | 読<sup>よ</sup>めば |
| | V 意向形 | V 意量形、V 意志形 | 読<sup>よ</sup>もう |
| | V 普通形 | | 読<sup>よ</sup>む<br>読<sup>よ</sup>まない<br>読<sup>よ</sup>んだ<br>読<sup>よ</sup>まなかった |
| イ形容詞（A） | A | イ形容詞語幹 | おいし |
| | A い | イ形容詞的字典形 | おいしい |
| | A いく | イ形容詞語幹＋く | おいしく |
| | A 普通形 | イ形容詞的普通形 | おいしい<br>おいしくない<br>おいしかった<br>おいしくなかった |

| ナ形容詞<br>（NA） | NA | ナ形容詞語幹 | 好<sup>す</sup>き |
| | NA である | ナ形容詞語幹＋である | 好きである |
| | NA 普通形 | ナ形容詞的普通形 | 好きだ<br>好きじゃない<br>好きだった<br>好きじゃなかった |
| | NA 的名詞修飾形 | ナ形容詞接名詞的形態 | 好きな<br>好きじゃない<br>好きだった<br>好きじゃなかった |
| 名詞（N） | N | 名詞 | 花<sup>はな</sup> |
| | N の | 名詞＋の | 花の |
| | N（であり） | | 花（花であり） |
| | N 普通形 | 名詞的普通形 | 花だ<br>花じゃない<br>花だった<br>花じゃなかった |
| | N 的名詞修飾形 | 名詞接名詞的形態 | 花の<br>花じゃない<br>花だった<br>花じゃなかった |

# 目次

# ① 言語知識
## （文字・語彙）

考前總整理
題型分析與對策
試題練習與詳解

# 考前總整理｜文字・語彙

## 名詞

| 日文 | 日文唸法 | 重音 | 中文翻譯 | 備註（其他詞性） |
|------|----------|------|----------|------------------|
| 命 | いのち | 1 | 生命 | |
| 餌 | えさ | 2，0 | 飼料，餌 | |
| 型 | かた | 2 | 模型，慣例 | |
| 柄 | がら | 0 | 花樣，身材，人品 | |
| 癖 | くせ | 2 | 習慣，毛病 | |
| 印 | しるし | 0 | 記號 | |
| 訳 | わけ | 1 | 意思，理由 | |
| 相手 | あいて | 3 | 對象，對手，伙伴 | |
| 宛名 | あてな | 0 | 收件人姓名 | |
| 雨戸 | あまど | 2 | 木板套窗，防雨板 | |
| 意見 | いけん | 1 | 意見，見解 | |
| 田舎 | いなか | 0 | 鄉下，鄉村 | |
| 屋上 | おくじょう | 0 | 屋頂 | |
| 画面 | がめん | 1，0 | 畫面 | |
| 給料 | きゅうりょう | 1 | 工資 | |
| 行儀 | ぎょうぎ | 0 | 舉止，禮貌 | |
| 興味 | きょうみ | 1 | 興趣 | |
| 近所 | きんじょ | 1 | 附近，近鄰，近處 | |
| 講義 | こうぎ | 1，3 | 講課，講授 | |
| 広告 | こうこく | 0 | 廣告，宣傳 | |
| 講堂 | こうどう | 0 | 禮堂 | |
| 小銭 | こぜに | 0 | 零錢 | |
| 小鳥 | ことり | 0 | 小鳥 | |
| 祭日 | さいじつ | 0 | 節日 | |
| 残念 | ざんねん | 3 | 遺憾，可惜 | |
| 試合 | しあい | 0 | 比賽 | |
| 下着 | したぎ | 0 | 內衣 | |
| 湿気 | しっけ | 0，2 | 濕氣，潮氣 | |

| 品物 | しなもの | 0 | 物品 |
|---|---|---|---|
| 借金 | しゃっきん | 3 | 借錢 |
| 出身 | しゅっしん | 0 | 出身 |
| 趣味 | しゅみ | 1 | 興趣，愛好 |
| 順番 | じゅんばん | 0 | 順序，輪班 |
| 症状 | しょうじょう | 3，0 | 症狀，病情 |
| 冗談 | じょうだん | 3 | 笑話 |
| 乗馬 | じょうば | 0 | 騎馬 |
| 書類 | しょるい | 0 | 文件，公文 |
| 身長 | しんちょう | 0 | 身高 |
| 税金 | ぜいきん | 0 | 稅金 |
| 正座 | せいざ | 0 | 正坐，端坐 |
| 製品 | せいひん | 0 | 產品，製品 |
| 背中 | せなか | 0 | 背，背脊 |
| 世話 | せわ | 2 | 照顧，幫助 |
| 洗剤 | せんざい | 0 | 洗衣粉，洗滌劑 |
| 先輩 | せんぱい | 0 | 前輩，先進，學長姐 |
| 題名 | だいめい | 0 | 標題，題名 |
| 宅配 | たくはい | 0 | 宅配，送到家 |
| 多忙 | たぼう | 0 | 百忙，繁忙 |
| 暖房 | だんぼう | 0 | 暖氣 |
| 近道 | ちかみち | 2 | 近路，捷徑 |
| 調子 | ちょうし | 0 | 語調，情況，音調 |
| 都合 | つごう | 0 | 情況，方便，安排 |
| 梅雨 | つゆ | 0 | 梅雨 |
| 手袋 | てぶくろ | 2 | 手套 |
| 伝言 | でんごん | 0 | 傳話，留言 |
| 電波 | でんぱ | 1 | 電波 |
| 道具 | どうぐ | 3 | 道具，工具 |
| 途中 | とちゅう | 0 | 中途 |
| 泥棒 | どろぼう | 0 | 小偷 |
| 仲間 | なかま | 3 | 伙伴，同伴 |
| 中身 | なかみ | 2 | 內容 |
| 人気 | にんき | 0 | 人氣，受歡迎，熱門 |
| 寝坊 | ねぼう | 0 | 睡懶覺 |

| 花束 | はなたば | 2，3 | 花束 |
|---|---|---|---|
| 番組 | ばんぐみ | 0，4 | 節目 |
| 被害 | ひがい | 1 | 受害，損害 |
| 表情 | ひょうじょう | 3，0 | 表情，神情 |
| 踏切 | ふみきり | 0 | 平交道 |
| 平和 | へいわ | 2 | 和平 |
| 虫歯 | むしば | 0 | 蛀牙 |
| 名刺 | めいし | 0 | 名片 |
| 目上 | めうえ | 0，3 | 上司，長輩 |
| 免許 | めんきょ | 1 | 執照 |
| 面接 | めんせつ | 0 | 面試 |
| 文句 | もんく | 1 | 牢騷 |
| 家賃 | やちん | 1 | 房租 |
| 用事 | ようじ | 0 | 事情 |
| 冷房 | れいぼう | 0 | 冷氣 |
| 割合 | わりあい | 0 | 比率，比例 |
| 辺り | あたり | 1 | 附近，一帶 |
| 好み | このみ | 1，3 | 愛好，嗜好 |
| 騒ぎ | さわぎ | 1 | 騷動 |
| 釣り | つり | 0 | 釣魚，找錢 |
| 別れ | わかれ | 3 | 離別，分別 |
| 赤ん坊 | あかんぼう | 0 | 嬰兒 |
| 思い出 | おもいで | 0 | 回憶 |
| 押入れ | おしいれ | 0 | 壁櫥 |
| ため息 | ためいき | 3 | 嘆氣 |
| 出迎え | でむかえ | 0 | 迎接 |
| まな板 | まないた | 0，3 | 砧板，切菜板 |
| 真ん中 | まんなか | 0 | 中間，當中 |
| 見舞い | みまい | 0 | 慰問 |
| やる気 | やるき | 0 | 幹勁 |
| 目まい | めまい | 2 | 暈眩，發昏 |
| 看護婦 | かんごふ | 3 | 護士 |
| 出来事 | できごと | 2 | 事件，變故 |
| 当たり前 | あたりまえ | 0 | 理所當然 |
| 売り上げ | うりあげ | 0 | 銷售額 |

| 締め切り | しめきり | 0 | 截止 | |
|---|---|---|---|---|
| 知り合い | しりあい | 0 | 熟人，相識 | |
| 合図 | あいず | 1 | 信號，暗號 | 他：Ⅲ類 |
| 握手 | あくしゅ | 1 | 握手，和解，合作 | 他：Ⅲ類 |
| 暗記 | あんき | 0 | 記住，背起來 | 他：Ⅲ類 |
| 案内 | あんない | 3 | 嚮導，引導，陪同遊覽 | 他：Ⅲ類 |
| 運転 | うんてん | 0 | 駕駛，開動，操作 | 自他：Ⅲ類 |
| 延期 | えんき | 0 | 延期 | 他：Ⅲ類 |
| 遠慮 | えんりょ | 0，1 | 迴避，客氣，謝絕 | 自他：Ⅲ類 |
| 応援 | おうえん | 0 | 加油，援助，支援 | 他：Ⅲ類 |
| 横断 | おうだん | 0 | 橫渡，橫跨 | 自他：Ⅲ類 |
| 解決 | かいけつ | 0 | 解決 | 自他：Ⅲ類 |
| 活躍 | かつやく | 0 | 活躍 | 自：Ⅲ類 |
| 我慢 | がまん | 1 | 忍耐，克制 | 自他：Ⅲ類 |
| 観光 | かんこう | 0 | 觀光，遊覽 | 他：Ⅲ類 |
| 感心 | かんしん | 0 | 贊同，佩服 | 自：Ⅲ類 |
| 看病 | かんびょう | 1 | 看護，護理 | 他：Ⅲ類 |
| 帰国 | きこく | 0 | 回國，歸國 | 自：Ⅲ類 |
| 帰宅 | きたく | 0 | 回家 | 自：Ⅲ類 |
| 競争 | きょうそう | 0 | 競賽，競爭 | 自他：Ⅲ類 |
| 協力 | きょうりょく | 0 | 共同努力，合作 | 自：Ⅲ類 |
| 禁煙 | きんえん | 0 | 禁煙，戒菸 | 自：Ⅲ類 |
| 経営 | けいえい | 0 | 經營 | 他：Ⅲ類 |
| 携帯 | けいたい | 0 | 手機，攜帶 | 他：Ⅲ類 |
| 契約 | けいやく | 0 | 契約，合約 | 他：Ⅲ類 |
| 下宿 | げしゅく | 0 | 寄宿，供食宿的公寓 | 自：Ⅲ類 |
| 化粧 | けしょう | 2 | 化妝，打扮 | 自他：Ⅲ類 |
| 欠席 | けっせき | 0 | 缺席 | 自他：Ⅲ類 |
| 見物 | けんぶつ | 0 | 參觀，遊覽 | 他：Ⅲ類 |
| 合格 | ごうかく | 0 | 合格，及格，符合標準 | 自：Ⅲ類 |
| 興奮 | こうふん | 0 | 興奮，激動 | 自：Ⅲ類 |
| 誤解 | ごかい | 0 | 誤會，誤解 | 他：Ⅲ類 |
| 故障 | こしょう | 0 | 故障，毛病 | 自：Ⅲ類 |
| 混雑 | こんざつ | 1 | 擁擠，混亂 | 自：Ⅲ類 |
| 参加 | さんか | 0 | 參加，加入 | 自：Ⅲ類 |

| 残業 | ざんぎょう | 0 | 加班 | 自：Ⅲ類 |
|---|---|---|---|---|
| 賛成 | さんせい | 0 | 贊成，同意 | 自：Ⅲ類 |
| 支度 | したく | 0 | 準備 | 他：Ⅲ類 |
| 試着 | しちゃく | 0 | 試穿 | 他：Ⅲ類 |
| 失敗 | しっぱい | 0 | 失敗 | 自：Ⅲ類 |
| 自慢 | じまん | 0 | 自誇，自滿 | 自他：Ⅲ類 |
| 就職 | しゅうしょく | 0 | 就業，找工作 | 自：Ⅲ類 |
| 渋滞 | じゅうたい | 0 | 交通阻塞 | 自：Ⅲ類 |
| 出席 | しゅっせき | 0 | 參加，出席 | 自：Ⅲ類 |
| 承知 | しょうち | 0 | 知道，同意，原諒 | 他：Ⅲ類 |
| 衝突 | しょうとつ | 0 | 撞上，衝突 | 自：Ⅲ類 |
| 商売 | しょうばい | 1 | 買賣，做生意 | 他：Ⅲ類 |
| 消費 | しょうひ | 0，1 | 消耗，消費 | 他：Ⅲ類 |
| 省略 | しょうりゃく | 0 | 省略 | 他：Ⅲ類 |
| 進学 | しんがく | 0 | 升學 | 自：Ⅲ類 |
| 診察 | しんさつ | 0 | 診察，看病 | 他：Ⅲ類 |
| 心配 | しんぱい | 0 | 擔心，關心 | 他：Ⅲ類 |
| 制限 | せいげん | 3 | 限制，節制 | 他：Ⅲ類 |
| 成功 | せいこう | 0 | 成功，勝利 | 自：Ⅲ類 |
| 成長 | せいちょう | 0 | 成長，生長 | 自：Ⅲ類 |
| 整理 | せいり | 1 | 整理，收拾 | 他：Ⅲ類 |
| 宣伝 | せんでん | 0 | 宣傳，吹噓 | 他：Ⅲ類 |
| 想像 | そうぞう | 0 | 想像 | 他：Ⅲ類 |
| 相談 | そうだん | 0 | 諮詢，商量 | 他：Ⅲ類 |
| 代表 | だいひょう | 0 | 代表 | 他：Ⅲ類 |
| 誕生 | たんじょう | 0 | 誕生，成立 | 自：Ⅲ類 |
| 遅刻 | ちこく | 0 | 遲到 | 自：Ⅲ類 |
| 中止 | ちゅうし | 0 | 中止，停止 | 他：Ⅲ類 |
| 注射 | ちゅうしゃ | 0 | 打針，注射 | 他：Ⅲ類 |
| 注目 | ちゅうもく | 0 | 注視，注目 | 自他：Ⅲ類 |
| 貯金 | ちょきん | 0 | 存款 | 自他：Ⅲ類 |
| 通勤 | つうきん | 0 | 通勤，上下班 | 自：Ⅲ類 |
| 通訳 | つうやく | 1 | 翻譯，口譯 | 他：Ⅲ類 |
| 提案 | ていあん | 0 | 提案，建議 | 他：Ⅲ類 |
| 停電 | ていでん | 0 | 停電 | 自：Ⅲ類 |

| 日文 | 日文唸法 | 重音 | 中文翻譯 | 備註（詞類） |
|---|---|---|---|---|
| 徹夜 | てつや | 0 | 徹夜，通宵 | 自：III類 |
| 到着 | とうちゃく | 0 | 到達，抵達 | 自：III類 |
| 同封 | どうふう | 0 | 隨信附寄 | 他：III類 |
| 努力 | どりょく | 1 | 努力，奮鬥 | 自他：III類 |
| 拝見 | はいけん | 0 | 看到，拜見 | 他：III類 |
| 拍手 | はくしゅ | 1 | 鼓掌 | 自他：III類 |
| 発見 | はっけん | 0 | 發現 | 他：III類 |
| 配達 | はいたつ | 0 | 投遞，發送 | 他：III類 |
| 発売 | はつばい | 0 | 發售，出售 | 自：III類 |
| 平均 | へいきん | 0 | 平均 | 自他：III類 |
| 放送 | ほうそう | 0 | 廣播，報導，播映 | 他：III類 |
| 募集 | ぼしゅう | 0 | 募集，招募 | 他：III類 |
| 無視 | むし | 1 | 忽視，不顧 | 他：III類 |
| 迷惑 | めいわく | 1 | 麻煩，為難 | 自：III類 |
| 約束 | やくそく | 0 | 約定，約會 | 他：III類 |
| 輸出 | ゆしゅつ | 0 | 輸出，出口 | 他：III類 |
| 輸入 | ゆにゅう | 0 | 輸入，進口 | 他：III類 |
| 用意 | ようい | 1 | 準備，預備 | 他：III類 |
| 予想 | よそう | 0 | 預測 | 他：III類 |
| 落第 | らくだい | 0 | 不及格，留級 | 自：III類 |
| 両替 | りょうがえ | 0 | 兌換 | 他：III類 |
| 録画 | ろくが | 0 | 錄影 | 他：III類 |
| 反対 | はんたい | 0 | 反對，相反 | 自：III類 |
| 居眠り | いねむり | 3 | 打瞌睡，打盹 | 自：III類 |
| 長生き | ながいき | 4，3 | 長壽 | 自：III類 |
| おしゃべり | | 2 | 閒談，聊天 | 自他：III類；ナ形容詞 |

## 動詞

**標記說明**

自＝自動詞　　　I 類＝第一類動詞（五段動詞）
他＝他動詞　　　II 類＝第二類動詞（上一段動詞、下一段動詞）
　　　　　　　　III 類＝第三類動詞（カ行變格動詞、サ行變格動詞）

| 日文 | 日文唸法 | 重音 | 中文翻譯 | 備註（詞類） |
|---|---|---|---|---|
| 空く | あく | 0 | 空，空閒，騰出 | 自：I 類 |
| 争う | あらそう | 3 | 競爭，較量 | 他：I 類 |
| 抱く | いだく | 2 | 抱，懷有，懷抱 | 他：I 類 |
| 写す | うつす | 2 | 抄寫，拍照 | 他：I 類 |

| 移る | うつる | 2 | 變化，變遷，傳染 | 他：I類 |
|---|---|---|---|---|
| 行う | おこなう | 0 | 進行，舉行 | 他：I類 |
| 踊る | おどる | 0 | 跳舞，舞蹈 | 自他：I類 |
| 飼う | かう | 1 | 飼養 | 他：I類 |
| 嗅ぐ | かぐ | 0 | 聞，嗅 | 他：I類 |
| 隠す | かくす | 2 | 隱藏，掩蓋 | 他：I類 |
| 囲む | かこむ | 0 | 包圍，圈 | 他：I類 |
| 稼ぐ | かせぐ | 2 | 賺錢，掙 | 自他：I類 |
| 通う | かよう | 0 | 往來，通行 | 自：I類 |
| 刻む | きざむ | 0 | 剁碎，銘記，雕刻 | 他：I類 |
| 断る | ことわる | 3 | 拒絕，推辭 | 他：I類 |
| 叫ぶ | さけぶ | 2 | 喊叫，呼籲，呼喊 | 自他：I類 |
| 誘う | さそう | 0 | 邀請，引起 | 他：I類 |
| 進む | すすむ | 0 | 前進，進展，進步 | 自：I類 |
| 揃う | そろう | 2 | 聚集，齊全 | 自：I類 |
| 叩く | たたく | 2 | 敲，拍，打 | 他：I類 |
| 経つ | たつ | 1 | 經過，飛逝 | 自：I類 |
| 黙る | だまる | 2 | 沉默，不說話 | 自：I類 |
| 散る | ちる | 0 | 落下，分散，凌亂 | 自：I類 |
| 飛ぶ | とぶ | 0 | 飛，跳，飛散 | 自：I類 |
| 直す | なおす | 2 | 修理，訂正，矯正 | 他：I類 |
| 治る | なおる | 2 | 治好，痊癒 | 自：I類 |
| 殴る | なぐる | 2 | 揍，毆打 | 他：I類 |
| 悩む | なやむ | 2 | 煩惱，苦惱 | 自：I類 |
| 残る | のこる | 2 | 留下，剩餘 | 自：I類 |
| 望む | のぞむ | 0，2 | 希望，眺望 | 他：I類 |
| 拾う | ひろう | 0 | 拾，撿 | 他：I類 |
| 含む | ふくむ | 2 | 包含，含有 | 他：I類 |
| 干す | ほす | 1 | 曬，晾 | 他：I類 |
| 守る | まもる | 2 | 保護，遵守，守護 | 他：I類 |
| 向く | むく | 0 | 向，朝，適合 | 自：I類 |
| 雇う | やとう | 2 | 雇用 | 他：I類 |
| 破る | やぶる | 2 | 打破，違反 | 他：I類 |
| 飽きる | あきる | 2 | 厭煩，夠，膩 | 自：II類 |
| 明ける | あける | 0 | 天亮，期滿 | 自：II類 |

| | | | | |
|---|---|---|---|---|
| 預ける | あずける | 3 | 寄存，寄放 | 他：Ⅱ類 |
| 与える | あたえる | 0 | 給予，授與 | 他：Ⅱ類 |
| 現れる | あらわれる | 4 | 出現，顯出 | 自：Ⅱ類 |
| 植える | うえる | 0 | 栽種，嵌入，培育 | 他：Ⅱ類 |
| 受ける | うける | 2 | 接受，遭受，承認 | 他：Ⅱ類 |
| 抑える | おさえる | 3，2 | 抑制，遏止 | 他：Ⅱ類 |
| 落とす | おとす | 2 | 掉下，降低，扔下 | 他：Ⅰ類 |
| 折れる | おれる | 2 | 折，轉彎，折斷 | 自：Ⅱ類 |
| 下ろす | おろす | 2 | 卸下，放下 | 他：Ⅰ類 |
| 隠れる | かくれる | 3 | 隱藏，躲藏 | 自：Ⅱ類 |
| 重なる | かさなる | 0 | 重疊，重複 | 自：Ⅰ類 |
| 数える | かぞえる | 3 | 數，列舉，計算 | 他：Ⅱ類 |
| 枯れる | かれる | 0 | 枯萎，凋謝 | 自：Ⅱ類 |
| 切れる | きれる | 2 | 銳利，中斷，用盡 | 自：Ⅱ類 |
| 暮らす | くらす | 0 | 生活，過日子 | 自：Ⅰ類 |
| 苦しむ | くるしむ | 3 | 痛苦，苦惱 | 自：Ⅰ類 |
| 支払う | しはらう | 3 | 支付，付款 | 他：Ⅰ類 |
| 信じる | しんじる | 3 | 相信，確信 | 他：Ⅱ類 |
| 勧める | すすめる | 0 | 勸告，建議 | 他：Ⅱ類 |
| 育てる | そだてる | 3 | 培養，教育，養育 | 他：Ⅱ類 |
| 訪ねる | たずねる | 3 | 訪問 | 他：Ⅱ類 |
| 尋ねる | たずねる | 3 | 問，打聽，訪問 | 他：Ⅱ類 |
| 貯める | ためる | 0 | 累積，積存 | 他：Ⅱ類 |
| 足りる | たりる | 0 | 足夠，值得 | 自：Ⅱ類 |
| 近づく | ちかづく | 3，0 | 接近，靠近 | 自：Ⅰ類 |
| 通じる | つうじる | 0 | 透過，相通，理解 | 自：Ⅱ類 |
| 漬ける | つける | 0 | 醃，漬 | 他：Ⅱ類 |
| 伝える | つたえる | 0 | 傳達，轉告 | 他：Ⅱ類 |
| 詰まる | つまる | 2 | 塞滿，堵塞 | 自：Ⅰ類 |
| 出会う | であう | 2 | 遇見，碰見 | 自：Ⅰ類 |
| 溶ける | とける | 2 | 融化，溶解 | 自：Ⅱ類 |
| 投げる | なげる | 2 | 投，摔，放棄 | 他：Ⅱ類 |
| 伸ばす | のばす | 2 | 伸直，伸展 | 他：Ⅰ類 |
| 伸びる | のびる | 2 | 增長，延長 | 自：Ⅱ類 |
| 冷やす | ひやす | 2 | 冷卻，冷靜，冰鎮 | 他：Ⅰ類 |

| 吠える | ほえる | 2 | 吠，大聲喊叫 | 自：Ⅱ類 |
|---|---|---|---|---|
| 任せる | まかせる | 3 | 委託，任憑，託付 | 他：Ⅱ類 |
| 曲げる | まげる | 0 | 彎，歪曲 | 他：Ⅱ類 |
| 混ぜる | まぜる | 2 | 混，攪拌 | 他：Ⅱ類 |
| 思いつく | おもいつく | 4，0 | 想到 | 自：Ⅰ類 |
| 思いやる | おもいやる | 4，0 | 關懷，想像，體貼 | 他：Ⅰ類 |
| 亡くなる | なくなる | 0 | 死去 | 自：Ⅰ類 |
| 無くなる | なくなる | 0 | 遺失，丟掉 | 自：Ⅰ類 |
| 見つかる | みつかる | 0 | 發現，找到，被發現 | 自：Ⅰ類 |
| 見つける | みつける | 0 | 找到，發現 | 他：Ⅱ類 |
| 片付ける | かたづける | 4 | 整理，收拾，解決 | 他：Ⅱ類 |
| 着替える | きがえる | 3 | 換衣服 | 他：Ⅱ類 |
| 間違える | まちがえる | 4，3 | 弄錯，搞錯 | 他：Ⅱ類 |
| 繰り返す | くりかえす | 3，0 | 反覆，再三 | 他：Ⅰ類 |
| 付き合う | つきあう | 3 | 陪伴，交往，來往 | 自：Ⅰ類 |
| 似合う | にあう | 2 | 合適，相稱，相配 | 自：Ⅰ類 |
| 落ち着く | おちつく | 0 | 沉著，穩重，鎮靜 | 自：Ⅰ類 |
| 引っ越す | ひっこす | 3 | 搬家，遷居 | 他：Ⅰ類 |
| 間に合う | まにあう | 3 | 趕上，來得及 | 自：Ⅰ類 |
| 申し込む | もうしこむ | 4，0 | 提出，報名，申請 | 他：Ⅰ類 |
| こぼす | | 2 | 灑出，溢出 | 他：Ⅰ類 |
| だます | | 2 | 欺騙，哄騙 | 他：Ⅰ類 |
| とばす | | 0 | 放過，跳過 | 他：Ⅰ類 |
| いじめる | | 0 | 欺負，糟蹋 | 他：Ⅱ類 |
| ぶつかる | | 2 | 碰，撞，衝突 | 自：Ⅰ類 |
| まとまる | | 0 | 歸結，一致 | 自：Ⅰ類 |

# イ形容詞

| 日文 | 日文唸法 | 重音 | 中文翻譯 | 備註 |
|---|---|---|---|---|
| 甘い | あまい | 0 | 甜的，甜蜜的 | |
| 偉い | えらい | 2 | 偉大的，了不起的 | |
| 幼い | おさない | 3 | 幼稚的，年幼的 | |
| 賢い | かしこい | 3 | 聰明的，伶俐的 | |
| 辛い | からい | 2 | 辣的，嚴格的 | |

| 臭い | くさい | 2 | 臭的，可疑的 |
|---|---|---|---|
| 怖い | こわい | 2 | 可怕的 |
| 鋭い | するどい | 3 | 銳利的，敏銳的 |
| 鈍い | にぶい | 2 | 遲鈍的，鈍的 |
| 怪しい | あやしい | 0，3 | 奇怪的，可疑的 |
| 美しい | うつくしい | 4 | 美麗的，漂亮的 |
| 悔しい | くやしい | 3 | 遺憾的，懊惱的 |
| 苦しい | くるしい | 3 | 痛苦的，困難的 |
| 険しい | けわしい | 3 | 險峻的，陡峭的 |
| 親しい | したしい | 3 | 親密的，親近的 |
| 激しい | はげしい | 3 | 激烈的，厲害的 |
| 眩しい | まぶしい | 3 | 耀眼的，刺眼的 |
| 珍しい | めずらしい | 4 | 罕見的，新奇的 |
| 優しい | やさしい | 0，3 | 親切的，溫柔的 |
| 細かい | こまかい | 3 | 細小的，瑣碎的 |
| 酸っぱい | すっぱい | 3 | 酸的 |
| 羨ましい | うらやましい | 5 | 令人羨慕的 |
| 恐ろしい | おそろしい | 4 | 可怕的 |
| 大人しい | おとなしい | 4 | 老實的，溫順的 |
| 騒々しい | そうぞうしい | 5 | 嘈雜的，雜亂的 |
| 柔らかい | やわらかい | 4 | 柔軟的，溫和的 |
| 面白い | おもしろい | 4 | 有趣的，有意思的 |
| 塩辛い | しおからい | 4 | 鹹的 |
| 素晴らしい | すばらしい | 4 | 精彩的，了不起的 |
| 蒸し暑い | むしあつい | 4 | 悶熱的 |
| かゆい | | 2 | 癢的 |
| ぬるい | | 2 | 微溫的 |
| ひどい | | 2 | 殘酷的，嚴重的 |
| かっこいい | | 4 | 很棒的，很帥的 |
| くだらない | | 0 | 無用的，無益的 |
| つまらない | | 3 | 無聊的，沒意思的 |
| やかましい | | 4 | 吵鬧的，嘈雜的 |
| もったいない | | 5 | 浪費的，可惜的 |

# ナ形容詞

| 日文 | 日文唸法 | 重音 | 中文翻譯 | 備註 |
|---|---|---|---|---|
| 急（な） | きゅう（な） | 0 | 突然的，緊急的 | |
| 別（な） | べつ（な） | 0 | 別的，另外的 | |
| 盛ん（な） | さかん（な） | 0 | 熱烈的，旺盛的 | |
| 幸せ（な） | しあわせ（な） | 0 | 幸福的 | |
| 平ら（な） | たいら（な） | 0 | 平坦的 | |
| 豊か（な） | ゆたか（な） | 1 | 豐盛的，豐富的 | |
| 確か（な） | たしか（な） | 1 | 確實的，可靠的 | |
| 曖昧（な） | あいまい（な） | 0 | 曖昧的，含糊的 | |
| 意外（な） | いがい（な） | 0，1 | 出乎意料的 | |
| 完全（な） | かんぜん（な） | 0 | 完全的，完整的 | |
| 結構（な） | けっこう（な） | 0，1 | 相當的，很 | |
| 様々（な） | さまざま（な） | 2，3 | 各式各樣的 | |
| 失礼（な） | しつれい（な） | 2 | 失禮的，無禮的 | |
| 地味（な） | じみ（な） | 2 | 樸實的，純樸的 | |
| 重要（な） | じゅうよう（な） | 0 | 重要的，要緊的 | |
| 純粋（な） | じゅんすい（な） | 0 | 純真的，純粹的 | |
| 正直（な） | しょうじき（な） | 3，4 | 坦率的，老實的 | |
| 真剣（な） | しんけん（な） | 0 | 認真的，嚴肅的 | |
| 新鮮（な） | しんせん（な） | 0 | 新鮮的 | |
| 慎重（な） | しんちょう（な） | 0 | 慎重的，謹慎的 | |
| 素直（な） | すなお（な） | 1 | 天真的，老實的 | |
| 清潔（な） | せいけつ（な） | 0 | 衛生的，乾淨的 | |
| 贅沢（な） | ぜいたく（な） | 3，4 | 奢侈的，豪華的 | |
| 退屈（な） | たいくつ（な） | 0 | 無聊的 | |
| 大変（な） | たいへん（な） | 0 | 不得了的 | |
| 適当（な） | てきとう（な） | 0 | 適當的，恰當的 | |
| 当然（な） | とうぜん（な） | 0 | 應當的，當然的 | |
| 苦手（な） | にがて（な） | 3，0 | 不擅長的 | |
| 熱心（な） | ねっしん（な） | 1，3 | 熱心的，熱情的 | |
| 派手（な） | はで（な） | 2 | 華麗的，花俏的 | |
| 必要（な） | ひつよう（な） | 0 | 必要的 | |
| 不安（な） | ふあん（な） | 0 | 不安的，不放心的 | |

| 平気（な） | へいき（な） | 0 | 冷靜的，不在乎的 |
|---|---|---|---|
| 平凡（な） | へいぼん（な） | 0 | 平凡的 |
| 真黒（な） | まっくろ（な） | 3 | 漆黑的，烏黑的 |
| 満足（な） | まんぞく（な） | 1 | 滿意的，稱心的 |
| 無駄（な） | むだ（な） | 0 | 浪費的，白費的 |
| 夢中（な） | むちゅう（な） | 0 | 著迷的，熱中的 |
| 無理（な） | むり（な） | 1 | 勉強的，不合理的 |
| 面倒（な） | めんどう（な） | 3 | 麻煩的，棘手的 |
| 乱暴（な） | らんぼう（な） | 0 | 粗暴的，野蠻的 |
| 利口（な） | りこう（な） | 0 | 聰明的，機靈的 |
| 意地悪（な） | いじわる（な） | 3，2 | 刁難的，為難的 |
| 国際的（な） | こくさいてき（な） | 0 | 國際的 |
| 積極的（な） | せっきょくてき（な） | 0 | 積極的，主動的 |
| 不思議（な） | ふしぎ（な） | 0 | 不可思議的，奇怪的 |
| 不自由（な） | ふじゆう（な） | 1 | 不自由的，不方便的 |
| 不注意（な） | ふちゅうい（な） | 2 | 粗心大意的，疏忽的 |
| 真面目（な） | まじめ（な） | 0 | 認真的，正經的 |
| けち（な） | | 1 | 吝嗇的，小氣的 |
| ばか（な） | | 1 | 愚蠢的 |
| おしゃれ（な） | | 2 | 時髦的，愛打扮的 |
| そっくり（な） | | 3 | 一模一樣的 |
| のんき（な） | | 1 | 悠閒的，無憂無慮的 |
| ばらばら（な） | | 0 | 零散的，七零八落的 |
| ハンサム（な） | | 1 | 英俊的 |
| ぼろぼろ（な） | | 0，1 | 破爛不堪的 |

# 副詞

| 日文 | 日文唸法 | 重音 | 中文翻譯 | 備註 |
|---|---|---|---|---|
| 実は | じつは | 2 | 老實說，其實 | |
| 偶に | たまに | 0 | 偶爾 | |
| 常に | つねに | 1 | 經常地，常常地 | |
| 別に | べつに | 0 | 特別地，另外地 | |
| 一体 | いったい | 0 | 究竟，到底 | |

| 一杯 | いっぱい | 0 | 滿滿地，全部地 |
|---|---|---|---|
| 案外 | あんがい | 1，0 | 出乎意料地 |
| 結局 | けっきょく | 4，0 | 結果，最後 |
| 結構 | けっこう | 1 | 相當地，滿～ |
| 随分 | ずいぶん | 1 | 相當地，十分地 |
| 大体 | だいたい | 0 | 大致上，大體上 |
| 大抵 | たいてい | 0 | 大都，多半 |
| 大分 | だいぶ | 0 | 相當地 |
| 絶対に | ぜったいに | 0 | 絕對，一定 |
| 勝手に | かってに | 0 | 隨意地，擅自地 |
| 非常に | ひじょうに | 0 | 非常地 |
| お互いに | おたがいに | 0 | 互相地，彼此地 |
| 思わず | おもわず | 2 | 不由得，禁不住地 |
| 決して | けっして | 0 | 決（不），斷然（不） |
| 少なくとも | すくなくとも | 3，2 | 至少，起碼 |
| ぜひ | | 1 | 務必，一定 |
| かなり | | 1 | 相當地，很～ |
| きっと | | 0 | 一定，必定 |
| じっと | | 0 | 目不轉睛，一動也不動 |
| ずっと | | 0 | 一直 |
| ついに | | 1 | 終於，始終 |
| まさか | | 1 | 難道，該不會 |
| いよいよ | | 2 | 終於，果真，越發 |
| うっかり | | 3 | 不小心，不留神 |
| きちんと | | 2 | 確實地，準確地 |
| ぎりぎり | | 1 | 緊緊地，沒有餘地 |
| ぐっすり | | 3 | 熟睡地，酣睡地 |
| しっかり | | 3 | 好好地，充分地 |
| しばらく | | 2 | 不久，暫時 |
| すっかり | | 3 | 完全地，全部地 |
| そろそろ | | 1 | 就要～，慢慢地 |
| とうとう | | 1 | 終於，到底 |
| とにかく | | 1 | 總之，不論如何 |
| どんどん | | 1 | 不斷地 |
| なるべく | | 0，3 | 盡量地，盡可能地 |

# 接續詞

| 日文 | 日文唸法 | 重音 | 中文翻譯 | 備註 |
|---|---|---|---|---|
| さて | | 1 | 那麼，且說 | |
| なお | | 1 | 還有，更 | |
| そこで | | 0 | 於是，因此 | |
| それで | | 0 | 於是，所以 | |
| その上 | そのうえ | 0 | 而且，此外 | |
| ただし | | 1 | 但是 | |
| だって | | 1 | 可是，話雖如此 | |
| つまり | | 1 | 也就是說，總之 | |
| あるいは | | 2 | 或者，也許 | |
| そのため | | 0 | 因此 | |
| それとも | | 3 | 或，還是 | |
| ちなみに | | 0，1 | 順便一提，附帶一提 | |
| ところが | | 3 | 可是，然而 | |
| ところで | | 3 | 對了，可是 | |
| したがって | | 0 | 所以，因而 | |

# 外來語

| 日文 | 原文 | 重音 | 中文翻譯 | 備註（詞性） |
|---|---|---|---|---|
| アイディア | idea | 3，1 | 想法，觀念 | 名詞 |
| アクセス | access | 1 | 存取，交通 | 名詞・自：III類 |
| イメージ | image | 2，1 | 印象，想像 | 名詞・他：III類 |
| インスタント | instant | 1，4 | 速成，即席 | 名詞・ナ形容詞 |
| エッセー／エッセイ | essay（英）／essai（法） | 1 | 隨筆 | 名詞 |
| エンジニア | engineer | 3 | 工程師 | 名詞 |
| オリジナル | original | 2 | 原作，原創 | 名詞・ナ形容詞 |
| カタログ | catalogue | 0 | 目錄，產品型錄 | 名詞 |
| カロリー | calorie（法） | 1 | 卡路里，熱量 | 名詞 |
| キャンセル | cancel | 1 | 取消，解約 | 名詞・他：III類 |

| クレーム | claim | 2，0 | 索賠，不滿 | 名詞 |
|---|---|---|---|---|
| クレジットカード | credit card | 6 | 信用卡 | 名詞 |
| コース | course | 1 | 路線，課程，方針，跑道 | 名詞 |
| コーナー | corner | 1 | 角落，專櫃，單元 | 名詞 |
| コスト | cost | 1 | 成本，價格 | 名詞 |
| コミュニケーション | communication | 4 | 通信，交流 | 名詞・他：Ⅲ類 |
| コレクション | collection | 2 | 收藏，珍藏品 | 名詞 |
| コンセント | concentric＋plug（和製英語） | 1，3 | 插座 | 名詞 |
| コンテスト | contest | 1 | 比賽 | 名詞 |
| サラリーマン | salaried man | 3 | 上班族 | 名詞 |
| シングル | single | 1 | 單人，單身，單一 | 名詞 |
| ストレス | stress | 2 | 壓力 | 名詞 |
| スペース | space | 2，0 | 空間，空白 | 名詞 |
| ダイエット | diet | 1 | 節食，減肥 | 名詞・自：Ⅲ類 |
| タイミング | timing | 0 | 時機 | 名詞 |
| チャンス | chance | 1 | 機會，時機 | 名詞 |
| トレーニング | training | 2 | 鍛鍊，訓練 | 名詞・自：Ⅲ類 |
| パターン | pattern | 2 | 類型 | 名詞 |
| プラスチック | plastics | 4 | 塑膠 | 名詞 |
| ブランド | brand | 0 | 品牌，商標 | 名詞 |
| フリーター | free＋arbeiter（和製英＋德語） | 2 | 打工族 | 名詞 |
| ボランティア | volunteer | 2 | 志工，義工 | 名詞 |
| メッセージ | message | 1 | 消息，口信，聲明 | 名詞 |
| リサイクル | recycle | 2 | 回收利用 | 名詞 |
| レシート | receipt | 2 | 收據 | 名詞 |

# 題型分析與對策｜文字・語彙

## 言語知識 ・ 文字 ・ 語彙（共 30 分鐘）

※ 根據官方公布，實際每回考試題數可能有所差異

| 問題 1<br>漢字讀法 | 一共 8 題。測驗項目為漢字的讀法。漢字分為音讀和訓讀，音讀和中文讀音相近易於判斷，訓讀則靠平時多背。試著寫出四個選項的漢字，有助於將範圍縮小解題。 |
| --- | --- |

範例題

（例）けがをしたので、外科で診てもらった。

　　1　がいか　　　　2　げか　　　　　3　ないか　　　　4　そとか

（回答用紙）

| （例） | ①　●　③　④ |
| --- | --- |

| 問題 2<br>漢字書寫 | 一共 6 題。測驗項目為平假名的漢字寫法。可從字面上的意思、音讀及訓讀來判斷。 |
| --- | --- |

範例題

（例）テニスをして、あせをかいた。

　　1　涙　　　　　2　息　　　　　　3　汗　　　　　4　血

（回答用紙）

| （例） | ①　②　●　④ |
| --- | --- |

<table>
<tr><td>

**問題 3<br>前後關係**

</td><td>

一共 11 題。測驗項目為判斷前後語意選擇適當語彙。必須根據前後語意判斷，括弧中應該放哪個語彙句子則成立。將四個選項代入括弧中，逐一確認句子語意有助於解題。

</td></tr>
</table>

**範例題**

（例）歯が痛いのを（　　　　）がまんしている。

　　　1　じっと　　　　2　ほっと　　　　3　ふと　　　　4　ざっと

（回答用紙）

| （例） | ● ② ③ ④ |
|---|---|

<table>
<tr><td>

**問題 4<br>近義替換**

</td><td>

一共 5 題。測驗項目為挑出與題目中畫底線的語句意思相同的選項。必須先理解畫底線語句的意思，再從四個選項中找出類似表達的語彙就能順利解題。

</td></tr>
</table>

**範例題**

（例）この犬はとても<ruby>利口<rt>りこう</rt></ruby>だ。

　　　1　かわいらしい　　2　かっこいい　　3　うるさい　　　4　かしこい

（回答用紙）

| （例） | ① ② ③ ● |
|---|---|

## 問題 5 用法

一共 5 題。測驗項目為詞彙在四個選項中的使用，哪一個才是正確用法。

✎ 範例題

（例）ぎりぎり

1 お金が<u>ぎりぎり</u>して、留学したくてもできない。

2 だめだと思っていたが、<u>ぎりぎり</u>の点数で試験に合格した。

3 <sub>しっぱい</sub>失敗してもいいから、<u>ぎりぎり</u><sub>どりょく</sub>努力することが大切だ。

4 わたしが駅に着いたとき、電車が<u>ぎりぎり</u>来た。

（回答用紙）

| （例） | ① ● ③ ④ |
| --- | --- |

## 問題1　＿＿＿＿のことばの読み方として最もよいものを、1・2・3・4から一つえらびなさい。

**1** 仕事が忙しくて、自由な時間がない。
　　1　じゆ　　　　2　じゅう　　　3　じゆう　　　4　じよう

**2** 電車を降りてから、傘を忘れたことに気がついた。
　　1　ふりて　　　2　のりて　　　3　おりて　　　4　こうりて

**3** ジュースに氷を入れて飲んだ。
　　1　ゆ　　　　　2　ひょう　　　3　みず　　　　4　こおり

**4** 電波状況が悪いので、またあとで電話をかけ直します。
　　1　でんなみ　　2　でんは　　　3　でんぱ　　　4　でんぽ

---

解説

**1** 正答：3　因為工作忙碌，沒有自由的時間。
　　⚠ 自：音 し、じ　訓 自ら：みずから
　　　　由：音 ゆ、ゆう、ゆい
　　　　自由：じゆう，自由。

**2** 正答：3　下了電車才發現忘了傘。
　　⚠ 降：音 こう　訓 おりる、ふる
　　　　降りる：おりる，下車。

**3** 正答：4　喝了加了冰塊的果汁。
　　⚠ 氷：音 ひょう　訓 こおり
　　　　氷：こおり，冰塊。

**4** 正答：3　因為收訊狀況不佳，等一下再打給你。
　　⚠ 電：音 でん
　　　　波：音 は　訓 なみ
　　　　電波：でんぱ，電波。

**5** 晩ご飯に宅配ピザを注文した。

1 たくはい 　　2 たっきゅう 　3 はいたつ 　　4 たくはく

**6** 一人暮らしをするので、小型冷蔵庫を買った。

1 こがた 　　　2 こけい 　　　3 しょうけい 　4 しょうがた

**7** この店は毎日10時に閉店する。

1 かいてん 　　2 へいてん 　　3 しめみせ 　　4 とじみせ

**8** 彼女へのプレゼントに、バラの花束を買った。

1 かそく 　　　2 はなそく 　　3 はなたば 　　4 はなびら

**解説**

**5** 正答：1 訂了外送披薩當晚餐。
  ! 宅：**音** たく
  配：**音** はい 　**訓** 配る：くばる
  宅配：たくはい，外送。

**6** 正答：1 因為要一個人住，所以買了小型冰箱。
  ! 小：**音** しょう 　**訓** 小さい：ちいさい
  型：**音** けい 　**訓** かた
  小型：こがた，小型。

**7** 正答：2 這家店每天十點打烊。
  ! 閉：**音** へい 　**訓** 閉める：しめる
  店：**音** てん 　**訓** みせ
  閉店：へいてん，關門、打烊。

**8** 正答：3 買了玫瑰花束當作送女朋友的禮物。
  ! 花：**音** か 　　**訓** はな
  束：**音** そく 　**訓** たば
  花束：はなたば，花束。

**9** どんなに困難な問題でも、きっと解決できるはずだ。

1　こなん　　　　2　こんなん　　　3　こうなん　　　4　くんなん

**10** 肉が色よく焼けてきたら、裏返してください。

1　りへんして　　　　　　　2　りかえして
3　うらがえして　　　　　　4　おもてがえして

**11** 彼の言葉にすっかり失望してしまった。

1　きぼう　　　　2　しぼう　　　　3　しっぽう　　　4　しつぼう

**12** このお酒は麦を原料にしてつくられています。

1　げんりょう　　　2　がんりょう　　　3　ざいりょう　　　4　しりょう

---

解説

**9** 正答：2　再怎麼困難的問題，一定都能解決的。
  ① 困：音 こん　訓 こまる
  　難：音 なん　訓 かたい、むずかしい
  　困難：こんなん，困難。

**10** 正答：3　肉如果烤上色了，請翻面。
  ① 裏：音 り　訓 うら
  　返：音 へん　訓 かえす、かえる
  　裏返す：うらがえす，「て形」為うらがえして，指翻面、翻過來的意思。

**11** 正答：4　對他的話徹底失望了。
  ① 失：音 しつ　訓 うしなう
  　望：音 ぼう　訓 のぞむ
  　失望：しつぼう，失望。

**12** 正答：1　這酒是以麥為原料所製成。
  ① 原：音 げん　訓 はら
  　料：音 りょう
  　原料：げんりょう，原料。

**13** 前から大きい荷物を持ったおじいさんが歩いてきた。

1 かもつ　　　2 にもの　　　3 にもつ　　　4 かぶつ

**14** わたしは中学生の息子が一人います。

1 そくし　　　2 むすめ　　　3 むつこ　　　4 むすこ

**15** 誕生日に父にかわいい人形をかってもらった。

1 じんけい　　2 じんぎょう　　3 にんきょう　　4 にんぎょう

**16** 飛行機では必ず窓側の席にすわります。

1 うちがわ　　2 まどがわ　　3 みぎがわ　　4 そうそく

---

解説 ▶

**13** 正答：3　前面走來拿著大行李的老先生。
- (!) 荷：音 か　訓 に
- 物：音 もつ、ぶつ　訓 もの
- 荷物：にもつ，行李。

**14** 正答：4　我有一個讀國中的兒子。
- (!) 息：音 そく　訓 いき
- 子：音 し、す　訓 こ
- 息子：むすこ，兒子。

**15** 正答：4　生日時父親買給我可愛的玩偶。
- (!) 人：音 にん、じん　訓 ひと
- 形：音 ぎょう、けい　訓 かたち
- 人形：にんぎょう，人偶娃娃、玩偶。

**16** 正答：2　坐飛機時一定坐在靠窗的座位。
- (!) 窓：音 そう　訓 まど
- 側：音 そく　訓 かわ
- 窓側：まどがわ，靠窗。

**問題2** _____のことばを漢字で書くとき、最もよいものを、1・2・3・4から一つえらびなさい。

1 休みの日はじょうばを楽しんでいます。

    1  上場      2  相場      3  乗馬      4  乗場

2 家族で娘の10歳の誕生日をいわった。

    1  祝った      2  願った      3  喜った      4  慶った

3 卒業するとき、先生にあたたかい言葉をいただいた。

    1  温かい      2  熱かい      3  新かい      4  柔かい

4 たぼうのためご連絡が遅くなりまして、申し訳ありませんでした。

    1  多乏      2  多忘      3  多亡      4  多忙

---

**解說** ▶

1 正答：3　放假時我都會去享受騎馬的樂趣。
    1　（股票）上市             2　（股票等）行情
    3　騎馬                    4　搭乘站
    ⚠️　「～を楽しんでいる」：享受～的樂趣。

2 正答：1　全家一起慶祝女兒十歲生日。
    1　慶祝    2　ねがった，希望  3　×         4　×
    ⚠️　「～を祝う」：慶祝～。
         ～願う：ねがう，希望～。

3 正答：1　畢業時，老師對我們説了很溫馨的話。
    1　溫暖的                   2　×
    3　×                     4　やわらかい，柔軟的

4 正答：4　因為過於忙碌而晚聯絡了，深感抱歉。
    1　×      2　×      3　×          4　太忙

**5** 事故をふせぐために、運転するときは早めにライトをつけましょう。

1　制ぐ　　　　　2　止ぐ　　　　　3　防ぐ　　　　　4　予ぐ


**6** みんなできょうりょくしてがんばりましょう。

1　強力　　　　　2　協力　　　　　3　共力　　　　　4　供力


**7** びんやかんなどの燃えないごみはこちらにすててください。

1　拾てて　　　　2　投てて　　　　3　捨てて　　　　4　掃てて


**8** 今朝の新聞で、その事件のきじを読んだ。

1　生地　　　　　2　記事　　　　　3　寄事　　　　　4　基地


---

**解說**

**5** 正答：3　為了預防交通事故，開車時請儘早打開車燈。
　　　　1　×　　　2　×　　　　　　3　預防　　　　　4　×
　　　⊕　「～を防ぐ」：預防～。

**6** 正答：2　大家同心協力一起加油吧！
　　　　1　きょうりょく，強力　　　　2　同心協力
　　　　3　×　　　　　　　　　　　　4　×

**7** 正答：3　瓶和罐等不可燃的垃圾請丟這邊。
　　　　　1　×　　　2　×　　　　　　3　丟　　　　　4　×
　　　⊕　丟棄的日文「すてる」正確表記為「捨てる」，其「て形」為「捨てて」。

**8** 正答：2　在今天早上的報紙上讀到那事件的報導。
　　　　　1　きじ，材質　　　　　　　2　報導
　　　　　3　×　　　　　　　　　　　4　きち，基地
　　　⊕　此題的「きじ」正確表記為「記事」，表示「新聞消息、報導」的意思。

**9** 今度の試合のあいてはとても強いが、がんばろう。

  1 組手    2 敵手    3 対手    4 相手

**10** 学校を休んだクラスメートにプリントをとどけた。

  1 届けた   2 達けた   3 送けた   4 配けた

**11** 来週はテストがありますから、よくふくしゅうしてください。

  1 学習    2 復習    3 予習    4 複習

**12** 家庭のじじょうで、大学へ行くのをあきらめました。

  1 自条    2 事用    3 事情    4 理由

---

**解說**

**9** 正答：4 這次比賽的對手非常強，一起加油吧。
  1 （相撲）扭在一起    2 敵手
  3 對手        4 對手、對方
  ⚠ 「あいて」正確表記為「相手」，表示「對方、比賽的對手」的意思。

**10** 正答：1 寄送講義給沒來學校的同學。
  1 寄送       2 ×
  3 ×        4 ×
  ⚠ 寄送的日文「とどける」正確表記為「届ける」，其「た形」為「届けた」。

**11** 正答：2 因下週有考試，所以請好好複習。
  1 學習，がくしゅう   2 複習
  3 預習，よしゅう   4 ×
  ⚠ 「ふくしゅう」正確表記為「復習」，表複習的意思。特別要注意第4選項的「複習」為中文的寫法。

**12** 正答：3 因家庭的因素，放棄就讀大學。
  1 ×        2 ×
  3 事情       4 理由
  ⚠ 「じじょう」正確表記為「事情」，表「事情的因素、理由、事由」。

**問題3** （　　　　）に入れるのに最もよいものを、1・2・3・4から一つえらびなさい。

**1** あした彼女と駅の前で（　　　　）から、動物園へ行きます。
　　1　知り合って　　2　出会って　　3　待ち合わせて　　4　出迎えて

**2** パソコンに新しいソフトを（　　　　）した。
　　1　クリック　　　2　インストール　3　オークション　4　ブログ

**3** 前を走っている車が（　　　　）ので、追い越した。
　　1　のろい　　　　2　ゆるい　　　　3　きつい　　　　4　なだらかな

**4** 昨日は遅くまで勉強したので、眠くて（　　　　）が出てしまった。
　　1　いびき　　　　2　くしゃみ　　　3　あくび　　　　4　しゃっくり

**5** 今日は暑いから半（　　　　）の服を着よう。
　　1　下着　　　　　2　ひも　　　　　3　そで　　　　　4　柄

---

**解説**

**1** 正答：3　明天和女朋友約好在車站見面後前往動物園。
　　　　　1　認識　　2　相遇　　　　　　3　約好見面　　　　4　迎接

**2** 正答：2　把新的軟體灌進電腦。
　　　　　1　按滑鼠　　2　灌進　　　　　3　拍賣　　　　　　4　部落格

**3** 正答：1　因為前面的車速度太慢所以超車越過它。
　　　　　1　緩慢的　　2　鬆的　　　　　3　緊的　　　　　　4　平穩的

**4** 正答：3　因為昨晚唸書唸到很晚，不禁睏得打哈欠。
　　　　　1　鼾聲　　2　噴嚏　　　　　　3　哈欠　　　　　　4　嗝

**5** 正答：3　今天太熱了就穿短袖吧！
　　　　　1　內衣　　2　繩子　　　　　　3　袖子　　　　　　4　花色

**6** えんぴつを（　　　　）から勉強する。

1　きざんで　　　　2　ほって　　　　3　そって　　　　4　けずって

**7** 白い服は汚れが（　　　　）から、すぐに洗わなければならない。

1　おしゃれだ　　2　はでだ　　3　目立つ　　4　無地だ

**8** あの子どもはいつもあいさつをして（　　　　）正しい。

1　礼儀　　　　2　丁寧　　　　3　勇気　　　　4　行儀

**9** 昔の友人のことを（　　　　）思い出した。

1　わざと　　　　2　ふと　　　　3　まったく　　　　4　せっかく

**10** 先日の地震で家の壁が（　　　　）しまった。

1　枯れて　　　　2　さびて　　　　3　つぶして　　　　4　くずれて

---

解說

**6** 正答：4　削好鉛筆再開始讀書。

　　1　刻　　　2　掘　　　3　剃　　　4　削

**7** 正答：3　白色衣服髒的地方很醒目，所以要馬上洗。

　　1　時尚　　2　華麗　　3　醒目　　4　素色

**8** 正答：1　那個孩子見人都會打招呼，很有禮貌。

　　1　禮貌　　2　客氣　　3　勇氣　　4　舉止

　　⚠ 礼儀正しい：有禮貌。

**9** 正答：2　突然想起以前的朋友。

　　1　特意地　　2　突然地　　3　完全地　　4　難得地

**10** 正答：4　因為前幾天的地震，家裡的牆壁倒塌了。

　　1　枯萎　　2　生鏽　　3　搗碎　　4　倒塌

**11** この（　　　　　）は電車がたくさん通ってなかなか開かない。

1　踏切（ふみきり）　　　2　線路（せんろ）　　　3　信号　　　　4　道路

**12** 帽子をかぶった（　　　　　）男がさっきからこちらを見ている。

1　あやしい　　　2　まぶしい　　　3　なつかしい　　　4　でたらめな

**13** パンにかびが（　　　　　）しまった。

1　伸びて（の）　　　2　生えて（は）　　　3　かいて　　　4　わいて

**14** 次に、４ケタの（　　　　　）を入力してください。

1　暗証番号（あんしょうばんごう）　　　2　はんこ　　　3　口座（こうざ）　　　4　通帳（つうちょう）

**15** 結婚のお祝いに、ワイン（　　　　　）を贈る（おく）ことにした。

1　グラス　　　2　ガラス　　　3　クラス　　　4　カラス

**16** 昨晩は寝ないでレポートを（　　　　　）。

1　聞き取った　　　2　言い直した　　　3　仕上げた（しあ）　　　4　締め切った（しき）

---

解説

**11** 正答：1　這個平交道因為電車往來頻繁，要很久才會開啟。
　　　　1　平交道　　2　鐵道　　　3　紅綠燈　　　4　道路

**12** 正答：1　戴著帽子的可疑男子從剛才開始一直注視著這邊。
　　　　1　可疑的　　2　耀眼的　　　3　懷念的　　　4　荒唐的

**13** 正答：2　麵包長出黴菌了。
　　　　1　伸展　　2　長出　　　3　寫出　　　4　湧出

**14** 正答：1　接下來請輸入４位數的密碼。
　　　　1　密碼　　2　印章　　　3　帳號　　　4　存摺

**15** 正答：1　決定贈送葡萄酒杯作為結婚祝賀禮。
　　　　1　酒杯　　2　玻璃　　　3　班級　　　4　烏鴉

**16** 正答：3　昨晚沒睡完成了報告。
　　　　1　聽取　　2　改口　　　3　完成　　　4　截止

**17** 隣の人と手を（　　　　）ください。

1　さわって　　　　2　連れて　　　　3　かけて　　　　4　つないで

**18** （　　　　）眠っていたので、地震に全く気がつきませんでした。

1　さっぱり　　　　2　がっかり　　　　3　じっくり　　　　4　ぐっすり

**19** 10（　　　　）2は5です。

1　たす　　　　2　かける　　　　3　ひく　　　　4　わる

**20** 風邪をひかないように、うちへ帰ったらすぐ（　　　　）をしてください。

1　めまい　　　　2　やけど　　　　3　うがい　　　　4　けが

**21** 東京行きの電車は3番線の（　　　　）から発車いたします。

1　白線　　　　2　ホーム　　　　3　特急　　　　4　改札口

**22** 眠い目を（　　　　）ながら、宿題をした。

1　こすり　　　　2　そろえ　　　　3　みがき　　　　4　こぼし

---

**解説**

**17** 正答：4　請和旁邊的人牽手。
1　摸　　　2　帶　　　　3　掛　　　　4　牽

**18** 正答：4　因睡得正香甜，所以完全沒有注意到地震。
1　徹底地　　2　失望地　　　3　仔細地　　　4　香甜地（沉睡）

**19** 正答：4　10除以2等於5。
1　加　　　2　乘　　　　3　減　　　　4　除

**20** 正答：3　為了避免感冒，一回到家請立即漱口。
1　頭暈　　2　燒燙傷　　　3　漱口　　　4　受傷

**21** 正答：2　往東京的電車從3號月台發車。
1　白線　　2　月台　　　　3　特快　　　4　剪票口

**22** 正答：1　邊揉著睡眼，邊做功課。
1　揉　　　2　湊齊　　　　3　刷　　　　4　流出

## 問題4 _____に意味が最も近いものを、1・2・3・4から一つえらびなさい。

**1** きのう見た映画はけっこうおもしろかった。

1　かなり　　　　2　少し　　　　　3　あまり　　　　4　ちっとも

**2** 山田さんは彼女と3年ぐらい付き合っているらしい。

1　手伝って　　　2　住んで　　　　3　仕事して　　　4　交際（こうさい）して

**3** 彼女はあの服がいちばん気に入っているようだ。

1　注意している　　　　　　　　2　好きな
3　似合（にあ）っている　　　　　　　　4　いやがっている

**4** 田中先生の奥様（おくさま）はとてもスマートですね。

1　やせています　2　まじめです　3　きれいです　4　純粋（じゅんすい）です

**5** この店では、まず注文して勘定（かんじょう）を済（す）ませてから席（せき）につく。

1　食事をして　　　　　　　　2　お金を支払（しはら）って
3　おごって　　　　　　　　　4　割（わ）り勘（かん）にして

---

**解説**

**1** 正答：1　昨天看的電影相當有趣。
　　　1　相當　　2　少許　　　　3　太、很　　　　4　一點也……（不）
　　　⚠　「けっこう」指「相當」，所以和「かなり：非常、很」意思最接近。

**2** 正答：4　聽説山田和女朋友交往了三年左右。
　　　1　幫忙　　2　居住　　　　3　工作　　　　4　交往
　　　⚠　本題的「付（つ）き合（あ）う」指「男女交往」，所以和「交際（こうさい）する：交往」意思最接近。

**3** 正答：2　她似乎最中意那件衣服。
　　　1　注意　　2　喜歡　　　　3　適合　　　　4　討厭
　　　⚠　「気（き）に入（い）る」指「中意」，所以和「好（す）き：喜歡」意思最接近。

**4** 正答：1　田中老師的夫人身材很苗條。
　　　1　瘦　　　2　認真　　　　3　漂亮　　　　4　純粹
　　　⚠　「スマート」指「身材苗條」，所以和「やせている：瘦」意思最接近。

**5** 正答：2　這家店要先點餐結帳後再就座。
　　　1　用餐　　2　付錢　　　　3　請客　　　　4　各付各的
　　　⚠　「勘定（かんじょう）を済（す）ませる」指「付完錢」，所以和「お金（かね）を払（はら）う：付錢」意思最接近。

**6** ここにあるものは全部ただです。

　　1　無料　　　　　2　本物　　　　　3　にせ物　　　　4　特売品(とくばいひん)

**7** 旅行中に息子が熱を出して、医者に診てもらった。

　　1　つるした　　　2　かかった　　　3　はまった　　　4　ついた

**8** 子どものとき、祖母にこの歌を教わった。

　　1　教えた　　　　2　もらった　　　3　習った　　　　4　歌った

**9** 橋本さんはどちらのご出身(しゅっしん)ですか。

　　1　誕生日はいつですか　　　　　　　　2　身長(しんちょう)はどれぐらいですか

　　3　会社はどちらですか　　　　　　　　4　生まれたところはどこですか

**10** 会社の同僚(どうりょう)がいいかげんなので、困(こま)っている。

　　1　やかましい　　2　意地悪(いじわる)な　　3　無責任(むせきにん)な　　4　しつこい

---

### 解説

**6** 正答：1　這裡的東西全部不用錢。
　　　1　免費　　　2　真品　　　　　3　贋品、仿冒品　　4　特賣品

**7** 正答：2　在旅行時兒子突然發燒，讓醫生看診了。
　　　1　吊掛　　　2　看診　　　　　3　卡住　　　　　4　抵達
　　　⚠ 医者(いしゃ)に診(み)てもらう＝医者(いしゃ)にかかる（給醫生看診）。

**8** 正答：3　小時候從祖母那學了這首歌。
　　　1　教　　　　2　得到　　　　　3　學　　　　　　4　唱
　　　⚠ 教(おそ)わる＝教(おし)えてもらう（教授）。

**9** 正答：4　橋本先生您的出身地是哪？
　　　1　生日什麼時候　　　　　　　2　身高約多少
　　　3　公司是哪家　　　　　　　　4　出生地在哪

**10** 正答：3　公司的同事很草率，真令人困擾。
　　　1　很吵　　　2　壞心　　　　　3　沒責任感　　　4　難纏

**問題5** つぎのことばの使い方として最もよいものを、1・2・3・4 から一つえらびなさい。

**1** はめる

1 先生は結婚しているので、薬指に指輪をはめている。

2 結婚式には白いネクタイをはめて行ったほうがいいですよ。

3 最近太ったので、ベルトがはめられなくなってきました。

4 今日は寒いですから、マフラーをはめて出かけましょう。

**2** 薄暗い

1 彼女は性格が薄暗いので、友達がいない。

2 もうすぐ朝なので、空がだんだん薄暗くなってきた。

3 この小説は薄暗いが、よく売れている。

4 こんな薄暗い部屋で勉強していたら、目が悪くなりますよ。

**3** 迷惑

1 お言葉に甘えて、ご迷惑いたします。

2 私の確認ミスで、お客様にご迷惑をかけてしまいました。

3 初めて来た場所なので、すっかり迷惑になってしまった。

4 間違った情報に迷惑させられないよう気をつけましょう。

**解説▶**

**1** 正答：1 戴上、套入
 1 老師已經結婚了，所以無名指戴著戒指。

**2** 正答：4 微暗的、昏黃的
 4 在這麼昏暗的房間讀書的話，視力會變差喔。

**3** 正答：2 困擾、麻煩
 2 因為我的確認錯誤，造成客人的困擾。

**4** ほっと

1 彼が無事だという知らせを聞いて、ほっとした。
2 もう夜なのに息子が帰ってこないので、ほっとしない。
3 音をたてないで、ほっと家の中へ入って行った。
4 まだやらなければならない仕事があるのをほっと思い出した。


**5** 日帰り

1 病院へ行くので、きょうは12時に日帰りしてもいいですか。
2 次の日曜日に家族で温泉に日帰りの旅行をします。
3 きょうは大阪へ出張してから、日帰るつもりです。
4 きのうは飲みすぎて、今朝5時に日帰りしてしまった。


**6** 生意気

1 最近子どもが生意気なことばかり言うようになった。
2 後輩が先輩に対して生意気やってはいけません。
3 クラスみんなで生意気になってがんばろう。
4 昨日の会議では、自分の生意気の意見を言った。


▶ 解説 ▶

**4** 正答：1 鬆一口氣、放心
　　　　1 聽說他平安無事後鬆了一口氣。

**5** 正答：2 當天來回
　　　　2 下個星期天要和家人去一趟當天來回的溫泉之旅。
　　（!）「日帰り」為名詞，意指當天來回。

**6** 正答：1 自大、不遜、傲慢
　　　　1 最近小孩老說些傲慢的話。

**7** 目立つ

1 みなさん、今年一年の目標を目立ってください。

2 彼は頭もよく、スポーツもできて、クラスで目立っている。

3 朝からかなり目立つので、病院へ行ってきた。

4 彼女はいつも地味で目立つ服を着ている。


**8** 気になる

1 そんなつまらないこと、いつまでも気になるな。

2 この道路は車が多いですから、気になって渡ってください。

3 今晩見られなかった野球の試合結果が気になっている。

4 お金を払うときに、さいふを忘れたことが気になった。


**9** あて名

1 友達なんですから、あて名で呼んでください。

2 漢字で名前を書いて、その上にかたかなであて名を書いた。

3 日本の女の人は、結婚したらあて名が変わります。

4 あて名を書き間違えたため、年賀状が戻ってきた。


---

**解説**

**7** 正答：2　顯眼、突出
　　　2　他頭腦又好又會運動，在班上特別顯眼。

**8** 正答：3　在意
　　　3　非常在意今晚沒看到的棒球比賽結果。

　⚠ 選項 1「気になる」應改成「気にする」
　　選項 2「気になって」應改成「気をつけて」
　　選項 4「気になった」應改成「気がついた」

**9** 正答：4　收信人姓名
　　　4　寫錯收信人姓名，賀年卡退回來了。

　⚠ 選項 1「あて名」應改成「あだ名」
　　選項 2「あて名」應改成「ふりがな」
　　選項 3「あて名」應改成「名字」

**10** ますます

  1 夜になって、雨や風がますます激しく（はげ）なってきた。

  2 松本さんはいつもますますして、元気がありますね。

  3 今後（こんご）、地球の温度（おんど）はますますでしょう。

  4 まだたくさんありますから、遠慮（えんりょ）しないでますます食べてください。

解説

**10** 正答：1　愈來愈、更加

  1　到了夜晚，風和雨變得愈來愈激烈。

## ②

# 言語知識
# (文法)・讀解

考前總整理
題型分析與對策
試題練習與詳解

# 考前總整理｜文法

## 01 ～あげる／～さしあげる／～やる
## ～くれる／～くださる
## ～もらう／～いただく

**接 續** Ｖて形＋ あげる／さしあげる／やる ；
Ｎを＋ あげる／さしあげる／やる
Ｖて形＋ くれる／くださる ；Ｎを＋ くれる／くださる
Ｖて形＋ もらう／いただく ；Ｎを＋ もらう／いただく

**解 說** 由於日語經常省略人稱主語，而説話時又常以第一人稱為視點，所以日語的授受表現（やりもらい）比較無法像中文的「我給你」「你給我」般，用「給」一個字就能表達。因此日語必須以動詞來加以區隔，而形成「我給你」的「給」→「あげる」系列，和「你給我」的「給」→「くれる」系列，以及「你給我」但是「我」當主詞的「給」→「もらう」這三種系列。

又因為日語中有敬語的用法，所以即便是同一種動作，當對象不一樣時，所使用的動詞也會有所不同。

◆大致區分如下：

| 授受動詞 | 一般 | 長輩、客戶等 | 平輩、晚輩、動植物等 |
|---|---|---|---|
| あげる | あげる | さしあげる | やる |
| くれる | くれる | くださる | |
| もらう | もらう | いただく | |

◆授受表現與人稱的關係：「→」＝「給」

「あげる」系列：人稱數字小的給人稱數字大的，如「第一人稱→第二人稱、第一人稱→第三人稱、第二人稱→第三人稱、第三人稱→第三人稱」。

「くれる」系列：人稱數字大的給人稱數字小的，如「第三人稱→第一人稱、第三人稱→第二人稱、第二人稱→第一人稱、第三人稱→第三人稱（接受者為自己親人時）」。

「もらう」系列：第一人稱←第二人稱、第一人稱←第三人稱、第二人稱←第三人稱、第三人稱←第三人稱。

給東西時用「Ｎをあげる」的形式；給予動作時用「Ｖて形＋あげる」的形式。

因為日語授受表現常有恩惠授予的涵義，所以給予動作時常會有「為了對象做某動作」與「幫助或代替對象做某動作」兩種語意。

## 「あげる」系列

- この飴をあげるから、もう泣かないでよ。
  這個糖果給你，不要再哭了啦。

- コンビニに寄るから、ついでにジュースを買ってあげてもいいよ。
  我要去便利商店，可以順便幫你買果汁哦。

- きのう先生にお土産をさしあげました。
  我昨天送老師伴手禮。

- きのう先生にお荷物をもってさしあげました。
  昨天我幫老師提行李。

- いぬにエサをやる。
  餵狗吃飼料。

- 効率悪いな。手伝ってやるよ。
  真沒效率啊～我來幫你吧。

## 「くれる」系列

- 昨日姉がチョコレートをくれました。
  昨天姊姊給了我巧克力。

- いつも優しくしてくれて、どうもありがとうございます。
  謝謝你總是對我這麼溫柔。

- わざわざお土産をくださってどうもありがとうございます。
  感謝您特地買伴手禮給我。

- こちらの文章を訳してくださいませんか。
  可以請您翻譯一下這篇文章嗎？

## 「もらう」系列

- 弟にアイスクリームをもらった。
  弟弟給我冰淇淋。

- ホームステイ先のおばさんに観光を連れて行ってもらいました。
  我麻煩寄宿家庭的伯母帶我去觀光了。

・先生からプレゼントをいただきました。

收到了老師的禮物（從老師那裡得到禮物）。

・すみませんが、辞書を貸していただけませんか。

不好意思，可以請您借我字典嗎？

**Point**

1.「〜てやる」為比較不文雅的用法，使用上須加留意。

2.「〜もらう」系列的對象（贈與者）的助詞可以用「から」。

3. 替（或幫忙）長輩做動作時，為避免有邀功的語氣產生，一般不會用「〜てさしあげる」的形式，而是使用謙讓表現。

如：

（？）先生、お荷物をもってさしあげましょうか。

（○）先生、お荷物をお持ちしましょうか。

老師，我幫您拿行李吧！

## 02 あるいは〜

**接續** N1 ＋あるいは＋ N2

句子 1 ＋あるいは＋句子 2

**解說**「A あるいは B」表示同類事的事物有 A、B 等多樣的形式。有時可表示同類事物的某一方。中文可譯為「或者」「或許」。

・味が薄い場合は塩、あるいは醤油を入れてください。

覺得味道不夠的時候可以加入鹽巴或醬油。

・日本の大学院へ進学しようか、あるいは国に戻ろうか悩んでいる。

我正煩惱要在日本繼續讀研究所，還是回國。

**Point**「あるいは」漢字可寫成「或いは」，所以有「或者」「或許」的意思。

## 03 いくら〜ても／でも

**接續** いくら＋ V て形／ A いく ＋ても

いくら＋ N ／ NA ＋でも

**解說**「いくら」原本是「多少」「若干」的意思。和「も」一起用則表示「（無論有）多少〜也（不能）〜」之意。

・いくらお金があっても、買えないものがあります。

不管再怎麼富有，還是有錢所買不到的東西。

- いくらデザインがきれいでも、使えないものは買いません。

  就算設計得再怎麼漂亮，我就是不買用不著的東西。

**Point** 「いくら＝いく」（幾、多少）＋表示不定的量與程度的「ら」，等同「どれほど」（多麼、何等）的意思。

## 04 いったい～か

**接續** いったい＋疑問詞＋か

**解說** 「いったい」有「渾然一體」「大致上」「原來」等意思。「いったい＋疑問詞＋か」則表示強烈的疑問，中文可譯為「到底～」「究竟～」。

- いったいメガネをどこにおいたか全く覚えていません。

  我完全不記得自己把眼鏡放在哪裡了。

- 先生がいったいどこに行ったか誰も知らないようだ。

  似乎沒有人知道老師究竟去哪了。

**Point** 「いったい」的漢字為「一体」（到底）。

## 05 ～う（よう）

**接續** 動詞Ⅰ：語尾或「ます」前的音改為「お段」音＋う

動詞Ⅱ：去「る／ます」＋よう

動詞Ⅲ：する→しよう、くる→こよう

**解說** 「（よ）う」為意向助動詞，表示說話者的「意向」（意圖、目的等）。後面常接續「～と思う」等用法。中文可譯為「我想要～」「打算～」。

- 今年の夏は例年より暑いから、エアコンを買おうと思う。

  今年夏天比往年都還要熱，所以我想買一台冷氣。

- 去年の成績が悪かったから、今日から本気を出して勉強しようと思う。

  去年的成績很差，所以今天開始我打算要認真讀書了。

**Point** 「（よ）う」在文法上相當於「～ましょう」或「～でしょう（だろう）」的意思，但是在此用法的「～でしょう（だろう）」現在已經很少用。

## 06 おそらく～でしょう（だろう）

**接續** おそらく＋動詞片語＋でしょう（だろう）

**解說** 「おそらく」常和表推量的「だろう」「でしょう」一起出現，引導一個相當確實的推斷。中文可以譯為「或許～」「有可能～」。

・ 一度も欠席したことのない彼が教室にいないとは、おそらく風邪でもひいたのでしょう。

從來沒缺席過的他竟然不在教室裡，或許是感冒了也說不定。

・ 方向音痴なので、おそらく道に迷うでしょう。

因為是路痴，所以有可能迷路了吧。

**Point** 「恐らく〜」有「恐怕」的意思。

## 07 〜関わる

**接　續** N ＋に関わる

**解　説** 中文可譯為「關係到〜」「牽涉到〜」的意思。

・ 命に関わるような研究は禁止されている。

和生命有關的研究是被禁止的。

・ 著作権に関わる注意事項を読んでください。

請閱讀關於著作權的注意事項。

**Point** 「〜かかわる」的漢字有「関わる」「係わる」兩種寫法，所以帶有「與〜有關係」之意。

## 08 〜かった

**接　續** A ＋かった

**解　説** イ形容詞的過去式的形式為：去掉語尾「い」＋かった。表示或總結過去某個時間的樣態。

・ 今日の課外授業はとても楽しかったです。

今天的課外學習活動非常開心。

・ 昨日見た映画が面白かったから、ずっと笑っていました。

昨天看的電影太有趣了，所以我笑個不停。

**Point** 從イ形容詞的否定形「A ＋くない」「A ＋くありません」，可以判斷其過去式是由「A ＋くあった→A ＋かった」的音便而來。這一點和台語的「有A／無A」（有好吃／無好吃）的結構相同。（註：台語的「有」除了當動詞表示「存在」「所有」以外，也可以表示「完成」之意，如「有好吃＝おいしかった」。這一點跟日文表示完成的「た」一樣。另外，「無」則和日語「ない」的用法一樣，如「無好吃＝おいしくなかった」。）

## 09 かなり〜

**接續**　かなり＋ A い

**解說**　「かなり」為表示程度的副詞，後大多接形容詞。中文可譯為「頗」「相當」。

- 彼は無口でよく誤解されるけど、実は<u>かなり優</u>しい人ですよ。

  他沉默寡言所以常常被誤會，但其實他是個非常溫柔的人喔。

- 今学期の宿題が<u>かなり多</u>いので、無事に単位がとれるかどうか分かりません。

  這學期的作業相當多，所以我不知道能不能順利拿到學分。

**Point**　「かなり」漢字可寫成「可也」，類似中文的「可〜了（呢）」。

## 10 〜かもしれない

**接續**　V ／ A ／ NA ／ N 的普通形＋かもしれない

**解說**　「〜かもしれない」表示「有〜的可能性，但不是很確定」的意思。中文可譯為「或許」「有可能」。

- 明日雨が降る<u>かもしれ</u>ませんね。

  明天有可能下雨呢。

- 彼女に突き放されちゃった。怒らせた<u>かもしれない</u>。

  女友突然變得很冷淡。或許是惹她生氣了也說不定。

**Point**　「〜かもしれない」由表不確定的「か」「も」（也）和「知れない」（不知道）組合而成，意思為「是不是〜我也不知道」。另外，NA 與 N 的普通形不用加「だ」即可接續。

## 11 〜から

**接續**　V ／ A ／ NA ／ N 的普通形＋から
　　　　V ／ A ／ NA ／ N 的禮貌形＋から

**解說**　「から」當作接續助詞，表示前項為後項的原因、理由，中文可譯為「因為〜，所以〜」。

- 雨が降っている<u>から</u>、傘を持って行ったほうがいいですよ。

  （因為）下著雨，所以最好帶傘去喔。

- 暑いです<u>から</u>、窓を開けてください。

  （因為）很熱，所以請把窗戶打開。

- あそこは有名だ<u>から</u>一度行ってみたいです。

  （因為）那裡很有名，所以想去一次看看。

- 学生だから、学割があります。

  因為是學生才有優惠。

**Point**　NA 和 N 在接續時要加上斷定助動詞「だ」再接「から」。

## 12　～からして

**接續**　N ＋からして

**解說**　用於對某人、某事物舉一個極端或典型的部分作為例子，進行整體評價。表示「連～都這樣了，更何況～」的意思。一般多用於負面評價。中文可譯為「從～來看就～」「光～就～了（更何況～）」。

- 新人の態度からして気に入らない。

  那菜鳥光是態度就讓我很不喜歡（更何況……）。

- この牛肉麺は匂いからしておいしそうだ。

  這碗牛肉麵光聞味道就覺得很美味了。

**Point**　類義表現有「N をはじめとして」（以～為首）。

## 13　A から B にかけて

**接續**　N ／數量詞 ＋から＋ N ／數量詞 ＋にかけて

**解說**　中文可譯為「從 A 到 B 這段期間內，都一直～」。A、B 多指時間或場所。

- 六月から八月にかけて研修に行く予定です。

  六月到八月，我打算要去實習。

- 今夜から明日の朝にかけて大雨が降るそうです。

  聽說從今天晚上到明天早上會下大雨。

**Point**　「A から B にかけて」表示「A から B まで、ずっと～」（從 A 到 B 這段期間內，一直～）的意思，和單純的「A から B まで」（從 A 到 B 為止～）有些許不同。

## 14　～かろう

**接續**　N ／ NA ＋ではなかろう

　　　　A ＋かろう

**解說**　「～かろう」帶有推量、委婉的感覺。與「V ＋（よ）う」的用法相對應，為文言的説法，適用於書面語。中文可譯為「～吧！」。

- 彼女に限って嘘をつくことはなかろう。

  只有她不可能説謊吧。

- よかろう。教えてやる。

  好吧，我教你。

**Point** 口語則用「～だろう」的形式呈現，例如「よかろう＝よいだろう」「なかろう＝ないだろう」。

## 15 きっと～でしょう（だろう）

**接續** きっと＋動詞片語＋でしょう（だろう）

**解說** 表示「確切」「肯定」之意。後接推量表現「～でしょう（だろう）」時，語氣比「たぶん～」更加強烈。中文可譯為「一定～吧！」。

- 一生懸命に努力すれば、きっと日本語能力試験に受かるでしょう。

  只要努力讀書，就能通過日文檢定吧。

- 素直にごめんなさいと言えば、きっと先生も怒らないでしょう。

  只要誠實道歉，老師也一定不會生氣吧。

**Point** 表示說話者的強烈意志或強烈要求對方執行某動作時，基本上可以和「かならず」代換。例如「きっと行きます⇒かならず行きます」（一定會去）。「きっと来てください⇒かならず来てください」（請務必前來）。但是有兩種情況不可用於否定的表達方式，如「きっと行きます⇒（×）きっと行きません」「きっと来てください⇒（×）きっと来ないでください」。

## 16 ～くらい／～ぐらい

**接續** V 普通形／A 普通形／NA 的名詞修飾形／N ＋ くらい／ぐらい

**解說** 「くらい／ぐらい」因接續不同而有許多意思，在此表示「一點點」「微不足道」之意，帶點輕視的意味。

- ちょっと歩いたぐらいで疲れたというなよ。

  不過才走一下子而已，你就別喊累了吧。

- そんなことぐらい誰でもできるでしょう。

  那種小事不管誰都做得到吧？

**Point** 「くらい／ぐらい」可表示大概的數量、程度，當所列舉的事物是比較微不足道的小事時，就容易衍生出輕視的語感。

## 17 決して～ない

**接續** 決して＋ **Vない形／Aいく／NAで（は）／Nで（は）** ＋ない

**解說** 「けっして」表示「絕對」的意思。若後接否定形式，中文可譯為「絕對不～」。

· 先生は決して学生たちのプライバシーをさぐらない。

老師絕對不會去窺探學生們的隱私。

· ドタキャンは決してしてはいけないことだ。

絕對不可以突然爽約。

**Point** NA 與 N 須使用「～で（は）ない」的形式接續，要多加注意。

## 18 ～こそ

**接續** **V／A** 的て形＋こそ、 **V／A** 的ば形＋こそ

**N（＋格助詞）＋こそ**

**これ／それ／あれ** ＋こそ

**解說** 「こそ」表示強調的意思，具排他性，帶有「不是～，而是～」的意涵。中文可譯為「正是～」「就是～」「正因為～」。

· 物騒な世の中では平凡こそが幸せかもしれない。

在騷然不安的世上，或許平凡就是幸福。

· 若さこそが価値になると言われている。

大家都說年輕就是本錢。

· 自分でやってこそはじめてわかる。

只有自己去做才會懂。

**Point** 另外還有「～だからこそ」（正因為如此～）的用法。

## 19 ～こと

**接續** **V 普通形＋こと**

**解說** 「こと」為形式名詞，一般不寫漢字。翻譯時通常不用譯出來，不過大致可理解為「～這件事」。

· 趣味は映画を見ることです。

我的興趣是看電影（這件事）。

· 暗記することが苦手です。

我不擅長背東西（這件事）。

**Point** 形式名詞就是將前面的詞類「名詞化」的語法功能。以動詞為例，現代日語動詞不能直接加「です」與助詞等，因為這些用法前面基本上須接續名詞類的詞語，所以必須先加上「こと」「もの」「の」等具名詞化語法功能的詞後才可接續。「こと」「もの」用於如「仕事」（工作）、「食べ物」（食物）般的具體事物時，具有實質的語意；但作為形式名詞使用時，只發揮其語法上的接續功能，多不具實質的語意，因此大多不寫成漢字的「事」「物」。而且翻譯時經常省略不譯。

# 20 ～さえ（も）

**接續** N（＋助詞）＋さえ（も）

か（疑問詞）＋さえ（も）

**解說** 「さえ（も）」用於表達「最普通／常規的人／事物都～了，更何況是其他的人、事物」之意。中文可譯為「連～都～」。

· こどもでさえわかる問題なのに、大学生がわからないなんて……。

連小孩都會的問題大學生居然不知道，真是……

· 話はまだ早い、行くかどうかさえ、わたしはまだ決めていないんだよ。

現在說這話還太早，我連要不要去這件事都還沒決定呢。

**Point** 「～さえ」還能和條件句型「～ば」「～たら」接續使用，形成「～さえ～ば」「～さえ～たら」的形式，中文可譯為「只要～（就）」。

# 21 さすが（は）～

**接續** 意思①：さすが＋（は）Nだ

意思②：さすがに＋片語

**解說** 意思①：「さすが（は）Nだ」表結果果然符合說話者或社會的期待。中文可譯為「不愧（果然）是～」，用於褒獎的情況。

· さすがイチロウさんですね。野球がすごいですね。

不愧是鈴木一朗，棒球打得真好。

意思②：「さすがに」意指某事在特定的情況下，也會不符原有的評價。中文可譯為「別看～（也還是）～」。可用於褒義或貶義。

· 台湾でもさすがに冬の夜はさむいね。

雖說是台灣，但冬天的晚上還是挺冷的。

**Point** 「さすが～」和「やはり～」意思相近，但「さすが～」只用於褒義。

## 22 ～（さ）せる

**接 續**　動詞Ⅰ：あ段音＋せる

　　　　　動詞Ⅱ：去「る」＋させる

　　　　　動詞Ⅲ：する→させる

　　　　　　　　　来る→来させる

**解 說**　使役形「（さ）せる」表示使役者命令、要求或期許被使役者做某動作。中文可譯為「叫～」「讓～」「使～」。

・もう泣かせないから、許してほしい。

　　我保證不會再讓你哭了，原諒我吧。

・甲殻類アレルギーの彼女にエビを食べさせてはいけません。

　　不可以讓對甲殼類過敏的她吃蝦子。

**Point**　當使役動詞為意志的自動詞時，被使役的對象（實際動作者）後可接「に」也可接「を」，但意思不太一樣。

　　例如：

　　①母は弟に大学へ行かせる。

　　　媽媽讓弟弟唸大學。

　　②母は弟を買い物に行かせる。

　　　媽媽叫弟弟去買東西。

　　①或許是弟弟想去，媽媽讓他去（放任使役）；而②則是弟弟不想去，但媽媽迫使他去（強制使役）。

　　當使役動詞為他動詞時，由於他動詞的動作對象後要接「を」，所以被使役者後只能接續「に」，例如「赤ちゃんに牛乳を飲ませる」（讓嬰兒喝牛奶）。

## 23 さらに～

**接 續**　さらに＋ NA 普通形／ A 普通形／ V 普通形／數量詞

**解 說**　表示程度上比現在更有進展或加劇，為書面語。中文可譯為「更（加）～」。

・元々きれいだった同級生がさらにきれいになった。

　　本來就很漂亮的同學又變得更美了。

・風邪をひいたが休むことができず、体調がさらにひどくなった。

　　雖然感冒了，但是因為無法休息，所以身體狀況變得更糟了。

**Point**　「さらに～」漢字可以寫成「更に」，口語常用「もっと～」來表示。

## 24 ～し、～

**接續** V／A／NA／N 的普通形＋し

**解說** 「～し」連結前後兩個子句，表示前後兩個狀況同時存在，意思相近於「そして～」。中文可譯為「既～又～」「而且～」。

- このマグカップはとてもきれいだし、軽いです。

  這個馬克杯又漂亮又輕。

- 台湾の果物は安いし、おいしいです。

  台灣的水果又便宜又好吃。

**Point** 在提示或羅列相同事物時，常用「～も～し、～も～」的形式。例如「彼は頭もいいし、性格もいい」（他不但頭腦聰明，個性又好）。


## 25 ～しか～ない

**接續** N／數量詞（＋助詞）＋しかない

これ／それ／あれ＋しかない

V 字典形＋しかない

**解說** 「しか」是日語中少數幾個在形式上一定得用否定形的句型。中文可譯為「只有～」。

- 財布の中に日本円しか入っていない。

  錢包裡只有日幣。

- あの店は 7 時までしかやっていない。

  那家店只有開到 7 點。

- そんなに会社がいやなら、やめるしかない。

  那麼討厭上班的話，只好辭職了。

**Point** 「しか～ない」既可表示帶有不足含意的「只有～」，也可表示排他性（不是別的，就是這個）的「只～」。

例如：

- 今朝パンしか食べなかった。

  今天早上只吃了麵包。

- 朝はパンしか食べない。

  我早上只吃麵包。

## 26 ～する

**接續** A-いく＋する

$\boxed{\text{NA／N}}$ ＋に＋する

Vように＋する

**解說** 表示作用於其對象使其發生變化。和「なる」相比，「なる」是指事物本身自然而然地形成變化，而「する」則是說話者伴隨意志刻意使其達到某種變化。

- 寒いから、部屋の温度を高くしますね。

  因為很冷，所以把房間的溫度調高。

- 彼女の送別会は来週の水曜日にします。

  我們決定把她的歡送會辦在下禮拜三。

- 静かにしなさい。

  安靜一點！

- 遅刻しないようにしてください。

  請不要遲到。

**Point** 理解「～する」和「～なる」的區別，對學習日語自他動詞有很大的幫助。

## 27 ～そうだ

**接續** Vます形＋そうだ

$\boxed{\text{A／NA}}$ ＋そうだ

**解說** 「そうだ」有兩個意思，一個是 NA 與 N 加上「だ」再接續的「傳聞助動詞」的用法，中文可譯為「聽說～」；另一個則是本句型的「樣態助動詞」的用法，中文可譯為「好像～」。這兩種用法都只是陳述說話者自己「聽到的（＝聽說）」和「看到的（＝好像）」而已，所以它並不像「ようだ（內在依據）」和「らしい（外在依據）」般，以自己本身所得到的資訊（內在依據：依據來源為自己的所見所聞），或是從可靠的外在資訊（外在依據：依據來自外部消息）來加以敘述自己的推斷。

- 彼は車酔いで吐きそうだった。

  他因為暈車而快吐了。

- 悲しくて泣きそうだったけど我慢した。

  雖然難過得快哭了，但忍了下來。

**Point** 「いい」和「ない」接續樣態助詞的「～そうだ」時，須以「いい→よさそうだ」和「ない→なさそうだ」的形式呈現。另外，一看就可明白的形容詞一般不用「そうだ」，例如「（×）赤そうだ」「（×）彼女はきれいそうだ」。而名詞不可接樣態的「～そうだ」，例如「（×）

日本人<ruby>に<rt>にほん</rt></ruby>そうだ」。

## 28 ～そこで～

**接續** 句子 1 ＋そこで＋句子 2

**解說** 表示理由，基於此理由而鄭重提出某種要求。中文可譯為「因此～」「於是～」。

- <ruby>私<rt>わたし</rt></ruby>の<ruby>提案<rt>ていあん</rt></ruby>が<ruby>却下<rt>きゃっか</rt></ruby>されたから、そこで<ruby>考<rt>かんが</rt></ruby>え<ruby>直<rt>なお</rt></ruby>すことにした。

  因為我的提案被否決，於是我重新思考了內容。

- <ruby>子供<rt>こども</rt></ruby>が<ruby>生<rt>う</rt></ruby>まれたことで<ruby>家<rt>いえ</rt></ruby>を<ruby>狭<rt>せま</rt></ruby>く<ruby>感<rt>かん</rt></ruby>じ<ruby>始<rt>はじ</rt></ruby>めた。そこで、<ruby>新<rt>あたら</rt></ruby>しい<ruby>家<rt>いえ</rt></ruby>を<ruby>見<rt>み</rt></ruby>つけたい。

  孩子出生後開始覺得家裡變窄了，於是我想要找新房子。

**Point** 可和「それで」交替使用。但相較於「それで」，「そこで」的用法比較鄭重。

## 29 そのうえ

**接續** 句子 1 ＋そのうえ＋句子 2

**解說** 添加（順帶）同類事物的用法。中文可譯為「又」「而且」。

- <ruby>見<rt>み</rt></ruby>た<ruby>目<rt>め</rt></ruby>はいいし、そのうえ<ruby>味<rt>あじ</rt></ruby>も<ruby>良<rt>よ</rt></ruby>い。

  不只外表好看，而且味道也很好。

- <ruby>彼女<rt>かのじょ</rt></ruby>は<ruby>美人<rt>びじん</rt></ruby>だし、そのうえ<ruby>料理<rt>りょうり</rt></ruby>も<ruby>上手<rt>じょうず</rt></ruby>です。

  她長得漂亮，而且又能燒得一手好菜。

**Point** 可和「それに」替換使用。

## 30 ～それとも～

**接續** N ＋それとも＋ N

**解說** 「A それとも B」表示從 A 和 B 當中擇一之意。中文可譯為「是 A 還是 B」。

- <ruby>赤<rt>あか</rt></ruby>にしますか。それとも<ruby>青<rt>あお</rt></ruby>にしますか。

  要選紅色還是藍色呢？

- ごはんにしますか。それともお<ruby>風呂<rt>ふろ</rt></ruby>にしますか。

  要吃飯還是洗澡呢？

**Point** 可和「～あるいは～」替換使用。但「～あるいは～」常用於書面語或正式的交談場合。

## 31 ～てしまう

**接続** Ｖて形＋しまう

**解説** 此句型有兩個意思，一個表示動作的完成，另一個則表示可惜、後悔、無法挽回的感慨。中文可譯為「～了」「～掉」。

・忘れてしまわないうちにメモを書いておきましょう。
趁還沒忘掉前先寫下小抄。

・彼女と結婚してしまいました。
我和她結婚了。

**Point** 「～て（で）しまう」在口語中常用「～ちゃ（じゃ）う」來表達。

## 32 ～たあとで

**接続** Ｖた形＋あとで

**解説** 「V1た形＋あとで＋V2」表示 V1 和 V2 兩個動作的進行順序，V2 在 V1 之後進行。中文可譯為「～之後」。「V1た形＋あとで＋V2」與「V1＋てから＋V2」相比，後者通常有 V1 之後馬上進行 V2 的意思。

・いつも勉強したあとで、ゲームをします。
我總是在讀書後玩遊戲。

・甘いものを食べたあとで、歯を磨きます。
吃了甜的東西之後刷牙。

**Point** 動詞接續「～まえ」和「～あと」時，規則如下：

做之前→還沒做→する＋まえ

做之後→已經做了→した＋あと

## 33 ～に対して

**接続** Ｎ＋に対して

**解説** 表示動作針對的對象。中文可譯為「對～」。

・初対面の人に対してもフレンドリーに話せるようになった。
我變得對初次見面的人也能親切地交談了。

・目上の人に対して丁寧な言葉遣いをしなくてはならない。
對長輩必須使用有禮的遣辭用字。

**Point** 「〜に対して」「〜について」「〜にとって」這三者容易混淆。「〜について」是「關於〜」；「〜にとって」是「對〜而言」。

請試著比較下列句子：

- 息子に対して話す。
  對兒子説話。

- 息子について話す。
  （跟別人）説有關（我）兒子的事。

- 息子にとってこれは何よりです。
  對（我）兒子來説，這比什麼都重要。

## 34 だいたい〜

**接續** だいたい＋ V ／ A ／ NA ／ N 的普通形

だいたい＋のこと

**解說** 表示姑且不論細部，但幾乎全體皆是如此。中文可譯為「大致上〜」「基本上〜」。

- 日常会話はだいたいできますが、専門的な用語はよく分かりません。
  日常的會話大致上都會，但專業用語就不太懂了。

- だいたいのことはネットで簡単に検索できる。
  大部分的事情都能簡單地用網路查到。

**Point** 「だいたい」漢字寫成「大体」（大體），所以有「大體上〜」的意思。

## 35 たいてい〜

**接續** たいてい＋ V ／ A ／ NA ／ N 的普通形

たいてい＋助詞

**解說** 表示「雖然不是全部，但幾乎都〜」的意思。常接續習慣動作，表示其發生的機率或頻率很高，中文可譯為「基本上〜」「大致上〜」「大部分〜」。

- わたしは、朝食はたいていパンにコーヒーですね。
  我早餐基本上都吃麵包配咖啡。

- たいていの日本人は野球についてよく知っている。
  日本人大致上都對棒球很了解。

**Point** 用法相當於「だいたい〜」（大體上〜）、「大部分〜」（大部分〜）。

## 36 ～たがる

**接續** Vます形＋たがる

**解說** 表示第三人稱的要求或期望。若為現在的狀態時，以「V＋たがっている」的形式呈現，中文可譯為「想～」「願意～」。

- 子どもというものはなんでも知りたがる。
  小孩子就是什麼都想知道。

- 地震で避難している住民は皆一刻も早く自分の家に帰りたがっている。
  因地震而避難的居民，大家都想早一點回到自己的家園。

**Point** 在日語中，要特別留意「第三人稱」的期望、意志的用法。

## 37 ～だけ

**接續** **V普通形／A普通形／N（＋格助詞）／NAな＋だけ**

**解說** 意指「除此之外沒有別的」，帶有「限定」的語感。中文可譯為「只有～」。

- 他のことはどうでもいいけど、そのことだけはやめなさい。
  其他事情要怎麼樣都沒關係，但只有那件事請住手。

- 本での勉強だけしてきたから、会話があまりできない。
  因為只有透過書本學習的，所以不太會口說。

**Point** 「～だけ」和「しか～ない」都表示「只有～」之意，兩者意思相近。但「しか～ない」因為語形的要求，只能用否定形；「～だけ」則可接續肯定形和否定形。因此當傳達某個特別狀態的負面情況時，「しか～ない」會比「～だけ」更適合。

例如：

- 地震で閉じ込められて、2日間水しか飲んでいないのです。
  因為地震受困，這兩天他只有喝水而已。

「だけ」本身也可接否定形成「～だけでなく」（不僅～）的用法，而且「～だけ」常接續形容詞、形容動詞、動詞等。「しか～」在接續上限制比較多，所以並不是每個「～だけ」的用法都能以「しか～」替換。

例如：

- （×）今のアパートは駅に近いしかなくて他はあまり良くない。
- （○）今のアパートは駅に近いだけで他はあまり良くない。
  現在住的公寓只有離車站近這點好處而已，其他都不太好。

（×）少し疲れたしかないです。

（○）少し疲れただけです。

　　只覺得有點疲勞而已。

（×）資料のコピーしかない簡単な仕事。

（○）資料のコピーだけの簡単な仕事。

　　只有做資料影印的簡單工作。

## 38 たとえ～ても／たとえ～でも

**接續** たとえ＋ V て形／ A いく ＋ても

　　　たとえ＋ NA ／ N ＋でも

**解說** 表示「假設即便是這樣的狀況也～」的意思，中文可譯為「就算～也～」「即便是～也～」。

・たとえお腹がいっぱいになっても、デザートは食べます。

　　就算肚子很飽，也要吃點心。

・たとえ雨でも、旅行に行きます。

　　就算下雨，我也要去旅行。

**Point** 「～たとえ」的漢字可寫成「縱令」或「仮令」，所以帶有「縱使～」「假使～」的含意。

## 39 ～ために

**接續** 連體修飾形＋ために

　　　V 字典形＋ために

　　　N ＋の＋ために

**解說** 表示目的，中文可譯為「為了～」。

・日本へ留学に行くために、一生懸命日本語を勉強している。

　　為了要去日本留學，現在拚命學習日文。

・君のために、何でもできます。

　　為了你我什麼都做得到。

**Point** 「～ため」的漢字可寫成「為」，所以主要有「因為～」和「為了～」兩個意思。

## 40 ～たら

**接續** Ｖた形＋たら

**解說** 「Ａたらβ」表示當Ａ條件達成的話，就可能產生Ｂ結果，為條件的表現用法。中文可譯為「～的話」。「～たら」普遍用於會話中，和同為條件表現的「～ば」「～なら」相比，「～たら」的限制最少。唯一的限制是Ａ一定要比Ｂ先發生。

・ 国を出たら、世界の広さを知るようになる。
　出了國就會知道世界的廣闊。

・ 冬が来たら、スキーがしたいです。
　冬天來了以後，我想去滑雪。

**Point** 「～たら」是假定助動詞「～ば」的口語表現，所以多用於一般會話。

## 41 ～たり～たりする

**接續** Ｖた形／Ａかっ ＋たり＋ Ｖた形／Ａかっ ＋たりする
Ｎ／ＮＡ ＋だったり＋ Ｎ／ＮＡ ＋だったりする

**解說** 表示動作或狀態等的列舉。

・ 土日はアルバイトをしたり、旅行したりします。
　我週休二日有時打工，有時去旅行。

・ 図書館では本を読んだり、宿題をしたりする。
　我在圖書館有時看書，有時寫作業。

**Point** 「～Ｖて形」：列舉全部動作（動作必須依發生的先後順序排列）。

　　例如：（✕）朝歯を磨いてそれから起きます。

　　　　　（〇）朝起きてそれから歯を磨きます。
　　　　　　　　早上起床後刷牙。

　「Ｖたり～する」：列舉部分動作（動作不必依發生的先後順序排列）。

　但有多少個動作就必須用幾個「～たり」，而且最後「する」的部分不能省略。

　（「する」只是其中一個時態，會因句子的語法形式而改變）

　　例如：（✕）昨日は映画をみたり、ご飯を食べた。

　　　　　（〇）昨日は映画をみたり、ご飯を食べたりした。
　　　　　　　　昨天看了電影，吃了飯。

## 42 ちっとも～ない

**接續** ちっとも＋ Vない形 ／ A－いく ／ NA では ＋ない

**解說** 同「すこしも～ない」「ぜんぜん～ない」（完全不～）的意思，比「～すこしも」更加口語化。中文可譯為「一點也不～」「毫不～」。

- ちっとも羨ましくないからね。

  我才不羨慕呢。

- 彼のことはちっとも知らない。

  一點也不了解他。

**Point** 「ちっとも」和「ぜんぜん」的用法相近，但「ちっとも」沒有表示經驗、次數的用法。

例如：（×）ちっとも行ったことがない。

（○）ぜんぜん行ったことがない。

完全沒去過。


## 43 ～について

**接續** N ＋について

**解說** 表示就某人、某事物加以說明之意。中文可譯為「關於～」「針對～」，鄭重說明時以「～つきまして」的形式呈現。

- そのことについてはまだ何も話せないです。

  關於那件事我還甚麼都不能說。

- エクセルの使い方についてあまり詳しくないので、教えてもらえませんか。

  我不太會使用 Excel，可以請您教教我嗎？

**Point** 前接數量詞時，有「每～」的意思。例如「車1台について、500円の入場料を頂戴します」（每台車收取 500 日圓的入場費）。


## 44 ～を通じて

**接續** N ＋を通じて

**解說** 表示透過某人或某事物來傳達訊息或聯絡。中文可譯為「透過～」「通過～」。

- インターネットを通じて外国のことを知った。

  透過網路知道了國外的事情。

- 知人を通じて、都内にある会社に入社した。

  我透過認識的人的介紹，進了東京的公司。

**Point** 不能當作交通手段使用。

例如：（×）この列車は台南を通じて高雄まで行く。

（○）この列車は台南を通って（経由して）高雄まで行く。

這班列車經由台南到高雄。

## 45 つまり～

**接續** つまり＋句子

**解說** 以相同意思的字句換句話說。中文可譯為「也就是説～」「換言之～」。

- 台風で飛行機が欠航した。つまり出張は延期された。

  因為颱風而導致飛機停飛。也就是説出差被延期了。

- 心を開くこと、つまり自分のことを話すことでネガティブな感情を外に吐き出すことができる。

  敞開心房，也就是説藉由和別人談心事能趕走負面的情緒。

**Point** 「つまり」從動詞「つまる」而來。「つまる」意指「塞滿」「擠壓」「壓縮」。「つまり」相當於「つまるところ」的意思，帶有「簡言之～」「重點是～」的語意。

## 46 ～つもり

**接續** V字典形／Vない形 ＋つもり

**解說** 表示説話者的意志、意圖，中文可譯為「打算～」。

- 卒業したら、ワーキングホリデーに行くつもりです。

  畢業後，我打算去打工度假。

- 明日はどこへも出かけないつもりです。

  我打算明天哪裡都不去。

**Point** 否定形有「ないつもり」（打算不～）、「つもりはない」（不打算～）、「つもりではない」（並不是有意要～）等用法，意思皆不同。

例句：

- 行かないつもりです。

  打算不去。

- 行くつもりはない。

  不打算去（不想去）。

- すみません、あなたの邪魔をするつもりではなかったんです。

  對不起，我並不是有意要打擾你。

# 47 ～てある

**接續** 他Ⅴて形＋ある

**解說** 「他動詞＋てある」和「自動詞＋ている」都是表示狀態的持續，不同的是前者是為了某個目的而讓某動作先呈現出某種狀態；後者則通常只是表示眼前的狀態持續中（著）。中文可譯為「已先～好了」。

- 明日のテスト範囲は黒板に書いてあります。

  黑板上寫了明天的考試範圍。

- あしたピクニックで食べるお弁当はもう作ってあります。

  明天野餐要吃的便當已經先做好了。

**Point** 「てある」和「ておく」可以說是一連串的事件。比如說：為了明天要去野餐而先做便當（お弁当を作っておく＝動作）→便當做好了（お弁当を作っておいた＝變化、結果）→說話者看到已經做好的便當（お弁当が作ってある＝結果的持續）。

# 48 ～ている

**接續** Ⅴて形＋いる

**解說** 「他動詞／意志自動詞（如「歩く」「走る」等可憑意志控制的自動詞）＋ている」基本上表示動作正在進行之意，中文可譯為「正在～」。

而「非意志自動詞（如「死ぬ」「破れる」等無法憑意志控制的自動詞）＋ている」則表示動作完成後的狀態仍持續著，中文可譯為「～了」。

**他動詞**

- いまご飯を食べています。

  現在正在吃飯。

**意志動詞**

- 彼はいま走っています。

  他正在跑步。

**非意志動詞**

- ・袋が破れています。

  袋子破了。

**Point** 「いる」表「存在」，所以有「正在〜」之意。

## 49 〜ておく

**接續** Ｖて形＋おく

**解說** 「Ｖて＋おく」表示為了某個目的，或避免日後發生困擾而事先做好某動作之意，中文可譯為「先（做好）〜」。

- ・分かりました。調べておきますね。

  了解了。我會先去查查看的。

- ・肉を冷凍庫に入れておきました。

  已經先把肉放進冷凍庫了。

**Point** 「置く」意指「放置」，所以「Ｖて形＋おく」可理解為「把動作先做起來放」之意。另外，「ておく」（teoku）在口語中常縮寫為「とく」（toku），例如「レストランは予約しとくから安心して」（別擔心，我會先預約好餐廳的）。

## 50 〜てみる

**接續** Ｖて形＋みる

**解說** 表示嘗試的意思，中文可譯為「〜看看」。

- ・できるかどうか分かりませんが、とりあえずやってみます。

  雖然不知道做不做得到，總之我會試試看。

- ・これを食べてみてください。

  請吃吃看這個。

**Point** 日語動詞「みる」的漢字寫成「見る」，本身就是「看」的意思。

## 51 〜と言う

**接續** 引用句＋と言う

**解說** 「〜と言う」的「〜と」前面接某人說過的話的引用表現。如果引用是原封不動的話，可在「と」的前面加上引號來表示。反之，沒有完全一字不變的引用，只是轉述或以自己的方式來表達，則可不用加上引號。用來傳達別人所說的話，一般用「〜と言っ

「ていました」會比較自然。中文可譯為「～説：『 』」「～有説～」。

- 先生は欠席率の高い学生は期末試験を受けても単位をあげないと言っていました。

  老師説平時常缺席的人，就算來考期末考也不給學分。

- 先生は昨日の授業で「欠席の多い人は絶対落とすよ」と言いました。

  老師昨天在課堂上説：「一定會當掉缺課多的人！」

- いとこははやく大人になりたかったけど今はそう思わないと言っていました。

  表弟説他以前想趕快變成大人，但現在不那麼想了。

**Point** 「～と言う」的用法在句中會以「～と言って～」的形式表現。

# 52 どうも～ようだ

**接 續** どうも＋ V普通形／Vた形 ＋ようだ
どうも＋ Nの ＋ようだ

**解 説** 「どうも」用來表示對事物的推斷，在判斷不太確定的事物時使用。中文可譯為「似乎～」「好像～」。

- 今日はどうも食べ過ぎたようだ。

  今天好像吃太多了。

- 写真を見るとどうも間違いないようだ。

  看了照片發現好像沒有錯。

- 彼女の言ったことはどうも全部嘘のようだ。

  她所説的好像全是謊言。

**Point** 「どうも～ようだ」句型容易與日語文法的「～そうだ」（聽説～，據説～）混淆，要特別注意。

# 53 ～とおりに

**接 續** Ｖ字典形／Ｖた形／Ｎの ＋とおりに

**解 説** 表示按照所定的計畫、指示或命令去執行。中文可譯為「依照～」「按照～」「根據～」。

- 先生の言ったとおりにやってみてください。

  請按照老師説的去做做看。

- 説明書のとおりに操作してください。

  請依照説明書的內容來操作。

「～とおり」與「～のように」用法相似，皆用來表示動作比照的基準。「～のとおり」是完全照前面動作實行；「～のように」是模仿前面的動作之意。

## 54 ～ところ

**接續** Vた形＋ところ

**解說** 用於表示在做了某事之後，看看會有什麼結果出現，而後項往往是出乎意料的結果。中文可譯為「～，結果卻～」「才剛～，就～」「～，沒想到～」。

- ごはんを食べていたところ、電話がかかってきた。
  才剛開始吃飯的時候，電話就來了。

- ケータイをいじっていたところ、先生に捕まった。
  才剛玩起手機時，就被老師抓到了。

- 新しいパソコンを使ってみたところ、とても使いやすかった。
  試用了新的電腦，沒想到相當好用。

**Point** 與「～たら」有相似之處，但「～たところ」用來表示偶然出現的意外，後面接結果。

## 55 ところで

**接續** （句子）。ところで、

**解說** 在此的「～ところで」當接續詞使用，接於一個句子之後，用來表示說話時突然轉換話題的情形。中文可譯為「對了，～」「那個……」「這個，～」。

- 今日も天気がいいですね。ところで、月曜日なのに、どうしてここにいますか。
  今天也是個好天氣。對了，今天明明是週一，你怎麼在這啊？

- やっと仕事が終わったよ。ところで、何か用事でもあるの？
  終於做完工作了啊。那個……你是不是有什麼事要找我？

**Point** 若「～ところで」當接續助動詞接於「Vた」形之後時，即為「即使～」「即便～」之意。

## 56 ～どころか

**接續** V普通形／Aい／NAな／N ＋どころか

**解說** 表示先舉出某個事情後，加以否定它，強調後面要敘述的事物。中文可譯為「別說是～」「哪談得上～」「哪裡是～」「豈止～」。

- 海外どころか、国内旅行もしたことがないというのに。
  別說是國外了，明明連國內旅行也都沒去過。

- 彼は電話どころか、メールすら送ってこない。

  別説是電話了，他連電子郵件也不寄來。

- 儲かるどころか損ばかりしているよ。

  哪談得上有賺，都還在賠錢啊。

**Point** 日語中有很多用法是由「ところ」演變而來，例如「～ところ」「～ところに」「～ところへ」「～ところを」等，要注意不可混淆。

## 57 〜ない

**接續** V ない形／A いく ＋ない

NA ／ N ＋ では／じゃ ＋ない

**解說** 用於表示動作、狀態、作用等的否定，中文可譯為「不～」「沒～」。

- おいしくない訳じゃないけど、お腹がいっぱいで食べられない。

  不是不好吃，只是我太飽了吃不下而已。

- できないとばかり言わずに、まずやってみたらどうだ。

  不要光說自己做不到，先去做做看如何？

- 彼はタバコも吸わないし、酒も飲まない。

  他不吸菸也不喝酒。

**Point** 如果置於句末，同時提高語調時，則用來表示疑問或勸誘。例如「おいしくない？」（不好吃嗎？）、「一緒に行かない？」（要不要一起去？）。

## 58 〜ないで

**接續** V ない形＋ないで

**解說** 在文末以「～ないで」表現，用來表示帶有輕微的禁止與否定意思的要求或請託。

- あなたのせいではないから、自分を責めないで。

  不是你的錯，不要太自責。

- クラスメートにいたずらをしないで。

  請不要對同學惡作劇。

- 試験中だから、よそ見をしないで。

  正在考試中，不要東張西望。

**Point** 可與接在動詞後面，表禁止的「な」（終助詞）做比較。例如「おい！廊下を走るな！」（喂！不要在走廊上奔跑！）、「俺のプリンを隠すな！」（不要把我的布丁藏起來！）。

## 59 ～ないように

**接續** ｜Ｖない形／Ｖ可能形｜＋ないように

**解說** 日語中表示「目的」的「～ように」和「～ないように」，相當於中文的「為了～」「為了不要～」。這裡的「～ないように」中文可譯為「為了不～」。

・ 二度<ruby>二<rt>に</rt></ruby><ruby>度<rt>ど</rt></ruby>としないように、<ruby>反<rt>はん</rt></ruby><ruby>省<rt>せい</rt></ruby>してください。

　為了不再重蹈覆轍，請您反省。

・ <ruby>遅<rt>ち</rt></ruby><ruby>刻<rt>こく</rt></ruby>しないように、<ruby>必<rt>かなら</rt></ruby>ず<ruby>寝<rt>ね</rt></ruby>る<ruby>前<rt>まえ</rt></ruby>に<ruby>目<rt>め</rt></ruby><ruby>覚<rt>ざ</rt></ruby>まし<ruby>時<rt>ど</rt></ruby><ruby>計<rt>けい</rt></ruby>をかけておきます。

　為了不要遲到，一定會在睡前先設定好鬧鐘。

**Point** 若以「～ないようにする」來表現，則是表「下決心不再～」之意。例如「<ruby>本<rt>ほん</rt></ruby><ruby>当<rt>とう</rt></ruby>にすみませんでした。もう<ruby>二<rt>に</rt></ruby><ruby>度<rt>ど</rt></ruby>とこんなことをしないようにします」（真的非常抱歉，我絕對不會再犯同樣的錯）。

## 60 ～ながら

**接續** ｜Ｖます形／Ｎ｜＋ながら

**解說** 用來表示動作的同時進行。中文可譯為「一邊～一邊～」「一面～一面～」。

・ <ruby>授<rt>じゅぎょう</rt></ruby><ruby>業<rt></rt></ruby>を<ruby>受<rt>う</rt></ruby>けながらノートをまとめる。

　一邊聽課一邊整理筆記。

・ <ruby>散<rt>さん</rt></ruby><ruby>歩<rt>ぽ</rt></ruby>しながら<ruby>鼻<rt>はな</rt></ruby><ruby>歌<rt>うた</rt></ruby>を<ruby>歌<rt>うた</rt></ruby>っていた。

　一邊散步一邊哼著歌。

**Point** 「～ながら」有多種用法。若當接尾語接在名詞後，則表示「照舊～」「如故～」「如同～」「一樣～」之意，例如「<ruby>昔<rt>むかし</rt></ruby>ながらの<ruby>風<rt>ふうしゅう</rt></ruby><ruby>習<rt></rt></ruby>」（自古以來的風俗）。另有表示與既定事實相反的逆接接續，意指「明知道～仍然～」的用法，例如「<ruby>悪<rt>わる</rt></ruby>いと<ruby>知<rt>し</rt></ruby>りながらあのことをやってしまった」（明知是不好，但仍然做了那件事）。

## 61 ～なくては

**接續** Ｖない形＋なくては

**解說** 前面接動詞時，後接否定表現，用來表示「不～做就不～」，中文可譯為「必須～」「一定要～」。「～なくては」可縮約成「～なくちゃ」。

**～なくては**
一般常見的用法是「～なくてはいけません」（不～不行）、「～なくてはなりません」（必須～）。

- 先生の言うことをちゃんと聞かなくてはいけない。

  老師説的話不好好聽不行。

- 日々反省しなくてはならない。

  必須天天反省。

## ～なきゃ

助動詞「ない」加假定「～ば」時，變「～なければ」，可簡縮為「～なきゃ」，後面常以「～なきゃいけない」表現。

- もうすぐ締め切りなんだから急がなきゃ！

  快到截止日了，動作不快不行！

- 明日期末テストがあるから、一夜漬けになるけど準備しなきゃいけない。

  明天因為有期末考，雖然説是臨時抱佛腳，但還是得準備一下。

## ～なくちゃ（「なくては」的縮約形用法）

- 地球のために資源を大切にしなくちゃならない。

  為了地球我們必須珍惜資源。

- 貯金したいから節約しなくちゃ。

  我想存錢所以得節省一點。

**Point** 要多留意「～なくては」的相關變化與其縮約形的用法。

## 62 ～なくて

**接續** | Vない形／Aいく／Nで（は）／NAで（は） | ＋なくて

**解説** 表示前項並沒有成立，因而產生後項的結果。後項多用來表示説話者的情感或對事物的評價內容。中文可譯為「（不是～），而是～」「沒～」「不～」，或省譯。

- 違う。取ってほしいのは黄色い帽子でなくて、オレンジ色の方だよ。

  不是，我不是要你拿黃色的帽子，是橘色那頂啦。

- 夏が嫌な訳ではなくて、ただ日焼けしたくないだけです。

  我不是討厭夏天，只是不想被曬黑而已。

- むすめは夜遅くまで帰らなくて、心配しています。

  女兒很晚都還沒回來，讓人擔心。

**Point** 接於「名詞」「ナ形容詞」時，除了以「～でなくて」的方式接續外，還可用「～ではなくて」「～じゃなくて」的方式呈現。

## 63 ～なさい

**接　續**　動詞「なさる」的命令形

　　お／ご ＋Ｖます形＋なさい

**解　說**　日語「しろ」「せよ」的尊敬語。中文可譯為「請～」「要～」「快～」。

・ 遊んでばかりいないで、勉強しなさい！
　　不要整天只會玩，快念書！

・ お行儀が悪いからやめなさい。
　　那樣很不禮貌，快住手。

・ お帰りなさい。
　　您回來了。

・ お休みなさい。
　　晚安。

**Point**　「なさい」是動詞「なさる」的命令形，加上助動詞「ます」命令形時，則變成「なさいませ」。

## 64 ～なさる

**接　續**　「なす」「する」的尊敬語

　　①直接取代「なす」「する」以表示尊敬。

　　　例如：「御注文は何にしますか。」

　　　　　　「御注文は何になさいますか。」

　　　　　　（請問要點什麼呢？）

　　②當補助動詞時：

　　　お +Ｖます形 + なさる

　　　ご + 漢語動詞 + なさる

**解　說**　表示尊敬之意。中文是「為～」「做～」之尊敬用法。

・ お仕事は何をなさっていますか。
　　請問您從事什麼行業呢？

・ どうぞごゆっくりなさってください。
　　請好好休息。

・ 卒業してからどんな仕事をなさるつもりですか
　　您畢業後打算從事怎樣的工作呢？

・ いつごろ到着なさいますか。
　　您何時抵達呢？

- あのことはどうか気<ruby>気<rt>き</rt></ruby>になさらないでください。

  那件事請勿放在心上。

- <ruby>社長<rt>しゃちょう</rt></ruby>はそれをお<ruby>断<rt>ことわ</rt></ruby>りなさいました。

  董事長已拒絕那件事了。

**Point** 有些字詞有特定的尊敬語，學習時要特別牢記。「～なさる」連用形有「～なさり（ます）」「～なさい（ます）」「～なさっ（た）」之用法。「～なさります」的説法為文言表現，現代口語都用「～なさいます」。而命令形則以「～なされ」「～なさい」呈現，「～なされ」是文言用法，現代口語通常都用「～なさい」。

## 65 ～なら

**接續** ┃**V字典形／Aい／NA／N**┃ **＋なら**

**解說** 意思①：表示未知事物的假定或條件，在「～的條件之下就～」之意。中文可譯為「如果是～的話」「假如是～的話」。

意思②：把某事作為話題的前題之下，加以進一步説明。接於名詞之後，在它前面可加上「の」。中文可譯為「要是～的話」。

- <ruby>免許<rt>めんきょ</rt></ruby>が<ruby>欲<rt>ほ</rt></ruby>しいなら、<ruby>高額<rt>こうがく</rt></ruby>な<ruby>学費<rt>がくひ</rt></ruby>を<ruby>払<rt>はら</rt></ruby>って<ruby>練習<rt>れんしゅう</rt></ruby>することだ。

  如果想要駕照的話，就要付很多學費然後好好練習。

- <ruby>大事<rt>だいじ</rt></ruby>な<ruby>人<rt>ひと</rt></ruby>のためなら、<ruby>何<rt>なん</rt></ruby>でもできると<ruby>思<rt>おも</rt></ruby>う。

  如果是為了重要的人，我覺得什麼都做得到。

- スマートフォンなら、アップル<ruby>製<rt>せい</rt></ruby>がいいですよ。

  若是説智慧型手機的話，蘋果做的是最好的喔！

**Point** 「～なら」的句型有多種意思，要特別留意各種用法。

## 66 ～なる

**接續** **Vます形＋なる**

**Aいく＋なる**

**解說** 具多種意思的動詞，依接續之詞性不同做變化。「～なる」主要用於表達人事物之變化或狀態之轉變。中文可譯為「成為～」「完成～」「實現～」「成功～」「成就～」「組成～」「構成～」「形成～」等等。

- <ruby>私<rt>わたし</rt></ruby>は<ruby>先生<rt>せんせい</rt></ruby>になりたいです。

  我想成為老師。

- 病気がだんだんよくなりました。

  病情逐漸好轉了。

- 陸地の面積はだんだん小さくなります。

  陸地面積漸漸變小。

- 年をとると、簡単な動きもできなくなります。

  一上了年紀，連簡單的動作也做不了。

**Point** 「～なる」約有十幾種的主要用法，須留意此類用法必須依句子的不同，選擇適當的意思翻譯。例如「お（ご）～になる」的形式，是表示對他人動作的尊敬用法。

## 67 ～に

**接續** N ＋に

**解說** 日語中的格助詞大都具有多種意思，依前面搭配的詞句不同，意思也會不同。「～に」在此主要有動作發生的「時間」「地點」及「場合狀況」的用法，也常用於表現人事物出現的場所。中文可譯為「在～」「在～的時侯」「向～」「搭上～」「到～」「成為～狀況」「～上」等等。

- 12 時出発の電車に乗らないと遅刻する。

  如果不搭 12 點出發的電車就會遲到。

- 黒板に書いてある通りにしなさい。

  請按照黑板上寫的做。

**Point** 像「に」這樣的格助詞，在日語的學習階段上，要留意其各種不同的用法，它不僅有一個意思而已。

## 68 ～の

**接續** V 字典形＋の

**解說** 「の」在日語有十種以上的用法，在 N3 的學習項目中，接在動詞的連體形之後，可將前面的詞句「名詞化」。中文可譯為「～的」「維持原動詞之意（名詞）」。

- 彼が持っているのは骨董品らしい。

  他手上拿的好像是骨董。

- 勉強するのが好きかもしれない。

  我或許是喜歡讀書。

- 職員室に出入りできるのは先生だけだ。

  能進出教職員辦公室的只有老師而已。

- 授業をサボるのは良くないことだと思う。

  我覺得翹課不太好。

- 毎日英単語を暗記するのを目標にした。

  我把每天背英文單字當成了目標。

- ケーキを食べるのを控えている。

  盡量不要吃蛋糕。

**Point** 「の」的用法，依在句子的位置、與前面詞句的關係，會有相當多的用法，要依學習階段確實區分。

## 69 ～ので

**接續** V普通形／Aい／NAな／Nな ＋ので

**解說** 「～ので」為接續助詞，表客觀敘述的理由、原因。中文可譯為「因為～」「由於～」。

- もう仕事を終わらせたので、これで失礼します。

  我已經把工作完成了，所以先告辭了。

- 外が寒いので、すぐ家に帰った。

  因為外面很冷，所以馬上回家了。

**Point** 可與前面學過的、表主觀原因理由的「～から」做比較，區分其不同。

## 70 ～のに

**接續** V普通形＋のに

**解說** 「～のに」除了表示前後句的因果關係用法外，還有表示「目的」之用法。其結構為名詞化的「の」加上表「目的」的「に」，這樣的用法相當於「～するために」。中文可譯為「為了～」「用來～」。

- この文法を理解するのに時間がかかる。

  理解這文法需要時間。

- 屋上庭園は静かで、本を読むのにいいです。

  屋頂的庭園很安靜，適合讀書。

**Point** 可與前後為逆接關係的接續助詞「～のに」（～，卻～）做比較。

# 71 ～は

**接續** N ＋は

**解說** 表示句子的「主題」。常見的句型有「～は（大主語）～が（小主語）」。中文可譯為「～是～」，但有時不會特別譯出。

- ウサギは耳が長い。

  兔子的耳朵很長。

- 昨日は寒かったけど、今日は暑かった。

  昨天很冷，但是今天很熱。

**Point** 「私は学生です」（我是學生）要表達的重點在於「学生です」（是學生）；而「私が学生です」重點則放在「私」（我）。

# 72 ～をはじめ

**接續** N ＋をはじめ

**解說** 以一個例子為主例，用來開頭說明。中文可譯為「以～為代表」「比如像～」「例如有～」等表現。

- 台湾は士林夜市をはじめとして、101 など有名なところがある。

  台灣有士林夜市和１０１等有名的地方。

- 女性に人気がある食べ物は、こんにゃくをはじめとするダイエット効果がある食べ物です。

  在女性之間很有人氣的食物有蒟蒻等，對減肥有效的東西。

**Point** 「～をはじめ」亦可以「～をはじめとして」「～をはじめとする」的形式來表現。

# 73 ～ば

**接續** 活用語的假定形＋ば

**解說** 「～ば」的用法有兩種。一種是「恆常條件」的假定句，只要前項順利發生，後項自然會有相對的結果出現，一般用來敘述成語、真理及事實。而另一種「順接假定條件」則為若達到前項的條件，後句就會成立。中文可譯為「假如～」「如果～的話」。

**恆常條件**

- イチゴは冬になれば、赤くなる。

  草莓到了冬天就會變紅。

**順接假定條件**

- 留学すれば、視野が広がる。

  只要留學，視野就會變廣。

・ <ruby>車<rt>くるま</rt></ruby>が<ruby>欲<rt>ほ</rt></ruby>しければ、<ruby>頑張<rt>がんば</rt></ruby>ってお<ruby>金<rt>かね</rt></ruby>を<ruby>稼<rt>かせ</rt></ruby>がなければいけない。

如果想要車子的話，就要努力賺錢。

**Point** 可與條件句「〜と」「〜なら」「〜たら」做比較，區分其不同。

## 74 〜ばかり

**接續** V 普通形／N ＋ばかり

V て形＋ばかり

**解說** 用來表示限定或顯示量多之意。中文可譯為「光是〜」「老是在〜」「一直〜」。

・ お<ruby>菓子<rt>かし</rt></ruby>ばかり<ruby>食<rt>た</rt></ruby>べていると<ruby>頭<rt>あたま</rt></ruby>が<ruby>悪<rt>わる</rt></ruby>くなるそうだ。

聽說一直吃點心的話會變笨。

・ <ruby>寝<rt>ね</rt></ruby>てばかりいないで、<ruby>手伝<rt>てつだ</rt></ruby>いなさい。

不要一直睡，快幫忙。

**Point** 一般會有「〜Vて＋ばかりいる」「〜ばかりだ」「〜ばかりする」等表現。

## 75 〜はずだ

**接續** V 普通形／A い／N な／N の ＋はずだ

**解說** 依說話者的知識和資訊所做出的判斷。中文可譯為「應該〜」「照理說〜」。

・ そのレポートの<ruby>締<rt>し</rt></ruby>め<ruby>切<rt>き</rt></ruby>りは<ruby>先週<rt>せんしゅう</rt></ruby>だったはずだ。<ruby>今<rt>いま</rt></ruby>さら<ruby>提出<rt>ていしゅつ</rt></ruby>しても<ruby>間<rt>ま</rt></ruby>に<ruby>合<rt>あ</rt></ruby>わないぞ。

那份報告的截止日應該是上週吧。現在交出去也來不及了哦。

・ ここにレストランがあったはずだけど、<ruby>今<rt>いま</rt></ruby>は<ruby>駐車場<rt>ちゅうしゃじょう</rt></ruby>になった。

這裡以前應該有間餐廳，但現在變成停車場了。

**Point** 可與「〜べき」做比較，「〜べき」是主觀或義務上有必要「該〜」之意。

## 76 〜ほうがいい

**接續** V 普通形＋ほうがいい

**解說** 給別人意見或建議時使用。中文可譯為「最好〜」「〜比較好」。

・ もうすぐ<ruby>留学<rt>りゅうがく</rt></ruby>するでしょう。はやく<ruby>準備<rt>じゅんび</rt></ruby>しておいたほうがいいですよ。

你不是快要留學了嗎？早點準備比較好哦。

・ <ruby>午後<rt>ごご</rt></ruby><ruby>体育<rt>たいいく</rt></ruby>の<ruby>授業<rt>じゅぎょう</rt></ruby>があるから、そんなに<ruby>食<rt>た</rt></ruby>べないほうがいいよ。

下午有體育課，不要吃太飽比較好喔。

**Point** 日語中為了避免談話太武斷，大多會以較委婉的語氣來表達。如果以直接命令或肯定的語氣陳述，可能就太強烈。

---

## 77 ～てまいる

**接續** Ｖて形＋まいる

**解說** 「行<sub>い</sub>く」「来<sub>く</sub>る」的謙讓語。以「Ｖて形」加上帶有「來」「去」意思的「まいる」形式，表示謙讓、客氣。

- 今後<sub>こんご</sub>、このようなことが二度<sub>にど</sub>と起<sub>お</sub>こらないよう再発防止<sub>さいはつぼうし</sub>に努<sub>つと</sub>めてまいります。
  今後會努力不讓同樣的事情再次發生。

- 皆様<sub>みなさま</sub>のご期待<sub>きたい</sub>に沿<sub>そ</sub>えるよう、これからも邁進<sub>まいしん</sub>してまいります。
  為了回應各位的期待，今後也將不斷向前邁進。

**Point** 日語中常用敬語達示自己的敬意。尊敬語則是提高對方的地位，而像「まいる」這類的謙讓語則是壓低自己的姿態以顯尊敬對方。

---

## 78 ～まで

**接續** Ｎ／Ｖ字典形 ＋まで

**解說** 表示動作或事物的時間，範圍及歸屬點。中文可譯為「到～」「至～」。

- 彼<sub>かれ</sub>が来<sub>く</sub>るまでずっと待<sub>ま</sub>っていた。
  一直等到他來了為止。

- 午前<sub>ごぜん</sub>から午後<sub>ごご</sub>まで仕事<sub>しごと</sub>をしていた。
  從上午工作到下午。

**Point** 「～までもない」的形式用來表示「沒有必要～」;「～ないまでも」則指「即使不是」「即使沒有」。

---

## 79 ～までに

**接續** Ｖ字典形／Ｎ ＋までに

**解說** 用於表示在某動作之前，或是在某時間點之前。中文可譯為「直到～」「在～以前」。

- パパが帰<sub>かえ</sub>るまでに家<sub>いえ</sub>にいてください。
  在爸爸回來前，請待在家裡。

- 企画書<sub>きかくしょ</sub>は来週<sub>らいしゅう</sub>までに提出<sub>ていしゅつ</sub>してください。
  企畫案請在下週前提交。

・3月30日までに申し込めば、大丈夫だと思います。

我想在 3 月 30 日之前申請的話就沒問題。

**Point** 「～までに」用於時間時，有特定的時間點，而「～まで」所表現的是一段時間。

## 80 ～まま

接續　Vた／Aい／NAな／Nの ＋まま

解說　用來表示原封不動的狀態，如實、如願等語意。中文可譯為「照舊～」「如實～」「沒～就～」

・すべてはもとのままだ。

一切照舊。

・思ったままを書く。

把心裡所想的如實寫出來。

・電気をつけたまま寝ていました。

沒關燈就睡了。

・ドアを開けたまま出かけました。

沒把門關上就出門了。

**Point** 「～まま」的日文漢字為「儘」，大多用於正式文體或小説文體等。

## 81 まるで～ようだ

接續　まるで＋Nの＋ようだ

解說　比喻的表現之一。中文可譯為「好像～」「好比～」「彷彿～」「宛如～」「就像～」。

・彼女の瞳はまるで宝石のようだ。

她的眼睛就像寶石一樣。

・子どもはまるで天使のようだ。

孩子就像天使一樣。

**Point** 這裡的「～まるで」的另一種用法為「完全～」「簡直～」，用來形容誇張程度。例如「まるで忘れてしまった」（完全忘得一乾二淨）。

## 82 ～みたい

**接續** | V 普通形／ A い／ NA ／ N ＋みたい

**解説** | 用來表現不確定性的判斷，另一個用法為比喻像某人、某事物一樣。中文可譯為「似乎～」「好像～」「像～一樣」。

- ここに誰も住んでいないみたいだ。

    好像沒有人住在這裡。

- 彼女みたいに真面目な人はあまりいない。

    很少有像她那樣認真的人。

- 子供みたいな話を言うな。

    別説像孩子般的話。

**Point** | 「まるで～ようだ」是比喻法裡的直喻用法，「～みたい」則為較口語的表現。

## 83 ～をめぐって

**接續** | N ＋をめぐって

**解説** | 表示圍繞著某個話題進行討論。中文可譯為「有關～」「關於～」「因～而～」。

- 死刑の廃止をめぐって議論されている。

    人們議論著有關廢除死刑的問題。

- 遺産をめぐって争いが起こった。

    因遺產而產生了爭執。

**Point** | 以某事為中心，進行其他相關事物的討論，前面的名詞大都為事件或問題點的所在之處。

## 84 召し上がる

**解説** | 「飲む」「食べる」的尊敬語，用於表示對他人動作的尊敬。中文可譯為「喝」「吃」「享用」。

- 出来上がりましたよ。召し上がってくださいね。

    料理完成了，請享用。

- 心を込めて作ったんだから、ありがたく召し上がれ！

    這可是我用心做的菜，心懷感謝地吃吧！

**Point** | 也可以「めしあがる」的形式呈現。

## 85 めったに～ない

**接続** めったに＋Ｖない形＋ない

**解説** 用來表示動作或次數很少，後面接否定用法。中文可譯為「很少～」「難得～」「罕見～」「鮮少～」。

- この国では気温が高いので、人々はめったに外へ出かけません。

 這個國家的氣溫很高，所以人們不太出門。

- 先生が遅刻するのはめったにないことです。

 老師很少遲到。

**Point** 用於強調次數非常少見的情況。

## 86 も

**接続** 副助詞「も」接在名詞、用言以及助動詞的連用形之後。

**解説** 中文可譯為「～也～」「～都～」「～連～」，強調語氣的用法。

意思①：列舉同類事物「～も」（～也）。

- 私もその車がほしいです。

 我也想要那台車。

意思②：表示並列「ＡもＢも」（Ａ、Ｂ都～）。

- 海外旅行へ行きたいけど、お金も時間もないんです。

 雖然想出國旅行，但沒錢也沒時間。

意思③：強調程度，大都以「數量詞＋も」來表現。中文可譯為「多達～」。

- 今年のシンポジウムには 200 人も出席した。

 今年的研討會竟多達 200 人出席。

意思④：接疑問詞後，表全面肯定或全面否定。以「疑問詞＋も～」呈現，中文可譯為「～都」。

- 子供は何も知らない。

 小孩什麼都不懂。

- あの事件は誰もが知っていることだ。

 那事件無論誰都知道。

意思⑤：提示極端的例子來加以強調某事物，中文可譯為「～連」。

- 話す力もないほど疲れてしまった。

  累到連說話的力氣都沒了。

意思⑥：接於動詞ます形或動作性名詞之後，後面接否定用詞，加強否定語氣。中文可譯為「～也」。

- 彼と別れた時、彼女は振り向きもしなかった。

  和他分手時，她連頭也不回。

意思⑦：加以詠嘆或調整說話的語氣。

- 文章は書きも書いたり完成したものだ。

  這文章是寫了又寫才完成的。

- あなたの言い訳は聞きたくもないよ。

  你的藉口我聽都不想聽啦。

**Point** 「も」有多種用法，請注意各用法的微妙之處。

# 87 申し上げる

**解說** ①「言う」的謙讓語，語意上比「申す」更為客氣。中文要以謙遜之詞句來翻譯。

- 誠にお礼申し上げます。

  誠心感謝您。

- 何卒、末永くご愛顧くださいますようお願い申し上げます。

  冀望日後給予支持與愛顧。

②當補助動詞使用時，接在冠有「お」「ご」的動詞ます形或動作性名詞之後，以提高對主角的尊敬度，而說話者則是放低姿態以表謙虛。

- お客様には弊社から直接にお届け申し上げます。

  對於我們的客戶，由本公司直接為您寄送。

**Point** 用於正式場合，或是對客戶用語，表現出對對方的敬意。

## 88 もし～たら

**接續** もし～Ｖた形＋たら

**解說** 「もし」為副詞，是「如果」之意，後面常接「たら」來表現。也可省略「もし」。中文可譯為「如果～的話」。

・ もし宇宙旅行ができたら、月に行ってみたい。
　 如果能夠去宇宙旅行，我想去月球看看。

・ もし明日雨が降ったら、運動会を中止します。
　 如果明天下雨的話，就停止舉辦運動會。

**Point** ①「～たら」的典型用法用於特定或是一次性的依存關係。

・ 雨が降ったら、キャンプは中止です。
　 下雨的話，露營活動取消。

・ 午後になったら、散歩に行きましょう。
　 一到下午，就去散步吧！

②假定條件時，可與「ば」通用。

（○）雨が降れば、キャンプは中止です。

③確定條件時，不可與「ば」通用。

（×）午後になれば、散歩に行きましょう。

## 89 （もし）～ば

**接續** （もし）＋Ａけれ／Ｖば形＋ば

**解說** 「もし」為副詞，意指「如果」，後面常接「ば」來表現假定條件。「もし」可省略。中文可譯為「如果～的話」「假設～的話」。

・ 塵も積もれば山となる。（成語）
　 積沙成塔。

・ 商品がよくて安ければ、よく売れます。
　 產品好又便宜的話，就會熱賣。

・ もし試験に合格すれば、大学院生になれます。
　 如果考試及格的話，就可成為研究生。

**Point** 注意！「ば」後面的句子，原則上不可有意志、希望、命令、請託等表現。例如「（×）帰宅すれば／（○）帰宅したら、必ずうがいをしなさい」（回到家的話，請務必漱口）。

## 90 やっと～

**接続** やっと＋句子

**解説** 「やっと」本身為副詞，中文可譯為「好不容易～」「終於～」「總算～」「勉強～」

- 徹夜で作品を作り続けていたら、やっと完成させた。
  在熬夜持續做作品之後，終於給完成了。

- やっと来た！ずっと待っていたよ！
  終於來了！我一直在等你呢！

**Point** 用法近於「かろうじて～」（好不容易）、「ようやく～」（終於）。

## 91 ～ような／～ように

**接続**
V 普通形／N の ＋ような
V 普通形／N の ＋ように

**解説** 比喩用法。中文可譯為「像～那樣的」「～般」。

### ～ような

- 将来はお父さんのような人になりたい！
  將來我想成為爸爸那樣的人！

- 子どもは宝物のような存在です。
  孩子的存在是有如寶物般。

### ～ように

- 師匠のように日々鍛錬を怠らないと約束します。
  我保證我會像師傅一樣天天努力鍛鍊自己。

- ナマケモノのようにのんびりしていたい。
  我想像樹懶一樣整天悠哉地生活。

### ～ようにする

- 廊下で走らないようにしてください。
  請不要在走廊上奔跑。

**Point** 此為多意的句型，要注意其接續與意思上的不同。

## 92 ～ようになる／～ようになっている

**接續** V普通形／V可能形＋ようになる

V普通形＋ようになっている

**解說** 「～ようになる」用於表示能力、事物之狀態與行為的轉變，中文可譯為「（變得）～」「變～」。「～ようになっている」則表示電腦或是機器所搭載或具備的能力，中文可譯為「會～」。

- 最近多くの男性が家で子供を育てるようになった。

  最近在家帶小孩的男性變多了。

- このワイヤレス充電器は携帯電話を載せるだけで、自動的に充電が始まるようになっている。

  只要把手機放到這個無線充電器上，就會自動開始充電。

**Point** 此為多意的句型，要注意其接續與意思上的不同。


## 93 ～予定

**接續** V字典形＋予定

**解說** 表示預定要做的事。中文可譯為「預計～」「預定～」。

- 運動会は来月開催する予定です。

  運動會預定在下個月舉行。

- 来週レポートを提出する予定だ。

  我預計在下禮拜交報告。

**Point** 「予定」前面加的動詞的動作尚未執行，所以要用「V字典形」接續。


## 94 ～らしい

**接續** V／A／NA／N 的普通形＋らしい

**解說** 表示對事物的推量斷定。雖然無法百分之百肯定，但是是依據一定的資訊做出判斷的。中文可譯為「好像～」「像～的樣子」。

- 彼は合格だったらしい。

  他好像考上了。

- 名古屋では台湾ラーメンが有名らしいです。

  聽說在名古屋，台灣拉麵很有名。

**Point** 推量斷定的類似用法有「～みたい」（主觀的推測）、「～らしい」（有根據的推測）、「～

ようだ」（個人推測）、「〜そうだ」（直覺上的好像）等用法。另外，NA 與 N 的普通形不用加「だ」即可接續。

## 95 〜（ら）れる（被動）

**接續** 動Ⅰ／サ變動詞 的ない形＋れる
動Ⅱ／カ變動詞 的ない形＋られる

**解說** 用來直接承受別人的動作時使用。中文可譯為「被〜」。

### 意思①：直接的被動

・ 冷蔵庫に入れておいたチョコレートを弟に食べられた。
我放在冰箱的巧克力被弟弟吃掉了。

・ 遅刻しそうだったから、ルームメイトに起こされた。
因為快要遲到了，所以被室友叫醒。

### 意思②：認定的被動

用來表示某事件是被眾人所認定的。

・ 陳さんはみんなから真面目な学生だと思われています。
陳同學被大家公認是位認真的學生。

### 意思③：受到困擾的被動

用來表示受到他人動作影響所造成的困擾。

・ 昨日、後輩に突然来られて、勉強ができなかった。
昨天（被）學弟突然來訪，因而無法讀書。

**Point** 「〜れる／〜られる」的用法主要有「被動」「自發」「尊敬」「可能」四大用法，要將其用法加以區分學習。

## 96 〜（ら）れる（自發）

**接續** 動Ⅰ／サ變動詞 的ない形＋れる
動Ⅱ／カ變動詞 的ない形＋られる

**解說** 用來表示內心自然而然產生的想法，或自然而然地變化成那樣的被動。中文可譯為「不由得〜」「自然而然地感到〜」。

・ この写真を見ると、留学時代の先生が思い出される。
一看到這（張）照片，不由得想起留學時期的老師。

- もう春の気色が感じられた。

  已經可以感受到春意了。

**Point** 「～れる／～られる」的用法主要有「被動」「自發」「尊敬」「可能」四大用法，要特別將其用法加以區分學習。

## 97 ～（ら）れる（尊敬）

**接續** 動Ⅰ／サ變動詞 的ない形＋れる
動Ⅱ／力變動詞 的ない形＋られる

**解說** 是將對方動作的動詞變成尊敬動詞，表示對於所提及人物的尊敬。比「お～になる」的尊敬程度低。

- 先輩は東京へ行かれますか。

  學長您要去東京嗎？

- 社長はもう帰られました。

  社長已經回去了。

**Point** 「～れる／～られる」的用法主要有「被動」「自發」「尊敬」「可能」四大用法，要特別將其用法加以區分學習。

## 98 ～（ら）れる（可能）

**接續** 動Ⅰ／サ變動詞 的ない形＋れる
動Ⅱ／力變動詞 的ない形＋られる

**解說** 表示可能之意，意同「～ことができる」。中文可譯為「會～」「能～」。

- この山は子供でも登られる山だ。

  這座山是連小孩都能爬的山。

- 私は朝一の授業、いつも早く起きられるよ。

  我一大早的課都能早起喔。

**Point** 「～れる／～られる」的用法主要有「被動」「自發」「尊敬」「可能」四大用法，要特別將其用法加以區分學習。

## 99 わずか〜

**接續** わずか＋量詞

わずか＋な＋N

**解説** 用來形容數量、程度、價值等十分少的情況。中文可譯為「僅〜」「只差〜」「一點點〜」「少少的」。

・ わずか五秒の差で優勝するところだった。

只差五秒就能獲勝了。

・ わずかな時間も無駄にせず勉強した。

連一點時間都不浪費地用功。

**Point** 與「ほんのすこし〜」（真的只有一些〜）用法相近，可當副詞使用。

## 100 〜わたって

**接續** N ＋にわたって

**解説** 用於表示時間、空間上全部的範圍。中文可譯為「整整〜」「整個〜」。

・ 彼は骨折して、一ヶ月にわたって学校を休んだ。

他因為骨折而請了整整一個月的假。

・ 台風が来たため、台北全域にわたって被害が出た。

因為颱風而讓整個台北受到了災害。

**Point** 相關的變化形有「〜にわたって」「〜に渡り」「〜にわたる」「〜にわたった」等用法。

## 101 を〜

**接續** N ＋を〜

**解説** 格助詞。用來表示①動作的目的、對象；②動作移動的場所、經過的地方；③動作的起點、離開的場所；④動作作用所持續的期間等多種用法。

・ 空を見る。

看天空。

・ 子供にゲームをさせます。

讓孩子玩電動。

・ 空を飛ぶ。

穿越天空。

・ 花を咲かせます。

　　讓花盛開。

**Point** 格助詞「を」有很多種用法，可依學習進度掌握不同的使用方式。

## 102 ～んだ

**接續** V／A 的普通形＋んだ

　　　 NAな／Nな ＋んだ

**解說** 用於說明某一事項，或表示斷定與命令之意，也可表示一個人的決心。

・ すみません、いたんですか。気づきませんでした。

　　抱歉，原來你在啊。我沒發現。

・ あなたにお話を伺いたいんですが、よろしいでしょうか。

　　我有事情想請教您，可以打擾一下嗎？

・ そうなんだ。

　　是這樣啊（原來是這樣啊）。

・ どうしても日本へ留学したいんだ。

　　我無論如何都要去日本留學。

**Point** 書面用語為「～のだ」「～なのだ」。在會話中可將「の」改為「ん」，為較口語的表現。

# 題型分析與對策｜文法・讀解

※ 根據官方公布，實際每回考試題數可能有所差異

**問題 1**
**句子語法 1**
**（語法形式的判斷）**

一共 13 題。測驗項目為句子語法的結構。常考助詞、時態、授受表現、使役受身表現等用法，必須根據前後語意判斷，括弧中應該放哪一個選項，句子才能成立。

範 例題

（例）

1時間くらいここに車を（　　　　　）もらえませんか。

　1　止められて　　　2　止まらせて　　　3　止まられて　　　4　止めさせて

（回答用紙）

| （例） | ① ② ③ ● |

**問題 2**
**句子語法 2**
**（句子的組織）**

一共 5 題。測驗項目為組成句子。可從句子前後關係找出線索，從句頭或句尾開始逐一代入選項，拼湊出線索解題。

範 例題

（例）

あそこで ＿＿＿ ＿＿＿ ＿★＿ ＿＿＿ は山本さんです。

　1　CD　　　　　　　2　聞いている　　　3　を　　　　　　4　人

（解答のしかた）

1. 正しい文答えはこうなります。

| あそこで ＿＿＿＿ ＿＿＿＿ ＿★＿＿ ＿＿＿＿ は山本さんです。 |
| 1 CD　　3 を　　2 聞いている　4 人 |

2. ＿★＿＿ に入る番号を解答用紙にマークします。

（解答用紙）

| （例） | ① ● ③ ④ |

問題3
文章語法

一共 5 題。測驗項目為文章語法的結構。常考接續、時態等用法，必須從句與句的前後文判斷語意，將四個選項逐一翻成中文再帶入文中，有助於解題。

範例題

## 連休にしたこと

イル・アジャール

　先週は木曜日から日曜日まで **19** でした。先週はアルバイトもなく、久しぶりの **20** でした。私はとても嬉しくて、友だちと「何をしようか」と相談しました。いろいろなことを話しました。そして、旅行へいく **21** 。でも、2人ともあまりお金がないので、結局、旅行 **22** 、近くの温泉に行っただけでした。でも、久しぶりの旅行は、とても **23** です。

**19** 　1　2連休　　　　2　3連休　　　　3　4連休　　　　4　5連休

**20** 　1　仕事　　　　　2　休み　　　　　3　勉強　　　　　4　手伝い

**21** 　1　ことがなりました　　　　　　　2　ものがなりました

　　　3　ことにしました　　　　　　　　4　ものにしました

**22** 　1　としては　　　2　といっても　　3　にかんして　　4　にしては

**23** 　1　たのしかった　　2　こわかった　　3　おどろいた　　4　よわかった

（回答用紙）

| 19 | ① ② ● ④ |
| --- | --- |
| 20 | ① ● ③ ④ |
| 21 | ① ② ● ④ |
| 22 | ① ● ③ ④ |
| 23 | ● ② ③ ④ |

問題 4
內容理解（短篇）

一共 4 題。測驗項目為理解 150 ～ 200 字左右的短篇文章的大意。文章主題環繞在生活、工作等各種話題，文章以說明文或指示文等文體呈現。可先看題目的問題，再從文中找尋解題線索。

### 範例題

　少し前、「人は見た目が９割」（新潮新書）という本が話題を集めたが、９割まではいかなくても、外見によって、その人の大部分が理解されると言えるだろう。例えば、歴史の教科書には歴史上の人物の肖像画や写真がたくさん掲載されているが、これは歴史上の人物を理解するのに役に立つからであろう。肖像画や写真があると、その人物の歴史上の存在感が伝わってきて、彼の生きた時代の歴史を身近に感じることができる。

**25** 歴史の教科書に歴史上の人物の肖像画や写真が掲載されているのはなぜか。

　1　その外見によって、人物の評価が大きく変わるから。

　2　外見を知ることによって、その人物をよく理解できるから。

　3　外見を知ると、歴史上の人物が現代に存在するように感じるから。

　4　その人物の外見によって、彼の生きた時代がよく理解できるから。

（回答用紙）

| 25 | ① | ● | ③ | ④ |

## 問題 5
## 內容理解（中篇）

一共 6 題。測驗項目為理解 350 字左右的中篇文章大意。文章內容為較平易的解說、散文，讀解文章時從中理解其因果關係、找到關鍵字，將有助於解題。

### 範例題

　男性と女性それぞれに「相手にされると嫌な行動」について聞いてみました。まずは、女性から見た「男性の嫌な行動」です。

　食事中、歯に詰まったものを爪楊枝で取ること、クチャクチャと音をたてて食事をしたり、ガムを噛むこと、人前で鼻毛を抜くこと、一緒に歩いているとき、きょろきょろと他の女性を見ること、電車で足を大きく開いて座席を 2 人分占領すること、お酒を飲みすぎて大声を出すこと……など、次から次へと意見が出てきました。

　逆に、男性から見た「女性の嫌な行動」は、歩く時、姿勢が悪いこと、たばこを口にくわえながら歩くこと。公共の場でやたらメールをしていること、人と話しているとき、平気で自分の携帯電話に出ること、年齢に合わない洋服を着ていること、人前で平気でお化粧すること、など、こちらも負けずに様々な意見がでてきました。

　①それにしても、男性、女性それぞれ、よくお互いの行動を見ているものですね。感心します。やはり異性の行動は気になるのでしょうか。

**28** 女性から見た男性の嫌な行動に当てはまらないものは次のどれか。

1　レストランで音を立てながら料理を食べる。

2　お酒を飲みすぎて大きな声で話し始める。

3　たばこを吸いながら話をする。

4　電車の中で鼻毛をいじったり抜いたりする。

（回答用紙）

| 28 | ① ② ● ④ |
|---|---|

## 範例題

　　哲学の分野には「役割理論」という有名な理論があります。どういう考え方なのか説明しましょう。

　　例えば、仲の良い親友がいるとします。すると、あの人はこういう人なんだというように、私たちは無意識にその人の人格を一つに決める傾向があります。でも、①それは仮説にすぎないんです。つまり、ある人間を一つの人格で説明することはできないというのが役割理論の考え方なんです。もともと人間の人格を簡単に、そして単純に理解することはできないのです。それなのに、人々はそれができると思っているのです。

**34**　①それは仮説にすぎないんですとはどういう意味か。

　　1　全く正しくない考え方である。
　　2　完全に正しいといえる考え方である。
　　3　完全に正しいとはいえない考え方である。
　　4　全く正しい考え方である。

（回答用紙）

| 34 | ① | ② | ● | ④ |

問題 7
信息檢索

一共 2 題。測驗項目為從 600 字左右的訊息資料找到相應的答案。必須從題目中的廣告、指南圖冊等資料，找出所需的情報。

✏️範例題

# かえで市立図書館
しりつ と しょかん

➤ **かえで市立図書館が使える人**

かえで市に住んでいる人、かえで市内の学校や会社に通っている人はだれでも使えます。

➤ **初めて図書館を使うときは**

「図書館カード」が必要です。

住所がわかるもの（運転免許証・社員証・学生証など）を持ってきてください。「図書館カード」を作ります。

※「図書館カード」は登録した本人しか使えません。
とうろく

➤ **本を借りるときは**

本やCDを「図書館カード」といっしょに、カウンターまで持ってきてください。

| | 借りられる期間 | 借りられる数 |
|---|---|---|
| 本・雑誌 | 2 週間 | 10 冊まで |
| CD・カセットテープ | 1 週間 | 2 つ |
| DVD・ビデオ | 1 週間 | 1 つ |

※借りた本は大切にしてください。破れたり、こわれたりした場合は、お金を支払っていただきます。

➤ **本を返すときは**

図書館のカウンターに返してください。図書館が休みのときは、外のブックポストに入れてください。

※CDやDVDはこわれやすいので、ブックポストには入れずに、必ずカウンターに返してください。

➤ **開館時間**

火曜日～金曜日：10:00 ～ 19:00
土曜日、日曜日：10:00 ～ 17:00
月曜日：休み

留学生のアンリさんは、かえで市内の大学で勉強しています。明日（火曜日）かえで市立図書館へ行って、本やＣＤを借りたいと思っています。今までかえで市立図書館へ行ったことはありません。

**38** アンリさんが明日図書館に持って行くものは何か。

1 パスポート

2 図書館カード

3 本やＣＤ

4 大学の学生証

**39** アンリさんがこの図書館でできることは何か。

1 月曜日に本やＣＤをブックポストに返す。

2 カウンターでお金を払って、本やＣＤを買う。

3 明日、本を８冊と雑誌を２冊、ＤＶＤを１枚借りる。

4 友達にアンリさんの「図書館」カードを貸して、本を借りてきてもらう。

（回答用紙）

| 38 | ① ② ③ ● |
|----|---------|

| 39 | ① ② ● ④ |
|----|---------|

## 問題 1　つぎの文の（　　　　）に入れるのに最もよいものを、1・2・3・4から一つ選びなさい。

**1**　今年の冬は昨年に（　　　　）寒いですね。

　　1　たいして　　　　2　おいて　　　　　3　くらべて　　　　4　して

**2**　ご飯が多すぎて、食べ（　　　　）ません。

　　1　て　　　　　　　2　きれ　　　　　　3　かけ　　　　　　4　ても

**3**　高いものが（　　　　）いいとは限りません。

　　1　ぜったいな　　　2　かならずしも　　3　たぶん　　　　　4　おそらく

**4**　彼女とけんかしてしまった。あんなことを（　　　　）なければよかった。

　　1　言わ　　　　　　2　言って　　　　　3　言い　　　　　　4　言えば

---

**解説**

**1** 正答：3　今年冬天比起去年還要冷呢。
　　⚠ 正確答案 3 的「名詞＋にくらべて」意思是「與〜相比」。1 的「名詞＋にたいして」表「對於〜」的意思。2 的「名詞＋において」是「就〜（方面）」之意思。4 的「名詞＋にして」則表示「以〜的立場」之意。

**2** 正答：2　飯太多了吃不完。
　　⚠ 正確答案 2 的「動詞ます形＋きれません」意思是「〜不完」，表示「無法完成此動作」。

**3** 正答：2　昂貴的東西不見得就好。
　　⚠ 正確答案 2 的「かならずしも〜とは限りません」意思是「不見得就〜」。1 的「ぜったいな」要變成「ぜったいに」才能接續後面的句子。3 的「たぶん〜」是「大概〜」的意思。4 的「おそらく〜」則表示「恐怕〜」的意思。

**4** 正答：1　和女朋友吵架了。我真不該説那種話的。
　　⚠ 正確答案 1 的「〜なければよかった」是從「動詞ない形」變化而來，意思是「如果不〜就好了、要是沒〜就好了」，表示「懊悔做了某種行為」。

**5** すみません。明日、会社を休（　　　　）くれませんか。

1　みて　　　　　　2　みます　　　　　3　まれて　　　　4　ませて

**6** あ、先生からのメールだ。早く返信（　　　　）。

1　しないで　　　2　しなくちゃ　　3　しといた　　　4　してない

**7** 約束の時間を忘れないように手帳に書い（　　　　）。

1　ましょう　　　2　なさい　　　　3　とこう　　　　4　てった

**8** もう彼とは別れ（　　　　）と思っています。

1　ます　　　　　2　てた　　　　　3　ましょう　　　4　よう

**9** 母の病気が早く（　　　　）ように。

1　治ります　　　2　治りましょう　3　治りました　　4　治るでしょう

---

解説 ▶

**5** 正答：4　對不起，明天可以讓我請假嗎？

① 正確答案 4 的「使役動詞て形＋くれませんか」意思是「能讓我～嗎？」，表示「請求對方同意自己的行為」。

**6** 正答：2　啊！是老師發的 e-mail。得趕快回信。

① 正確答案 2 的「動詞ない形＋なくちゃ」意思是「非～不可」，是「動詞ない形＋なくてはいけない」的口語縮約用法。「動詞ない形＋なくてはいけない」表示「一定要做某個動作才行」。

**7** 正答：3　為了不忘記約定的時間，趕緊先寫好在日誌上。

① 正確答案 3 的「書いとこう」意思是「寫起來放著」，為「書いておこう」的口語縮約說法。「動詞て形＋おく」表示「事先準備好某個動作」。

**8** 正答：4　我已經想要和他分手。

① 正確答案 4 的「動詞意向形（普通體）＋と思っている」意思是「我想要～」，表示「自己現在或長期以來的想法」。

**9** 正答：1　希望母親的病趕快好起來。

① 正確答案 1 的「動詞ます形＋ように」意思是「祈求～」「希望～」，表示「自己的願望、期待」。

**10** 留学したら、日本文化（　　　　）研究しようと思っています。

　　1　にとって　　　　2　について　　　　3　にくらべて　　　4　において

**11** 人に（　　　　）考え方が違います。

　　1　とって　　　　　2　よって　　　　　3　おいて　　　　4　そって

**12** このこと、もう話しました（　　　　）。

　　1　っよ　　　　　　2　っけ　　　　　　3　った　　　　　4　っか

**13** もしも生まれ変われる（　　　　）、女になりたい。

　　1　なら　　　　　　2　たら　　　　　　3　ば　　　　　　4　と

**14** ニュース（　　　　）、さっきの地震は震度6だそうだ。

　　1　によると　　　　2　からみると　　　3　にたいして　　4　によって

**解説**

**10** 正答：2　如果去留學，我想研究關於日本文化。
　　　⚠ 正確答案 2 的「名詞＋について」意思是「關於～」。1 的「名詞＋にとって」表「對～而言」的意思。3 的「名詞＋にくらべて」是「與～相比」的意思。4 的「名詞＋において」則表示「就～（方面）」的意思。

**11** 正答：2　事情的看法會因人而異。
　　　⚠ 正確答案 2 的「名詞＋によって」意思是「依據～（會有所不同）」。1 的「名詞＋にとって」表「對～而言」的意思。3 的「名詞＋において」是「就～（方面）」意思。

**12** 正答：2　我說過這件事了嗎？
　　　⚠ 正確答案 2 的「動詞過去形＋っけ」意思是「我（做了）～了嗎？」表示「向對方確認是否～了嗎？」。

**13** 正答：1　如果有來世，我想當女生。
　　　⚠ 正確答案 1 的「もしも＋動詞字典形＋なら」意思是「如果～的話」，表示「假設某個狀況成立的話」。

**14** 正答：1　根據新聞報導，剛才地震的震度據說是 6 級。
　　　⚠ 正確答案 1 的「～によると」是「根據、依據」的意思，指情報或判斷的依據。2 的「～からみると」是「從～來看」的意思。3 的「～にたいして」是「對～」的意思。4 的「～によって」是格助詞「に」加上動詞「よる」的ます形，再加上接續助詞「て」而形成「によりて」的音變，主要用法有四種：①表原因、理由，相當於「～ので」「～ため」的用法；②表方法手段；③「依不同～而～」之意，例如「種類によって毒のあるものもいる」（依品種不同也有具毒性的）；④表源頭、出處、依據～，如「命令によって行動する」（依命令行動）。

**15** 山田先生に聞いたほうがいい。あの先生くらい親切な人は（　　　　　）よ。

　　1　いる　　　　　2　いない　　　　3　いた　　　　　4　いった

**16** 電車の中では大人（　　　　　）か子どもまで携帯電話に夢中になっている。

　　1　だけ　　　　　2　という　　　　3　ばかり　　　　4　から

**17** 今度、二人（　　　　　）話をしませんか。

　　1　からで　　　　2　きりで　　　　3　ので　　　　　4　ばかりで

**18** 大事な会議の（　　　　　）、携帯電話が鳴ってしまった。

　　1　うちに　　　　2　ちょうどに　　3　さいちゅうに　4　きりに

---

**解説**

**15** 正答：2　最好去問一下山田老師比較好。沒有像那位老師那般親切的人了！
　　① 正確答案2的「いない」是人或動物存在的「沒有」。1的「いる」用於人或動物存在的「有」。

**16** 正答：3　在電車裡面，別說是大人，就連小孩都沉迷於手機。
　　① 正確答案3的「ばかり」，是以「X＋ばかりか＋Y」來表示先舉程度比較輕的事物X，表不光是X，再加上比它程度還重的Y，其意思為「別說是X就連Y也～」。Y後面會接續「も」「まで」「さえ」等加強語氣。1的「だけ」為副助詞，表「只有」的意思。2的「～という」表同格或內容的說明。4的「から」為格助詞，表「因為～」「從～、由～」等多種語意。

**17** 正答：2　下次可以就（只）我們倆說話嗎？
　　① 正確答案2的「～きりで」是副助詞「きり」加上「で」來對事物的範圍作限制，表「就、僅、只」之意。1的「～からで」為格助詞「から」加「で」的表現，表「由～」。3的「～ので」表客觀的「原因、理由」。4的「～ばかりで」表數量的大概（左右、上下）。

**18** 正答：3　正當在開重要的會議時，手機響了起來。
　　① 正確答案3的「～さいちゅうに」漢字表記為「最中に」，表示動作或狀態等處於最盛、最尖峰的情況，即「正當在～」「正在～」之意。2的「～ちょうどに」表示一個基準點內，沒有超過或不足，「正好～」之意。4的「～きりに」表示對於動作或事物加上限定其範圍，相似的表現為「～だけ」「～かぎり」。

**19** 佐藤さんに、職員室へ来る（　　　　）に言ってください。

1　と　　　　　　　2　こと　　　　　3　の　　　　　　　4　よう

**20** 息子は学校も（　　　　）遊んでばかりいる。本当に困ったことだ。

1　行って　　　　　2　行くと　　　　3　行かずに　　　4　行ったし

**21** 外国語は英語だけ（　　　　）できません。

1　しか　　　　　　2　から　　　　　3　も　　　　　　　4　のみ

**22** スピーチのときは、恥ずかし（　　　　）、大きな声で話してください。

1　がって　　　　　2　がらいで　　　3　がらないで　　4　がりながら

**23** 試験の範囲をすっかり忘れてしまった。誰かに聞いてみる（　　　　）な。

1　だけ　　　　　　2　しかない　　　3　よう　　　　　4　だろう

---

解說▶

**19** 正答：4　請向佐藤轉達説：「務必到職員辦公室一趟」。
⚠ 正確答案4的「～ように」在此表示輕微命令的語氣。選項1、2、3的用法不正確。

**20** 正答：3　兒子學校也不去，光是玩。真是傷腦筋。
⚠ 正確答案3的「～ず」為助動詞，表否定之意，接於活用語的未然形，等於「～（し）ないで」（不～）。選項1、2、4的用法不正確。

**21** 正答：1　外文只會英語。
⚠ 正確答案1的「しか」為「連語」，下接否定句，用以表示「除了特定事物以外，全部否定」之意。「副助詞だけ＋係助詞しか」是「しか」的強調表現，表「只（會）～」「只（能）～」。選項2、3、4的用法不正確。

**22** 正答：3　演講的時候，不要覺得害羞，請大聲地説出來。
⚠ 正確答案3的「～がる」為「接尾語」，接於イ形容詞、ナ形容詞的語幹及名詞之後，表示「覺得～」「感到～」。此題「～がらない＋で」為其否定表現加上「で」的用法，表否定的期望或委婉的禁止。在此的選項1、4非否定用法；選項2的文法不正確。

**23** 正答：2　考試的範圍完全忘記了。只能找人問看看了。
⚠ 正確答案2的「～しかない」與「～よりほか（は）ない」的用法相似，從事態的必然性來看，可行的手段與方法有限，表別無它法「只能～」「只好～」。選項1、3、4的用法不正確。

**24** 面接の結果は学校のホームページ（　　　　）発表されます。

1 において　　　2 にとって　　　3 にたいして　　4 にかけて

**25** 彼の言うことは（　　　　）信用できないから、気をつけて。

1 まるで　　　　2 どんなに　　　3 たとえ　　　　4 かならず

**26** 勉強する（　　　　）が、ついコンピューターで遊んでしまった。

1 ことだった　　　　　　　　　　2 のだった

3 つもりだった　　　　　　　　　4 ものだった

---

解説 ▶

**24** 正答：1　面試的結果在學校的網頁公告。

ⓘ 正確答案1的「～において」表動作或作用所發生的時間（機會）、場所、狀況（場合），通常可用格助詞「～で」來替換，譯為「在～、於～」。選項2、3、4的用法不正確。

**25** 正答：1　他説的話完全不可信任，要小心。

ⓘ 正確答案1的「～まるで」表百分之百分不可能之意，「簡直就～」「完全都～」。選項2、3、4的用法不正確。

**26** 正答：3　原本打算用功的，沒想到玩起電腦來了。

ⓘ 正確答案3的「～つもりだった」為意志表現，「原本有此打算（結果沒做到）」。選項1、2、4的用法不正確。

**問題2** つぎの文の ___★___ に入る最もよいものを、1・2・3・4か
ら一つえらびなさい。

**1** もし ____ ____ ___★___ ____ に行きたいなぁ。

　　1　ハイキング　　2　夏休みが　　3　たら　　　　4　とれ

**2** 山田さん、____ ____ ___★___ ____ って。

　　1　んだ　　　　　2　来年　　　　3　結婚　　　　4　する

**3** 彼は、答えを ____ ____ ___★___ ____ くれない。

　　1　教えて　　　　2　知って　　　3　いる　　　　4　くせに

**4** 事故 ____ ___★___ ____ ____ 時間に遅れてしまった。

　　1　約束の　　　　2　の　　　　　3　で　　　　　4　せい

**5** 彼女は ____ ____ ___★___ ____ きれいだと思う。

　　1　ほど　　　　　2　見れ　　　　3　ば　　　　　4　見る

---

**解説**

**1** 正答：3　もし　夏休みが　とれ　<u>たら</u>　ハイキング　に行きたいなぁ。
　　　　　　　　　　　　　　　　　　　★

如果能請暑休，好想去爬山喔。
⚠　「～たら」：如果～的話。

**2** 正答：4　山田さん、来年　結婚　<u>する</u>　んだ　って。
　　　　　　　　　　　　　　　　　　★

聽説山田先生（小姐）明年要結婚。
⚠　「～んだって」：聽説～。

**3** 正答：4　彼は、答えを　知って　いる　<u>くせに</u>　教えて　くれない。
　　　　　　　　　　　　　　　　　　　　　★

他明明知道答案卻不告訴我。
⚠　「～くせに」：明明～卻～。

**4** 正答：4　事故　の　<u>せい</u>　で　約束の　時間に遅れてしまった。
　　　　　　　　　　　　★

因為交通事故而趕不上約定的時間。
⚠　「～のせいで」：都是因為～而～。

**5** 正答：4　彼女は　見れ　ば　<u>見る</u>　ほど　きれいだと思う。
　　　　　　　　　　　　　　　★

我覺得她愈看愈漂亮。
⚠　「～れば～ほど」：愈～愈～。

**6** 子どもの ＿＿＿＿ ＿＿＿＿ ★ ＿＿＿＿ よく遊んだものだ。

　　1　で　　　　　　2　ころ　　　　　3　は　　　　　　4　近くの川

**7** 男 ＿＿＿＿ ★ ＿＿＿＿ ＿＿＿＿ は守るべきだ。

　　1　した　　　　　2　一度　　　　　3　なら　　　　　4　約束

**8** 医者に ＿＿＿＿ ＿＿＿＿ ★ ＿＿＿＿ 言われているんだ。

　　1　飲む　　　　　2　酒を　　　　　3　と　　　　　　4　な

**9** 飲み会、楽しかったよ。君も ＿＿＿＿ ★ ＿＿＿＿ ＿＿＿＿ なぁ。

　　1　来れ　　　　　2　のに　　　　　3　よかった　　　4　ば

**10** 分からない ＿＿＿＿ ＿＿＿＿ ★ ＿＿＿＿ いけません。

　　1　ふりを　　　　2　のに　　　　　3　分かった　　　4　しては

---

解説

**6** 正答：4　子どもの　ころ　は　近くの川　で　よく遊んだものだ。
　　　　　　　　　　　　　　　　★
　　小時候常在附近的河川遊玩。

**7** 正答：2　男　なら　一度　した　約束　は守るべきだ。
　　　　　　　　　　　★
　　如果是男人就應遵守約定過的事。

**8** 正答：4　医者に　酒を　飲む　な　と　言われているんだ。
　　　　　　　　　　　　　　　★
　　被醫生勸説不可喝酒。

**9** 正答：4　飲み会、楽しかったよ。君も　来れ　ば　よかった　のに　なぁ。
　　　　　　　　　　　　　　　　　　　　　　　★
　　聚餐真的好開心。要是你也有來該有多好啊！

**10** 正答：1　分からない　のに　分かった　ふりを　しては　いけません。
　　　　　　　　　　　　　　　　　　　★
　　明明不懂，不可以裝做懂的樣子。

**問題3** つぎの文章を読んで、文章全体の内容を考えて、 1 から 10 の中に入る最もよいものを、1・2・3・4から一つえらびなさい。

(1)

---

# １日だけのアルバイト

チン・メイ

　今年の夏休みに、１日だけアルバイトをしました。店のチラシを配る仕事でした。 1 はそんなに大変じゃないと思っていました。しかし、実際にやってみると、とても 2 ということが分かりました。私は何時間も道に立って、チラシを配りました。しかし、ほとんどの人は、ぜんぜん受け取って 3 でした。ずっと立っていましたから、足がとても 4 なりました。そしてとても悲しくなりました。でも、ときどき受け取ってくれる人もいました。１日だけのアルバイトでしたが、仕事の 5 がよく分かりました。

---

| 1 | 1 やったとき | 2 やるまえ | 3 やったあと | 4 やると |
|---|---|---|---|---|

| 2 | 1 辛い仕事だ | 2 おもしろい仕事だ |
|---|---|---|
| | 3 大きい仕事だ | 4 おいしい仕事だ |

| 3 | 1 くれた | 2 くれません | 3 くれない | 4 くれました |
|---|---|---|---|---|

| 4 | 1 痛い | 2 痛く | 3 痛いと | 4 痛いに |
|---|---|---|---|---|

| 5 | 1 おもしろさ | 2 痛さ | 3 大変さ | 4 安さ |
|---|---|---|---|---|

解説

（1）

## 只做一天的工讀

陳梅

　　今年暑假我只打了一天的工。是一份發店家廣告宣傳單的工作。在做之前並不覺得那會很辛苦。但是，真正做了以後才知道那真的是一件苦差事。我在路上站了好幾個鐘頭發傳單，但是大部分的人都幾乎不拿。因為一直站著，所以腳很痛，而且心情變得很差。不過，偶爾有人會收下。雖然只打工一天，但相當能體會工作的辛勞。

1 正答：2 **やるまえ**：做之前

2 正答：1 **辛い仕事だ**：辛苦的工作

3 正答：2 **受け取ってくれません**：不收下

4 正答：2 **痛くなりました**：（變得）很痛

5 正答：3 **大変さ**：辛苦、辛勞

（2）

## 私の国のクリスマス

リチャード

　私の国のクリスマスは 12 月では 6 。1 月です。そう言うと、世界中のクリスマスはみんな 7 日だと思っている人たちは、とても 8 。よく「信じられない」と言われます。 9 、本当です。大人も子どももみんなクリスマスが大好きです。クリスマスには、おいしい料理がたくさん食べられます。昔は自分の国の伝統的（でんとうてき）な料理ばかりでしたが、最近は 10 の料理も食べるようになりました。機会（きかい）があれば、ぜひ私の家でクリスマスを体験（たいけん）してください。

| 6 | 1 あります | 2 ありません | 3 います | 4 いません |
|---|---|---|---|---|
| 7 | 1 おなじ | 2 ちがう | 3 いっしょ | 4 ある |
| 8 | 1 悲しみます | 2 喜びます | 3 怖がります | 4 驚きます |
| 9 | 1 そして | 2 だから | 3 それと | 4 でも |
| 10 | 1 私の国 | 2 他の国 | 3 あの国 | 4 その国 |

解說

（2）

## 我的國家的聖誕節

理查

　　我的國家的聖誕節並不是 12 月，而是 1 月。每次這麼說之後，過去一直認為全世界的聖誕節都在同一天的人們，都會非常驚訝。常有人會說：「真的不敢相信」。不過，這是真的。無論是大人或小孩，大家都非常喜歡聖誕節。在聖誕節時可以吃到很多美味的料理。雖然以前只能吃到自己國家的傳統料理，但最近也可以吃到其它國家的料理了。如果有機會的話，請務必到我家來體驗一下聖誕節。

6 正答：2 **ではありません**：不是

7 正答：1 **おなじ**：相同、同一

8 正答：4 **驚きます**：驚訝

9 正答：4 **でも**：但是

10 正答：2 **他の国**：其它國家

**問題4** つぎの（1）から（8）の文章を読んで、質問に答えなさい。答え
は、1・2・3・4から最もよいものを一つえらびなさい。

（1）

---

高橋京子先生

　メールで失礼いたします。暑い日が続いておりますが、お元気でしょうか。

　ところで、先日、7月10日に高橋先生の出版記念パーティーがあるという
お知らせをいただいたのですが、あいにく、当日はいとこの結婚式があります
ので、残念ながら出席できそうにありません。前々から決まっていたことで、
どうしても予定を変えられないのです。まことに申し訳ございません。

　どうぞ楽しいパーティーになりますようお祈りいたしております。

　また、あらためてお電話でご挨拶いたします。

山田裕香

---

**1** このメールの用件について、正しいのはどれか。

1　高橋先生が出版記念パーティーの日時について山田さんに知らせる。

2　山田さんがパーティーを楽しみにしているということを高橋先生に伝える。

3　山田さんがパーティーに出られないことを高橋先生に謝る。

4　高橋先生が山田さんのいとこの結婚式をお祝いする。

解說▶

（1）

---

高橋京子老師

　　請見諒以電子郵件聯絡。連日來的炎熱天氣，您過得好嗎？

　　話說，前幾天收到通知說 7 月 10 日有高橋老師的出版紀念餐會，不巧的是，因為當天我要參加（表）堂兄（弟姐妹）的婚宴所以恐怕無法出席，實為可惜。因為這是很早之前就已經訂好的行程，實在無法變更。在此向您深表歉意。

　　預祝當天能有一個愉快的餐會。

　　另外，擇日再打電話向您問候。

山田裕香敬上

---

**生詞**　　あいにく：不巧／出席（しゅっせき）できそうにありません：恐怕無法出席

**1** 正答：3　關於這封郵件的內容，下列哪個選項是正確的？
　　　　3　山田小姐（先生）向高橋老師表達無法出席餐會的歉意。

(2)

　簡単にできるお菓子の作り方です。バターの代わりに生クリームを入れてみました。材料は全て同量（どうりょう）です。

```
材料
小麦粉··························200g
砂糖····························200g
卵······························4こ
生クリーム··················200cc
```

　作り方は簡単です。全ての材料を混ぜ合わせて、オーブンで焼くだけです。ただし、小麦粉はあまり練（ね）り過ぎないでください。ケーキが硬くなります。

2　このお菓子の作り方の注意点は何か。
　　1　材料が全て同じ量だということ。
　　2　作り方が簡単だということ。
　　3　バターの代わりに生クリームを入れるということ。
　　4　小麦粉を練（ね）りすぎてはいけないということ。

解説▶

（2）
　　這是輕鬆就能完成的甜點的製作方式。試著以鮮奶油取代奶油。材料分量都相同。

```
材料
麵粉 ··························200g
糖 ····························200g
雞蛋 ··························4 顆
鮮奶油 ························200cc
```

　作法非常簡單。把所有材料混合攪拌後，放入烤箱烤即可。但是，揉麵糰時請不要太過度，因為蛋糕會因此而變硬。

2　正答：4　製作這個甜點需要注意什麼？
　　　　　4　揉麵糰時不可以太過度。

（3）

　　最近、お化粧をする男性が増えてきているそうです。少し前まで、化粧をする男性といえば、テレビや舞台に出る芸能人くらいしかいなかったのではないでしょうか。しかし、今、普通の人たちも化粧をするようになりました。若い人たちは「きれいになるんだから、いいんじゃない」という意見が多いらしいですね。私はあまり同意できませんが。

**3**　筆者は男性がお化粧をすることに対してどう思っているか。
　　1　とても面白いと思っている。
　　2　あまりよくないと思っている。
　　3　きれいだからいいと思っている。
　　4　芸能人だから、しかたがないと思っている。

**解説**

（3）
　　據説最近化妝的男性愈來愈多。在不久之前，一提到化妝的男性，應該只有上電視或演舞台劇的藝人而已吧！但是現在就連一般人也開始化起妝了。似乎多數的年輕人認為「化妝會讓人變漂亮，有什麼不好呢？」而我則不太認同……

**生詞**　「～といえば」：一說到～（就想到～）

**3**　正答：2　作者對男性化妝的這件事有何看法？
　　　　　　　2　認為不是很好。

（4）

　何か調べものをする時は、必ず図書館に行きます。そういうと、たいていの人たちは笑います。インターネットがあるのになぜわざわざ時間と手間をかけるのか、と。しかし、私から見れば、インターネットの情報を簡単に信じてしまうほうが、おかしいのです。

　確かにインターネットで検索(けんさく)すれば、たくさんの情報が出てきます。しかし、①たくさんありすぎるのは決していいことではないのです。どの情報を信じるべきか、あなたはどうやって判断するのですか。

**4** ①たくさんありすぎるのは決していいことではないと筆者が言うのはなぜか。

1　情報を探すのに時間と手間がかかるから。
2　情報の正しさを見分けるのは難しいから。
3　図書館の情報のほうが正確だから。
4　情報を探すためには時間をかけるべきだから。

---

**解説**

（4）
　想要查閱某項事物時，我一定會去圖書館。我這麼說之後，大部分的人都會笑，認為明明有網路，何必特地花時間和精力去圖書館呢？不過依我看來，輕易相信網路資訊的人才有問題。
　的確，只要在網路上搜尋，就會出現許多資訊。但是，①過多的訊息絕非是好事。該相信哪一個，你如何來判斷呢？

**生詞**　わざわざ：特地地，專程地

**4** 正答：2　作者為什麼認為「①過多的訊息絕非是好事」呢？
　　　　2　因為很難判斷資訊的正確性。

(5)

2016 年 5 月 10 日

ＡＢＣ株式会社

営業部　御中

イロハ株式会社

営業部　山田

いつもお世話になっております。

このたびはわが社の新製品「オールシューズ」をご注文いただき、まことにありがとうございます。

ご注文いただきました「オールシューズ」は、現在、品切れ状態が続いております。大変申し訳ございませんが、商品は６月下旬までお待ちいただけないでしょうか。どうぞよろしくお願いいたします。

**5** この手紙の用件について、正しいのはどれか。

1　ＡＢＣ会社の製品をイロハ会社が６月下旬に買いたがっていること。

2　イロハ会社からＡＢＣ会社への製品の発送が６月下旬になること。

3　ＡＢＣ会社からイロハ会社への注文が６月下旬になること。

4　イロハ会社からＡＢＣ会社への注文を６月下旬に取り消すこと。

**解説** ▶

（5）

2016 年 5 月 10 日

ＡＢＣ股份有限公司
營業部　公啟

伊羅哈股份有限公司
營業部　山田

平時承蒙您的關照。

本次承蒙訂購本公司新產品「ALL SHOES」，真的非常感謝。

您所訂的「ALL SHOES」目前還是缺貨的狀態，實在感到萬分抱歉，能否請您等到６月下旬？感激不盡。

**5** 正答：2　關於這封信的重點敘述，何者正確？

2　伊羅哈公司給 ABC 公司的產品的出貨時間變成６月下旬。

(6)

　①「明日のために、今日の楽しみを我慢する」というのが、一般的な日本人の生き方です。いい大学に入るために、小さいときから、遊びたいのを我慢して、塾に通って勉強する。いい大学に入るのは、いい会社に入るためである。そして、会社に入ったら一生懸命に働く。けれど、給料のほとんどは子どもの教育費と家のローン返済に回さなければならない。こうやって、みんな将来のためにいろいろなことを我慢しながら生きているのです。

**6** ①「明日のために、今日の楽しみを我慢する」とはどういう生き方か。

1　将来、頑張るために、現在の楽しみを犠牲にする。

2　将来、楽しい思いをするために、現在の楽しみを我慢する。

3　将来、我慢しないように、現在の楽しみを我慢する。

4　将来、楽になるように、現在の我慢を楽しむ。

**解説**

（6）
　①「為了美好的明天，忍住今天的享樂」這是一般日本人的生存之道。為入進入好的大學，從小便開始克制想玩的欲望而去補習班補習。進好的大學的目的也是為了進好的公司。接著進入公司之後就拚命地工作。然而大部分的薪水得拿來支付小孩子的教育費和房子的貸款。大家就是這樣為了將來而咬緊牙關過活。

**6** 正答：2　「①『為了美好的明天，忍住今天的享樂』」所指的是怎樣的生活方式？
　　　2　為了將來能有愉快的體驗，現在忍住享樂。

（7）

　あるアメリカのビジネス本にこんな話が書いてあった。二人の父親がいたが、A氏は子どもたちに「一生懸命勉強しなさい。そうすればいい会社に入ることができるから」と言い、B氏は子どもたちに「一生懸命勉強しなさい。そうすればいい会社が買えるから」と言っていた。そして成功したのはB氏の子どもたちであったという話である。①日本人には思いつかないオチであろう。

**7** ①日本人には思いつかないオチであろうとはどういう意味か。
1　日本の話ならば、違う結末（けつまつ）になっただろう。
2　日本人ならば、この結末に反発するだろう。
3　日本人に対しては、実現不可能のものだろう。
4　日本以外ならば、決して起こらない出来事（できごと）だろう。

▶ 解説 ──────────────────────────────

（7）
　　有一本美國商業書籍裡寫著這樣一段故事。有兩位父親，A父親對孩子們說：「要努力讀書，因為這樣就能進入好的公司」，而B父親則對孩子們說：「要努力讀書，因為這樣就能買到好的公司」。在這個故事裡最後成功的是B父親的孩子們。①這應是日本人想都想不到的結果吧。

**7** 正答：1　「①這應是日本人想都想不到的結果吧」所指的意思是？
　　　1　如果是日本的故事，一定會有不同的結局吧。

（8）

　　この前みたドラマでは、「大学を中退して、役者の世界へ飛び込んだ男の人」が出ていました。当然、親は大反対しましたが、彼はこんなセリフを言って家を出て行きました。「やらないで後悔<ruby>後悔<rt>こうかい</rt></ruby>するより、失敗してもいいから好きなことをやりたい」。しかし、10年後も彼は同じ考えでいられるでしょうか。私の想像では、きっと「あの頃はバカだったよ」と言うんじゃないかと思いますけど。

**8** 筆者は、10年後の彼はどういう状態だと想像しているか。
1　彼はおそらく役者として成功しているだろう。
2　彼はおそらく役者をつづけているだろう。
3　彼はおそらく役者をやめているだろう。
4　彼はおそらく役者から監督になっているだろう。

---

**解説**

（8）
　　之前曾在電視劇裡看過「男子從大學休學，縱身投入演員的世界」這樣的劇情。當然父母親徹底地反對，但他丟下這樣的台詞就離家出走了：「與其沒去做而後悔，不如去做喜歡的事，即便失敗了也沒關係」。可是十年後他還能抱持同樣的想法嗎？在我看來以後他鐵定會說：「那時還真傻啊！」

**8** 正答：3　作者想像他十年後會是怎樣的狀態呢？
　　　3　他應該是放棄當演員了吧。

**問題5** つぎの（1）から（4）の<ruby>文章<rt>ぶんしょう</rt></ruby>を読んで、質問に答えなさい。答えは、1・2・3・4から最もよいものを一つえらびなさい。

（1）

　最近の流行語はほとんどがインターネットから発信されている。その意味は本当に複雑だ。言語学の対象にもなりそうである。全くの①<ruby>「素人」<rt>しろうと</rt></ruby>が、一度聞いただけでは絶対に意味が理解できないと思う。

　例えば、少し古くなるが、「リア充」という言葉がある。この言葉を初めて聞いたとき、②文学関係の言葉かと思った。あの有名なシェークスピア <sub>(注)</sub> の悲劇「リア王」と関係があるのかと思ったのである。しかし、実は全然関係ない。発音は似ているが、それだけである。思わず誤解を招く表現である。

　実際には「リアル生活」が「充実」している人という意味だという。しかし、これだけ聞いてもまだよく分からない。「リアル生活」とは何だろうか。それは「インターネット上の世界」に対する「現実の日常生活」のことであり、その生活が「充実している」人のことである。つまり「充実した楽しい日常生活を送っている人」のことである。それにしても、なんと面白い言葉だろうか。言語的にもたいへん興味深い。

（注）シェークスピア：16世紀に活躍したイギリスの劇作家

**1** ここでの①「素人（しろうと）」はどのような意味か。

　　1　インターネットをよく使っている人

　　2　インターネットをあまり使っていない人

　　3　言語学に詳しい人

　　4　言語学にあまり詳しくない人

**2** ②文学関係の言葉かと思ったのはなぜか。

　　1　筆者がシェークスピア文学の専門家だから。

　　2　シェークスピアの作品と意味が似ているから。

　　3　シェークスピアの劇に似た名前のものがあるから。

　　4　シェークスピアの劇から発信されたものだから。

**3** この筆者は最近の流行語に対してどのように思っているか。

　　1　かなり好意的である。

　　2　すこし好意的である。

　　3　すこし批判的である。

　　4　かなり批判的である。

---

**解説**

（1）

　　最近的流行語幾乎都出自網際網路。這些流行語的意思十分複雜，幾乎也能成為語言學的研究對象。我認為完全不熟悉網路的①門外漢只聽過一次是絕對無法理解它的涵義。

　　比如説，以前有段時期流行的「Rea 充」這個單字。第一次聽到這個詞彙時，②覺得是跟文學有相關的字眼。我以為是和著名的莎士比亞（註）的悲劇《李爾王》有所關聯。但事實上卻毫無相關。雖然發音很相像，但僅只如此。真是個容易引人誤解的説法。

　　實際上這個單字是意指「現實生活」過得相當「充實」的人。但只聽這樣的説明還是不太明白。所謂「現實生活」是指什麼？那是指相對於「網路虛擬世界」的「實際日常生活」，且其生活過得「相當充實」的人。也就是意味著「日常生活過得充實愉快的人」。不過，這個詞彙還真是有意思。在語言學上也是饒富趣味。

（註）莎士比亞：活躍於 16 世紀的英國劇作家

**生詞**　　誤解（ごかい）を招（まね）く：引人誤解／～にちがいない：一定是、錯不了

**1** 正答：2　這裡的「①『門外漢』」所指的是什麼？

　　　　　2　不太使用網路的人

**2** 正答：3　為什麼「②覺得是跟文學有相關的字眼」？

　　　　　3　因為莎士比亞的劇作中有相似的名字。

**3** 正答：1　作者對最近的流行語有何看法？

　　　　　1　帶有相當的好感。

(2)

　子どもにいつから英語を勉強させるか、というのが最近のお母さんたちの最大の悩みだという。これは「言葉を習うのは早ければ早いほどいい」という①「信仰」のためでもあり、「皆がやるからやる」というお母さんたちの気持ちのためでもあるのだろう。赤ちゃん向けの英語教材の売れ行きがすごいそうだ。もちろん、赤ちゃんは文字など読めないから、ＤＶＤでひたすら英語のマンガなどを見せるのである。知人がその教材を購入したというので、ちょっと値段を聞いてみたら、数十万円というので、思わずひっくりかえった。

　また、最近では「バイリンガル幼稚園」の人気がすごいらしい。お絵描きや歌などの授業（？）を英語と日本語の両方で行うのだ。しかも、アメリカやイギリスからの先生を呼び、発音指導もけっこう本格的らしい。入園希望者（②この「希望者」は正確には「入園したい」子どもではなく「入園させたい」親である）の数も、ものすごい勢いで増加している。それにしても、こういう教育を受けた子どもたちが皆、「英語の達人」になれるのだろうか。

**4** ここでいう①「信仰」の意味はつぎのどれか。

1　神様の言葉として伝えられているもの。

2　特定の宗教で教えられていること。

3　科学的に証明された真実であること。

4　広く一般に信じられていること。

**5** ②この「希望者」は正確には「入園したい」子どもではなく「入園させたい」親であるという文で表現されている筆者の気持ちはどれか。

1　親が子どもに強制的に英語を学ばせている。

2　最近の子どもは自分の意思を示さない。

3　最近の親は子育て全般に関心がある。

4　バイリンガル幼稚園での教育はすばらしい。

**6** 最近のお母さんたちが子どもに早く英語を習わせる理由として挙げているのはどれか。

1　言葉を習うのは早ければ早いほどいいという事実。

2　他の子どもがやるなら自分の子にもやらせるという気持ち。

3　最近の英語教材は高いけれど充実しているという状況。

4　早く習えば皆が英語の達人になるという経験。

（2）

　　什麼時候開始讓孩子學英語呢？據說這是最近媽媽們最大的煩惱。大概是因為有所謂「學習語言愈早愈好」的①「信仰」，再加上因為媽媽們有「大家都在學所以要學」的心態吧。聽說以嬰兒為對象的英語教材非常暢銷。當然，嬰兒是看不懂文字的，所以就一個勁兒地放 DVD 讓他們看英語漫畫。認識的朋友說她買了一套，於是問了一下價格，聽她說花了數十萬日圓，我不禁跌破眼鏡。

　　另外，最近「雙語幼稚園」好像非常受歡迎。不但以英語和日語兩種語言進行繪畫啦、唱歌等之類的課程（？），而且據說還自美國、英國等地聘請老師，連發音的教學都頗為講究。希望入園者（②這個「希望者」正確的說法不是「想入園」的孩子而是「想送孩子入園」的父母親）的人數也以驚人之勢持續增加中。即便如此，受過這種教育的小朋友們，果真大家都能成為「英語達人」嗎？

**生詞**　　ひたすら：一味地、只顧／ひっくりかえった：倒下、翻倒，這裡指非常地驚訝／バイリンガル：雙語／本格的：正式的

**4**　正答：4　這裡所謂的「①『信仰』」其意思為下列何者？
　　　　　　　4　廣泛被大家所相信認同的事。

**5**　正答：1　②這個「希望者」正確的說法不是「想入園」的孩子而是「想送孩子入園」的父母親這句話所傳達出的作者的心情為何？
　　　　　　　1　父母親強迫孩子學習英語。

**6**　正答：2　文章中提到的最近媽媽們提早讓孩子學英文的理由為下列何者？
　　　　　　　2　抱持著若別的孩子學，那也要讓自己孩子學的心態。

（3）

　「ワインは高ければ高いほどおいしい」という①「信仰」がある。しかし、無理して買った高いワインがあまりおいしくなくて、がっかりした経験はないだろうか。そうかと思えば、スーパーで買った1000円のワインが意外とおいしかったりするものである。

　「ワインは高ければ高いほど……」というのは、幻想である。これは他のものに置き換えてみればよく分かる。例えばレストランなら、「高級であれば高級であるところほどおいしい」と言えるだろうか。②ワインだって同じである。そう考えれば、無理して高いワインを買う必要はない。

　実は、英国の女王陛下も大きなパーティーで召し上がるのは日本円にして一本数百円のワインだという。大勢の人に提供するのだから、高価なワインを出したら費用がかかりすぎる。それ以上に重要なのは、パーティーでは会話を楽しむことが第一であるということだ。ワインをゆっくりと飲む暇などない。だから③安いワインで十分なのだ。

**7** 筆者はなぜ①「信仰」という言葉を使っているのか。

1 本当ではないことだから。

2 人々が強く信じていることだから。

3 宗教関係の言葉だから。

4 皆が知っている常識だから。

**8** ②ワインだって同じであるとはどういう意味か。

1 ワインも高級であれば高級であるほどおいしい。

2 ワインも高級ならばおそらくおいしいだろう。

3 ワインも高級であれば必ずおいしいというわけではない。

4 ワインも高級であればレストランと同じである。

**9** ③安いワインで十分なのだという一番の理由は何か。

1 女王陛下のパーティーにはいろいろな人が来るから。

2 英国ではパーティーの費用は節約するべきと考えられているから。

3 パーティーではワインは食事より重要ではないから。

4 パーティーでは会話がメインでワインを楽しむ時間がないから。

解説 ▶

（3）
　　有一種①「信仰」是「葡萄酒是愈貴愈好喝」。但難道沒有硬著頭皮買了高價的葡萄酒卻不太好喝，因而大失所望的經驗嗎？這麼一説讓我想起，有時候在超市花 1000 日圓買的葡萄酒竟然異想不到地好喝。

　　「葡萄酒愈貴愈……」這是一種幻想。只要用其它事物置換就更容易理解。例如餐廳，可以説「愈是高級則愈美味」嗎？②葡萄酒也是同樣的道理。如此一來，就沒有硬去買高價葡萄酒的必要了。

　　事實上，聽説英國女王陛下在大型宴會上所享用的葡萄酒，換算成日圓一瓶不過數百圓而已。因為要提供給許多人，所以用高價的葡萄酒的話會花很多經費。而且比那重要的是在宴會上享受聊天的樂趣，這才是第一要務，再説，女王陛下也沒有慢慢品嚐葡萄酒的時間，因此，③便宜的葡萄酒就綽綽有餘了。

**7** 正答：2　作者為何使用①「信仰」這個字眼？
　　　　2　因為人們深信不疑。

**8** 正答：3　「②葡萄酒也是同樣的道理」所指的意思是？
　　　　3　葡萄酒並不是高級就一定好喝。

**9** 正答：4　「③便宜的葡萄酒就綽綽有餘了」最大的理由為何？
　　　　4　因為在宴會上主要是要與人聊天，因此沒有品嚐葡萄酒的時間。

(4)

　現代人は多くの人が頭痛に悩まされています。頭痛の中には重大な病気が原因である深刻なものもあります。しかし、それほど危険ではないものも多いのです（もちろん、全く危険ではないというわけではありませんが）。例えば、月に数回、肩の痛みとともに重い感じの頭痛がしばらく続くという症状や、首の後ろ側から後頭部にかけて痛みを感じ、また頭全体が痛むという症状などです。これらは①「緊張型頭痛」と呼ばれます。この頭痛に最もかかりやすいのは、コンピューターで長時間仕事をする人です。また、事務仕事などでうつむく姿勢が続いたりすることや、精神的なストレスも緊張型頭痛になる原因の一つだと言われています。普段から姿勢が悪かったり、緊張を強いられる環境で過ごしたりしている人は注意しなければなりません。

　②この頭痛は「現代病」の一つであると言えるでしょう。命の危険はありませんが、慢性化しやすいので注意が必要です。予防のためには、頭と心をリラックスさせることが大切です。また、お風呂に入る時や寝る前にマッサージをする習慣をつけるといいと思います。

**10** ①「緊張型頭痛」とはどのようなものか。

1 重大な病気が原因である頭痛。

2 命の危険が深刻な頭痛。

3 あまり危険ではない頭痛。

4 全然危険ではない頭痛。

**11** 「緊張型頭痛」の原因にならないものはどれか。

1 いつもパソコンで文章を打っていること。

2 上司が厳しくてよく怒られていること。

3 書類作成のための残業が多いこと。

4 いつも休みの日は寝ていること。

**12** ②この頭痛は「現代病」の一つであると言えるでしょうと筆者が言う理由は何だと思われるか。

1 「コンピューター」や「ストレス」など現代の特徴が原因だから。

2 「緊張型頭痛」は現代になってつけられた名前だから。

3 この頭痛の原因が発見されたのは現代になってからだから。

4 頭痛は昔の人はかからなかった病気だから。

▶解説

（4）

　現代人大多為頭痛所苦。有些頭痛是重大疾病所造成的不容輕忽。但大部分都不是那麼有危險性（當然也不是説完全沒有危險）。例如，一個月會有幾次肩痛伴隨持續性的頭部沉重疼痛感症狀、從頸後方到腦後的疼痛感，或是頭部整體性疼痛的症狀等。這些即是所謂的①「緊張性頭痛」。最容易得到這類型頭痛的是長期在電腦前工作的人，或是從事內勤事務等持續著低頭姿勢的人，而且有人説精神性的壓力也是造成緊張性頭痛的原因之一。平時姿勢就不好或是常處於緊張環境的人特別要注意。

　②這樣的頭痛可説是「現代病」的一種。雖然不危及性命，但容易慢性化，所以要特別注意。如果要預防它，讓頭部和心理得到充分的放鬆是很重要的。而且我認為如果養成在入浴時及睡前進行按摩的習慣是很好的。

**10** 正答：3　①「緊張型頭痛」是指什麼樣的頭痛？
　　　3　不太危險的頭痛。

**11** 正答：4　下列何者不會造成「緊張型頭痛」？
　　　4　總是利用休假日睡覺。

**12** 正答：1　②這樣的頭痛可説是「現代病」之一作者這麼説的理由為何？
　　　1　因為「電腦」和「壓力」等原因是現代的特徵。

**問題6** つぎの（1）から（2）の文章を読んで、質問に答えなさい。答え
は、1・2・3・4から最もよいものを一つえらびなさい。

（1）

「論文」というのは、エッセイでも感想文でも論説文でもない。いくら大発見と
なる内容が書いてあっても、論文の形式に収まっていなければ論文ではない。言い
換えると、論文の形式になっていない文章は①「論文以前」であり、論文として受
理されず、したがって、審査されず、突き返されることになる。

イタリア料理店でパスタを頼んで、そばが出てくれば、いかにおいしいそばであ
ろうと客は食べてはくれないだろう。ところが、論文の場合でも、②「そば」を提
出する人間がかなりいる。「こんなにおいしくてどうしてダメなんですか」と言わ
れても困る。論文の形式に収まっていないものは、論文ではないのだ。

少し話をすすめよう。仕事として、悪い卒論・論文というのは山ほど読んでいる。
学者が書く論文にもひどいものは多いけれど、大学生が書くものは、それまでまと
もな文章をあまり書いたことがないこともあって、③感心するほどにひどいものも
多い。

しかも、慢性化する場合もあるので注意が必要だ。④私も慢性患者であった。卒
論で一回落第したのに、修士論文でもまた落第したのである。大学にも六年間授業
料を払い、大学院にも六年間授業料を払った。合計で十二年間授業料を払ったわけ
だ。数えてみると、ちゃんと三回も落第しているのである。

普通、こういうことを繰り返す人間は少ない。そして、こういう恥ずかしい過去
を堂々と書く人間となるともっと珍しい。ほとんど病気である。

（山內志朗『ぎりぎり合格への論文マニュアル』より一部改 ）

**1** ① 「論文以前」とはどういう意味か。

1 論文を書こうとする気持ちが伝わらない文。

2 論文を書く前の文。

3 論文として認められない文。

4 以前の論文を引用した文。

**2** ② 「そば」を提出する人間がかなりいるとはどういう意味か。

1 論文を書く時に「そば」を一緒に出す人が多い。

2 論文の形式を守らず論文とは言えないような「文」を出す人が多い。

3 「パスタ」が食べたいのに「そば」を持ってくる人が多い。

4 論文の形式にはなっていないけれど、素晴らしい文を書く人が多い。

**3** ③感心するほどにひどいと言う時の筆者の気持ちはつぎのどれか。

1 形式も内容もひどい論文なので、腹が立ってしまう。

2 あまりにひどい論文だが、内容には感心させられる。

3 あまりに悪いので、逆に感心してしまう。

4 人を感心させるほとの内容があるが、形式はひどい。

**4** ④私も慢性患者であったとはどういう意味か。

1 筆者は論文を書こうとして慢性の病気になってしまった。

2 筆者は論文が書けなくて、落第を繰り返した。

3 筆者は論文を書くために慢性の病気の患者を研究した。

4 筆者は論文が書けなくて先生に慢性患者と呼ばれた。

（1）

　　所謂「論文」並不是隨筆、感想文，也不是論説文。無論內容敘述的是多麼了不起的發現，如果不符合論文形式的話就不算是論文。換句話説，不符合論文格式的文章是①「論文之前」階段的東西，將不被視為論文受理，所以未經審核就會被退件。

　　在義大利餐廳點了義大利麵，結果送來的是蕎麥麵，無論再好吃，客人應該也不會享用吧！但是，論文的情況卻有②很多人交出來的是「蕎麥麵」。面對「這麼美味的東西為什麼不行呢？」的質疑也很難以説明。因為不符合論文格式的東西，它就不是論文了。

　　進一步説，在工作上我看過太多糟糕的畢業論文或論文。雖然學者寫的論文也有很多慘不忍睹的，但大學生寫的東西，他們之前畢竟鮮少寫過像樣的文章，所以當中也有不少③糟糕到教人佩服。

　　而且這還有慢性化的趨勢，所以必須留意。④我本身之前也是慢性病患。在畢業論文時曾經被打回票，碩士論文時又再度被打回票，大學就繳了六年的學費，研究所也繳了六年學費。也就是説加起來共繳了十二年的學費。算一算，我總共被打了回票三次。

　　通常，不斷重複這種經歷的人不多。然而這般光明正大地寫出這段不光彩過往的人就更稀有了。幾乎稱得上是病態了。

（出自山內志朗《可以勉強及格的論文指引手冊》部分改編）

**生詞**　いくら～ても、～ではない：即使再～也不是～／突き返される：被退回／～わけだ：也就是説～

1　正答：3　①「論文之前」指的是什麼意思？
　　　3　該文章無法被認可為論文。

2　正答：2　②很多人交出來的是「蕎麥麵」指的是什麼意思？
　　　2　不遵守論文格式、提出不能算是「論文」文章的人很多。

3　正答：3　作者説③糟糕到教人佩服時的心情為下列何者？
　　　3　因為太糟了，反而心生佩服。

4　正答：2　④我本身之前也是慢性病患所指的是什麼意思？
　　　2　作者寫不好論文而不斷留級。

（2）

　私が社会人になった頃、よくこんなことが言われていたものだ。

　最近の若者は、もうとっくに社会人になっているというのに、電車の中でマンガを読んでいる。また会社では「課長」や「部長」と呼ばれるような人が通勤中にマンガ週刊誌を楽しんでいるのだ。①こんなことはどの外国へ行っても見られないことである。外国ではマンガなんて小さな子供が読むものだと思われている。大人が真剣にマンガを読んでいる日本はかなり異常で、幼稚すぎる。知的な文化人は常にそう文句を言っていたものだった。

　ところが、このところ、日本のマンガが広く世界から注目されているのだ。いつのまにか、日本のマンガはどんどん高度なものになっていき、そして、大人が読んでも鑑賞に耐える作品が出現してきた。

　一方、アメリカ映画に注目してみると、一九七七年に『スター・ウォーズ』（注）が出現して、大ヒット作となった。考えてみれば、②その内容は日本のマンガとどこが違うというのだろう。あれ以来、アメリカ映画の大ヒット作のほとんどが、事実上、子供映画である。だから私などは、日本では大人が堂々とマンガを読んでいて変な国だと言われると、こう言い返す。アメリカだってお子様じゃないですか。『スター・ウォーズ』の新作が公開される日は、③朝から役所の仕事が中断してしまうんですから、と。

（清水義範『「大人」がいない……』より一部改 ）

（注）『スター・ウォーズ』：SF映画の代表作

**5** ①こんなことはどの外国へ行っても見られないことであるという文に込められた気持ちはつぎのどれか。

1　誇らしい気持ち
2　恥ずかしい気持ち
3　面白い気持ち
4　楽しい気持ち

**6** ②その内容は日本のマンガとどこが違うというのだろうとはどういう意味か。

1　『スター・ウォーズ』の内容は日本のマンガの真似である。
2　『スター・ウォーズ』の内容は日本のマンガとよく似ている。
3　『スター・ウォーズ』の内容と日本のマンガの違いはたくさんある。
4　『スター・ウォーズ』の内容は日本のマンガから生まれたものだ。

**7** ③朝から役所の仕事が中断してしまうという文が意味しているのはどんなことか。

1　役所に勤める大人でも仕事をしないで『スター・ウォーズ』を見に行く。
2　『スター・ウォーズ』を見に行く人が多くて、役所に入ることができない。
3　『スター・ウォーズ』に関する仕事が多くて、役所の仕事ができない。
4　役所に勤める人の子どもでも『スター・ウォーズ』が大好きである。

**8** この文章で筆者が言いたいことはつぎのどれか。

1　『スター・ウォーズ』は日本のマンガと同じくらい素晴らしい。
2　マンガ文化は日本だけではなくアメリカにも広がっている。
3　マンガは子どもの読むものだから大人は読むべきではない。
4　『スター・ウォーズ』はアメリカ人の誇りである。

（2）

我出社會的時候，常常聽到有人這麼說。

最近的年輕人，明明就已經是社會人士了，卻還在電車上看漫畫。而且在公司被稱為「課長」或「部長」的人也在通勤時沉迷於漫畫週刊雜誌中。①這樣的現象無論去到哪個國家都是難以見到的。在國外，一般認為漫畫這東西是小孩在看的玩意。相較之下，成年人很認真地看漫畫的日本，是相當異常且幼稚的。知性派的文化人常常這樣發牢騷。

但就在最近，日本的漫畫廣受全球的關注。不知不覺中，日本的漫畫漸漸變成高水準的東西，適合成人鑑賞的作品也備出。

另一方面，如果把焦點放在美國電影上，一九七七年《星際大戰》（註）一出現便成為熱門電影。仔細想想，②那內容和日本的漫畫到底哪裡不一樣呢？事實上，自那之後，美國熱門電影作品幾乎是兒童電影。所以，當我們聽到有人說日本真是一個奇怪的國家，連大人都光明正大地看漫畫的時候，我就會這樣回應：美國也一樣孩子氣啊！因為《星際大戰》的續集上映時，③從早上開始，政府機關就停止辦公了。

（出自清水義範《「大人」不存在……》部分改編）

（註）《星際大戰》：科幻電影代表作

5  正答：2  ①這樣的現象無論去到哪個國家都是看不到的這句話所呈現出的心情是何種心情？
          2  羞恥的心情

6  正答：2  ②那內容和日本的漫畫到底哪裡不一樣呢所指的意思是？
          2  《星際大戰》的內容和日本的漫畫很像。

7  正答：1  ③從早上開始，政府機關就停止辦公了這句話所表達的意思是？
          1  即便是在政府機關辦公的大人也會不工作而去看《星際大戰》。

8  正答：2  在這文章作者想表達的是下列何者？
          2  漫畫文化不光是日本而已，在美國也廣為流傳。

**問題7** つぎのページは、ある病院の問診票である。これを読んで、下の質問に答えなさい。答えは、1・2・3・4から最もよいものを一つえらびなさい。

（1）

　留学生のユリさんは熱があるので、日本語学校の近くの増田病院へ来ました。初めて来ましたから、初診問診票を書きます。

1 ここに<u>書かなくてもいい</u>ことは、つぎのどれか。

　　1　学校の名前と住所
　　2　どれくらい前から熱が続いているか
　　3　毎日の睡眠時間
　　4　おととし国で手術をしたこと

2 ユリさんは去年、国の病院でもらった薬を飲んで、めまいがしたことがある。このことを医者に伝えるには、問診票のどこに書けばいいか。

　　1　（1）
　　2　（2）
　　3　（4）
　　4　（8）

# 増田病院　初診問診票

平成　　　年　　　月　　　日

| 名　　前 | ＿＿＿＿＿＿＿＿＿＿＿＿＿＿＿＿＿　（男・女） |
| 生年月日 | ＿＿＿＿年＿＿＿月＿＿＿日　（　　歳） |
| 住　　所 | ＿＿＿＿＿＿＿＿＿＿＿＿＿＿＿＿＿＿＿＿＿ |
| 電話番号 | （　　　　　）　　　　－ |

(1) 今日はどのような症状で病院へいらっしゃいましたか。
　　□熱がある　□のどが痛い　　□せきが出る　□おなかが痛い
　　□頭が痛い　□吐き気がする　□その他（　　　　　　　　　　）
　　それはいつごろからですか。（　　　　　　　　前ぐらいから）

(2) 今まで入院するような大きな病気にかかったことがありますか。
　　□はい（病気の名前　　　　　　いつごろ　　　　　　）　　□いいえ

(3) 今までに手術を受けたことがありますか。
　　□はい（病気の名前　　　　　　いつごろ　　　　　　）　　□いいえ

(4) これまでに飲み薬や注射で気分が悪くなったことがありますか。
　　□はい（　　　　　　　　　　　　　　　　　）　　□いいえ

(5) お酒を飲みますか。
　　□はい（どれぐらい　　　　　　　　　　　）　　□いいえ

(6) タバコを吸いますか。
　　□はい（何本ぐらい　　　　　　　　　　　）　　□いいえ

(7) 毎日何時間ぐらい寝ますか。（　　　　　　　時間ぐらい）

(8) 増田病院に来た理由に○をつけてください。
　　（　　）近くに住んでいるから。または近くに勤めているから。
　　（　　）家族や知り合いにすすめられたから。
　　（　　）他の病院から紹介されたから。
　　その他（　　　　　　　　　　　　　　　　　）

（1）
　　留學生百合小姐因發燒到日語學校附近的增田醫院就診。因為是第一次來，所以要填初診問診單。

1 正答：1　單子上**不用填寫**的是下列哪項？
　　　　　1　學校的名稱和地址

2 正答：3　百合小姐去年服用國內醫院開的藥後曾有頭暈的狀況。要告知醫生這件事是要填在問診單的哪一項？
　　　　　3　(4)

---

# 增田醫院　初診問診單

平成　　　年　　　月　　　日

| 姓　　　　名 | ＿＿＿＿＿＿＿＿＿＿＿ | （男・女） |
|---|---|---|
| 出生年月日 | 　　年　　月　　日 | （　　歲） |
| 地　　　　址 | | |
| 電 話 號 碼 | （　　　　）　　－ | |

(1) 今天是因為什麼病症來醫院就診呢？
　　□發燒　□喉嚨痛　□咳嗽　□腹痛
　　□頭痛　□想吐　　□其他（　　　　　　　　　）
　　什麼時候開始出現的症狀呢？（大約　　　　前開始）

(2) 曾經患過需要住院的重病嗎？
　　□有（病名　　　　何時　　　　）　　　□沒有

(3) 曾經接受過手術嗎？
　　□有（病名　　　　何時　　　　）　　　□沒有

(4) 曾經因為服藥或打針而感覺不舒服嗎？
　　□有（　　　　　　　　　　　）　　　□沒有

(5) 有飲酒習慣嗎？
　　□有（數量　　　　　　　　　）　　　□沒有

(6) 有吸菸習慣嗎？
　　□有（數量　　　　　　　　　）　　　□沒有

(7) 每天睡眠時間大約多久？（約　　　　小時）

(8) 請在來增田醫院的理由打○。
　　（　　）因為住在附近，或在附近上班。
　　（　　）因為家人或朋友推薦。
　　（　　）因為其他醫院介紹。
　　其他（　　　　　　　　　　　）

右の文章は、ボランティア募集の案内である。下の質問に答えなさい。答えは、
1・2・3・4から最もよいものを一つえらびなさい。

（2）

　会社員の田村さん（38歳）はひかり市花火大会のボランティアに参加したいと
思っています。田村さんの仕事は毎日午後5時半には終わります。会社の休みは土
曜日と日曜日です。

**3** 田村さんが参加できる活動は、つぎのどれか。

　　1　(1) と (2)
　　2　(1) と (3)
　　3　(2) と (4)
　　4　(3) と (5)

**4** 田村さんがこのボランティアでしてはいけないことは、つぎのどれか。

　　1　小学生の息子を (5) の活動に連れて行く。
　　2　説明会に出ないで (3) の活動に参加する。
　　3　花火大会の日に急に (5) の活動に参加する。
　　4　(5) の活動のとき午前 11 時に帰る。

# ひかり市花火大会　ボランティア募集

「ひかり市花火大会」でボランティアをしませんか。

お友達やご家族を誘（さそ）って、みんなでひかり市花火大会を成功させましょう！

➤ **ボランティア活動の内容と時間**

| 8月19日（金） | 9:00 ～ 12:00 /<br>13:00 ～ 17:00 | (1) 会場の準備 |
|---|---|---|
| | 13:00 ～ 17:00 | (2) ポスター貼りなど |
| 8月20日（土） | 9:00 ～ 19:00 | (3) 当日（とうじつ）の準備 |
| | 16:00 ～ 22:00 ごろ | (4) 案内（あんない）など |
| 8月21日（日） | 8:00 ～ 12:00 ごろ | (5) ごみ拾（ひろ）い・片付（かたづ）け |

➤ **(1) ～ (4) の活動をしたい方**

参加できる人：20歳以上の男女

必ず6月13日（月）のボランティア説明会に参加してください。

時間：19:00 ～ 20:00

場所：ひかり市民会館　2階会議室

※説明会の申込（もうしこ）みの必要はありません

➤ **(5) の活動をしたい方**

参加できる人：中学生以上の男女

※小学生以下のお子様もお父さんかお母さんといっしょでしたら、参加できます

集合（しゅうごう）時間・場所：午前7時30分　海浜公園駅3番出口

（1、2時間だけの参加でもかまいません）

申込（もうしこ）み方法（ほうほう）：ひかり市花火大会委員会（いいんかい）まで、電話かメールでお申し込みください。当日参加もOKです。

（2）
　　職員田村先生（小姐）（38 歲）想參加光市煙火大會的志工。田村先生（小姐）的工作是在每天下午 5 點半結束。公司的休假是星期六和星期日。

3 正答：4　田村先生（小姐）可參加的活動為下列何者？
　　　　　　4　(3) 和 (5)

4 正答：2　田村先生（小姐）在這志工活動中不能做的事項為下列何者？
　　　　　　2　不出席説明會就參加 (3) 的活動。

# 光市煙火大會　志工招募

想不想到「光市煙火大會」來當志工呢？
邀請親朋好友，大家一起來讓光市的煙火大會圓滿成功吧！

➤志工活動內容及時間

| 8 月 19 日（五） | 9:00 ～ 12:00 /<br>13:00 ～ 17:00 | (1) 會場的準備 |
| --- | --- | --- |
| | 13:00 ～ 17:00 | (2) 張貼海報等 |
| 8 月 20 日（六） | 9:00 ～ 19:00 | (3) 當天的準備 |
| | 16:00 ～ 22:00 左右 | (4) 接待等 |
| 8 月 21 日（日） | 8:00 ～ 12:00 左右 | (5) 撿垃圾、善後工作 |

➤**想參加 (1) ～ (4) 活動的人**
可參加者：20 歲以上男女

請務必出席 6 月 13 日（一）的志工説明會。

時間：19:00 ～ 20:00

場所：光市民會館　2 樓會議室

※ 説明會不須報名

➤**想參加 (5) 活動的人**
可參加者：中學生以上男女
※ 小學生以下的孩童如有父母親的陪同，可以參加
集合時間・場所：上午 7 點 30 分　海濱公園火車站 3 號出口
（只參加 1、2 小時也歡迎）
報名方式：請打電話或寄電子郵件至光市煙火大會委員會報名。當天報名也 OK。

# 3

# 聽解

考前總整理
題型分析與對策
試題練習與詳解

# 考前總整理｜聽解

| 日文 | 中文翻譯 |
|---|---|
| 3時間も歩いたから足が棒になりました。 | 走了3個小時腳很痠。 |
| 彼はやっと足を洗う決心をしました。 | 他終於決定金盆洗手了。 |
| 自分のミスで皆の足を引っ張らないでください。 | 不要因為個人疏失而拖累大家。 |
| 彼の努力に頭をさげました。 | 對他的努力致上敬意。 |
| 突然の出来事に一瞬息を呑んだ。 | 對突發的事件嚇得瞬間啞口無言。 |
| クラスでは彼は一目置かれる存在です。 | 在班上他令人另眼相看。 |
| 私はその人とは馬が合うんです。 | 我和那個人很合得來。 |
| 田中さんは顔が広いですね。 | 田中先生人面很廣。 |
| 家族に恥をかかせるな。 | 別讓家族蒙羞了。 |
| 今回の失敗で、彼は肩を落した様子です。 | 因為這次的失敗，他好像很喪氣的樣子。 |
| 私にとって、彼女は気が置けない友人です。 | 對我而言，她是個可以交心的朋友。 |
| あの人は口が重いから、なかなかしゃべってくれません。 | 那個人很寡言，總是惜字如金。 |
| 彼女は口が軽いから、秘密を守れないでしょう。 | 她很大嘴巴，應該守不住祕密吧！ |
| 口が滑って、うっかり話してしまいました。 | 不小心說溜了嘴！ |
| 結果発表を首を長くして待っていました。 | 對放榜已經期待很久了。 |
| 朝の通勤電車はいつも芋を洗うような状態です。 | 早上的通勤電車總是像擠沙丁魚似的。 |
| その噂を小耳に挟んだことがあります。 | 我聽過那個謠言。 |
| そんな甘い話はない。口車に乗るな。 | 不會有那麼好的事。別上當了！ |
| この件について口を挟む余地がありません。 | 這件事我沒有插嘴的餘地。 |
| その学生は全校の人に顔を知られています。 | 那個學生全校都認識他。 |
| その二人の選手は肩を並べる位置にあります。 | 那兩位選手實力不相上下。 |
| 彼の重病に医者も匙を投げました。 | 對於他的重病，醫生也束手無策了。 |

| | |
|---|---|
| あの子は本当に世話が焼ける子どもです。 | 那孩子真的是需要費心照料的小孩。 |
| 今回の仕事は私には手に余るものです。 | 這次的工作超過我的能力範圍。 |
| 忙しくて猫の手も借りたいぐらいです。 | 忙到只要有人幫忙，誰都可以的程度了。 |
| 彼女は上司の前ではいつも猫を被っています。 | 她在上司面前很會裝乖。 |
| 人の失敗を鼻で笑ってはいけません。 | 對別人的失敗不能嗤之以鼻。 |
| その人は腹が黒くて、性格が悪いです。 | 那個人心機很重，個性很不好。 |
| 部下の無礼に腹が立ったことがよくあります。 | 經常對屬下的無禮感到生氣。 |
| お互いに腹を探ることをやめましょう。 | 我們不要再互相試探了。 |
| 腹を割って話しましょう。 | 敞開心胸聊一聊吧！ |
| 今回の事件を処理するには骨が折れました。 | 對這次事件的處理費了很大的功夫。 |
| 彼の言動に眉を顰める人が多いです。 | 很多人對他的言論無法認同。 |
| 過去のことはもう水に流しましょう。 | 過去的事就付諸流水忘了吧！ |
| 同じ事を何度も言われて、もう耳にたこができたんです。 | 一再被說同樣的事，耳朵都長繭了。 |
| そのニュースを聞いて、思わず自分の耳を疑いました。 | 聽到那消息，不自覺以為自己聽錯了。 |
| 他人の意見に耳を貸したほうがいいと思います。 | 我認為傾聽別人的意見比較好。 |
| 彼は虫も殺さぬ優しい人ですよ。 | 他是個連蟲子都殺不下手的溫和的人。 |
| その人の発言に驚いて、目を大きく開きました。 | 對那個人的發言感到驚訝，都睜大眼睛了。 |
| 彼女はいつも良いものを見ているから目が高いです。 | 她經常欣賞好東西所以很有眼光。 |
| あんな男と付き合うなんて、本当に男を見る目がないですね。 | 居然跟那種男人交往，真是沒有挑男人的眼光啊！ |
| バイト先は駅に近く、目と鼻の先です。 | 打工的地方離車站近在咫尺。 |
| 父親にとって、娘は目に入れても痛くないのです。 | 對當父親的人來說，疼女兒可是疼入心坎裡了。 |
| 父親は娘の花嫁姿に目を細めました。 | 父親看見女兒穿嫁紗的模樣，滿足地瞇起眼睛。 |
| 殺人事件を目撃して、自分の目を疑いました。 | 目睹殺人事件，不相信自己看到的景象。 |

| | |
|---|---|
| 言ってはいけないことを言っちゃった。 | 說了不該說的話。 |
| 灯がないからもう帰っちゃったと思う。 | 沒看到燈光，應該已經回去了。 |
| 彼女は離婚して一人になっちゃった。 | 她離了婚，現在孤單一人。 |
| バスが行っちゃって、間に合わなかった。 | 巴士開走了，來不及趕上。 |
| いつも同じようなものを買っちゃう。 | 老是買同樣的東西。 |
| 友達と夜中まで飲んじゃった。 | 和朋友喝到半夜。 |
| 飼っていたペットが昨日死んじゃった。 | 養的寵物昨天死了。 |
| 電車で隣の人の足を踏んじゃった。 | 在電車上踩了別人的腳。 |
| あの子はいじめられたから泣いちゃった。 | 那個小孩被欺負到哭了。 |
| 間違った番号を書いちゃった。 | 寫了錯的號碼。 |
| 昨日、宿題を忘れちゃった。 | 昨天忘了寫作業。 |
| ダイエットしているのに、またケーキを食べちゃった。 | 明明在減肥又吃了蛋糕。 |
| 夜中に2回も起きちゃった。 | 半夜還起床兩次。 |
| 電話番号を知らない人に教えちゃった。 | 把電話號碼告訴陌生人。 |
| つい余計なことを考えちゃった。 | 不知不覺想太多了。 |
| あの二人は結局分かれちゃったのね。 | 那兩個人最後還是分手了呢！ |
| 赤ちゃんができちゃったから結婚するしかない。 | 有了小孩所以不得不結婚。 |
| 高いレストランを予約しちゃった。 | 我訂了高檔餐廳。 |
| そのかばん、高くなきゃ買うよ。 | 那個包包不貴的話我就買喔。 |
| 近けりゃ行くけどね。 | 近的話我就去。 |
| そろそろ帰らなきゃ。 | 差不多該告辭了。 |
| 説明書を読まなきゃ使い方が分からない。 | 不看說明書就不明白使用方式。 |
| その理由を彼に聞かなきゃ分からない。 | 那理由要問他才知道。 |
| あなたが行けば私も行く。 | 如果你去的話我也會去。 |
| 学生は勉強しなくちゃ。 | 學生不讀書不行。 |

|  |  |
|---|---|
| 最近太ったから運動しなきゃ。 | 最近發胖了，所以不運動不行了。 |
| もうこんな時間、早く行かなくちゃ。 | 已經這麼晚了，不快點去不行。 |
| その限定品のバッグを買わなくちゃ。 | 那個限量的包款不買不行。 |
| 先生に報告しとくよ。心配するな。 | 別擔心！我會向老師報告的。 |
| 私がホテルを予約しとくね。 | 我來預約飯店。 |
| お弁当を買っといてください。 | 請先買好便當。 |
| ビールを冷蔵庫に入れといた。 | 把啤酒冰到冰箱裡了。 |
| 教科書を予習しといてください。 | 請事先預習教科書的內容。 |
| 彼に話しとくから、安心してね。 | 放心！我會先跟他說的。 |
| この書類をコピーしといてください。 | 請先影印好這份資料。 |
| 使ったものを引き出しにしまっといてください。 | 使用完的東西請收回抽屜。 |
| この仕事をやっとくね。 | 這工作我來做。 |
| 彼女は日本人じゃないと思う。 | 我覺得她不是日本人。 |
| その傘は私のじゃないわ。 | 那把傘不是我的。 |
| じゃ、またね。 | 那再見囉！ |
| じゃ、コーヒーをください。 | 那麼，請給我咖啡。 |
| それじゃ、後で電話するよ。 | 那麼，我等一下給你電話。 |
| そりゃそうだ。 | 的確如此！ |
| 褒めりゃいいんだよね。 | 稱讚就好了，對吧！ |
| そりゃ、おめでたいことだね。 | 那真是可喜可賀呢！ |
| そりゃ嬉しいわ。 | 那當然開心囉！ |
| 明日、時間空いてる？ | 明天有空嗎？ |
| 地震で電気が消えてるよ。 | 因為地震停電了呢！ |
| いま雨が降ってる。 | 現在正在下雨。 |
| 愛してる。 | 我愛你。 |
| ドアが開いてる。 | 門開著。 |

| | |
|---|---|
| 窓が閉まってる。 | 窗戶關著。 |
| 兄は小学校の先生をしてる。 | 哥哥是小學老師。 |
| ここ、席が空いてるよ。 | 這裡有空位哦！ |
| いま、何してるの？ | 現在在做什麼？ |
| 何を言ってるか分かんないよ。 | 聽不懂在說什麼呢！ |
| そんなこと知らん。 | 我才不知道呢！ |
| 観光客が今後も増えいくでしょう。 | 今後觀光客還會不斷增加吧！ |
| 子どもを連れて行ってもいいですか。 | 可以帶小孩子去嗎？ |
| 雨が降ってきました。 | 開始下雨了。 |
| ボールが飛んできたよ。気をつけてね。 | 球飛過來了，小心！ |
| これまで一生懸命頑張ってきました。 | 一直以來都很努力。 |
| これからも頑張っていきたいと思います。 | 今後會繼續加油。 |
| 晩ご飯はイタ飯にしようか。 | 晚餐去吃義大利料理好嗎？ |
| あの二人は遠距離恋愛です。 | 那兩個人是遠距離戀愛。 |
| 姉は普通のOLです。 | 姊姊是普通的上班族。 |
| 昼食は学生食堂で食べましょう。 | 中午就在學校餐廳吃吧！ |
| 試験中、カンニングしてはいけませんよ。 | 考試時不可以作弊喔！ |
| 彼女の着る洋服はダサイと思いませんか。 | 不覺得她穿的衣服很老土嗎？ |
| 今回の出演はギャラが低いです。 | 這次上節目的酬勞很低。 |
| 今晩合コンに行かない？ | 晚上要不要去聯誼？ |
| 鈴木さんは彼女に告る決心をしたらしいです。 | 鈴木先生好像下定決心要向她告白了。 |
| この商品はA社とのコラボです。 | 這商品是和A公司聯名製造的。 |
| これはあなたのシャーペンですか。 | 這是你的自動鉛筆嗎？ |
| 先週新しいスマホを買いました。 | 上週買了新的智慧型手機。 |
| 会社でセクハラされることはたまにあります。 | 在公司偶爾會被性騷擾。 |
| 四年生は卒論を書かなければなりません。 | 大四生要寫畢業論文。 |

|  |  |
|------|------|
| 彼女はセレブに違いありません。 | 她一定是貴婦。 |
| この曲は着メロで一番人気が高いです。 | 這首曲子在來電答鈴中最有人氣。 |
| 帰りにデパ地下でケーキを買いました。 | 回家時順路到百貨公司地下樓買了蛋糕。 |
| 福原さんの彼氏はイケメンですね。 | 福原小姐的男友好帥呢！ |
| あの人は空気が読めない子です。 | 那個人不懂得察言觀色。 |
| いい加減なことを言わないでほしいです。 | 希望你不要胡言亂語。 |
| この結論には納得いきませんね。 | 我無法認同這個結果。 |
| 味方をしてくれる人は誰もいません。 | 沒有人站在我們這一邊。 |
| どうすることもできなかったんです。 | 我完全束手無策。 |
| 自分の力ではどうにもならないです。 | 只靠自己的力量什麼也解決不了。 |
| この話をなかったことにしましょう。 | 這件事就當沒有發生過。 |
| 転職は覚悟の上で決めました。 | 換工作是我做好心理準備才決定的。 |
| 自分の都合だけ考える人は嫌われる。 | 只想到自己的人會遭人討厭。 |
| 一人娘を大切に育ててきました。 | 將獨生女小心翼翼地扶養長大。 |
| 彼も明日の宴会に参加するって。 | 他說他也會參加明天的宴會。 |
| あの人って、本当に日本人ですか。 | 那個人真的是日本人嗎？ |
| 台北ってどんな町ですか。 | 台北是個怎樣的城市呢？ |
| 彼は卒業後ずっとフリーターをしています。 | 他畢業後一直在當打工族。 |
| タバコの吸殻をポイ捨てしてはいけません。 | 不可以亂丟菸蒂。 |
| 放課後、マックで待ち合わせしようか。 | 下課後約在麥當勞見吧！ |
| マザコンの男とは結婚したくないです。 | 不想和有戀母情結的人結婚。 |
| 彼女はミーハーだから芸能情報に詳しいです。 | 她很愛八卦，所以熟知演藝圈的消息。 |
| メル友と会うことになりました。 | 要和網友見面了。 |
| 山田さんはリストラされたそうです。 | 聽說山田先生遭到裁員了。 |
| 彼女は元彼とまだ連絡を取り合っています。 | 她和前男友還有聯絡。 |
| 毎日ペットにエサをやります。 | 每天餵食寵物。 |

|  |  |
|---|---|
| 昨日花に水をやるのを忘れました。 | 昨天忘記澆花了。 |
| 私は河合さんに傘を貸してあげました。 | 我把傘借給河合先生了。 |
| タクシーをお呼びしましょうか。 | 要幫您叫計程車嗎？ |
| 荷物をお持ちしましょう。 | 我來幫你提行李吧！ |
| 部長は車で家まで送ってくださいました。 | 部長開車送我回家。 |
| 児島さんは親切でいつも助けてくれます。 | 兒島先生很親切，幫我很多忙。 |
| 一人で旅行するのは危ないからやめなさい。 | 單獨旅行太危險了還是別去吧！ |
| 一人暮らしは寂しいものです。 | 一個人住外面是很孤單的。 |
| 彼女は別嬪さんですね。 | 她是個美女呢！ |
| よく見えるように前の席に座りました。 | 為了看得清楚就坐在前面的位子。 |
| 大学の寮に門限があります。 | 大學宿舍有門禁。 |
| 日本人と会話ができるようになりました。 | 可以和日本人對談了。 |
| 毎日運動するようにしています。 | 維持每天運動的習慣。 |
| 彼女はいつも自炊しています。 | 她都自己煮飯。 |
| 彼は外食ばかり食べています。 | 他老是吃外面的東西。 |
| 太るから甘いものを食べないようにしています。 | 怕胖所以都不吃甜食。 |
| 必ず事前に連絡してください。 | 請務必事先聯絡。 |
| 最近女性もタバコを吸うようになりました。 | 最近也有女性開始吸菸了。 |
| 先生に注意されたことがありますか。 | 你曾經被老師警告提醒過嗎？ |
| 雨に降られて、ビショビショになりました。 | 被雨淋成落湯雞了。 |
| トヨタの車は世界中に輸出されています。 | 豐田汽車出口到世界各國。 |
| そんな話はありえないと思います。 | 我覺得那種事不可能發生。 |
| 母に日記を読まれました。 | 媽媽偷看了我的日記。 |
| 電車で知らない人にナンパされました。 | 在電車上被陌生人搭訕。 |
| あの子は両親に死なれて、本当に気の毒です。 | 那個孩子父母雙亡，真是可憐。 |
| 子どもに泣かれて寝られませんでした。 | 孩子哭鬧害我無法入睡。 |

|  |  |
|---|---|
| お弁当を買ってきます。 | 我去買便當。 |
| 明日カメラを持ってきてください。 | 明天請帶相機來。 |
| 銀行でお金を下してきます。 | 我去銀行領錢。 |
| 会議室へご案内します。 | 我帶您到會議室。 |
| 明日学校へいらっしゃいますか。 | 明天您會到學校嗎？ |
| すぐに参ります。 | 我馬上過去。 |
| 昼ご飯は何を召し上がりましたか。 | 您午餐吃什麼呢？ |
| その映画をご覧になりましたか。 | 您看過那部電影了嗎？ |
| よくご存知ですね。 | 這件事您很清楚呢！／您很內行呢！ |
| その話を存じておりません。 | 我不知道那件事情。 |
| お名前は何とおっしゃいますか。 | 請問尊姓大名。 |
| 林と申します。 | 敝姓林。 |
| 明日部長の事務室に伺います。 | 明天到部長辦公室拜訪。 |
| 私は実家に住んでおります。 | 我住在老家。 |
| お待ちしておりました。 | 久候您的大駕光臨。 |
| 夜何時ごろお休みになりますか。 | 您晚上都幾點就寢呢？ |
| いつもどんな新聞を読まれますか。 | 您平常都閱讀哪一份報紙呢？ |
| ご専攻は何でしょうか。 | 請教您專攻什麼？ |
| 部長は先お帰りになりました。 | 部長剛剛回家了。 |
| お住まいはどちらでしょうか。 | 請教您府上在哪裡？ |
| 先生の論文を拝見いたしました。 | 拜讀老師的論文了。 |
| 私がご説明いたします。 | 由我來說明。 |
| お気持ちだけ頂戴いたします。 | 您的好意我心領了。 |
| 毎朝何時に起きられますか。 | 您每天早上幾點起床？ |
| 日本へ行かれたことがありますか。 | 您到過日本嗎？ |
| 次、どの車を買われますか。 | 您下次要買什麼車呢？ |

| | |
|---|---|
| どうぞこちらにお掛けください。 | 請到這邊坐。 |
| いまご飯を食べているところです。 | 我正在吃飯。 |
| いま帰宅したところです。 | 我剛回到家。 |
| これから出発するところです。 | 現在正要出發。 |
| いま会議が終わったばかりです。 | 會議剛剛結束。 |
| 彼女とうまくいってますか。 | 跟她交往得順利嗎？ |
| この値段で買えるはずはありません。 | 不可能用這價錢買到。 |
| 彼は今日来るはずです。 | 他今天應該會來。 |
| 彼女と結婚するつもりはないそうです。 | 聽說他不打算和她結婚。 |
| あの二人は結婚しないつもりらしいです。 | 他們兩個似乎不打算結婚。 |
| 黒板に字が書いてあります。 | 黑板上有寫字。 |
| 壁に絵が掛けてあります。 | 牆上掛著畫。 |
| ホテルはもう予約してあります。 | 飯店已經預約好了。 |
| お茶を入れてあります。 | 茶已經泡好了。 |
| コップに水が入っています。 | 杯子裡有水。 |
| 今回の試験に合格できるかどうか自信がないです。 | 我沒有信心通過這次的考試。 |
| 合格できたらいいけど。 | 如果考上就好了。 |
| 東京大学に合格して、両親を喜ばせました。 | 考上了東京大學，雙親非常高興。 |
| 子どもに色々な習い事をさせます。 | 讓孩子學很多才藝。 |
| 子どもを公園で遊ばせます。 | 讓孩子在公園玩。 |
| 佐藤さんは突然泣き出して、皆をびっくりさせました。 | 佐藤小姐突然哭了起來，把大家嚇了一跳。 |
| 学生は先生を怒らせました。 | 學生惹老師生氣了。 |
| コーチは選手を10キロも走らせました。 | 教練讓選手跑了10公里。 |
| 授業中、日本語で会話することになっています。 | 上課規定用日文交談。 |
| 入学式は4月に行うことになっています。 | 入學典禮都在4月舉行。 |

| | |
|---|---|
| 彼には新しい恋人ができたらしいです。 | 他好像交到新女朋友了。 |
| その兄弟は本当に瓜二つですね。 | 那對兄弟真的長得一模一樣。 |
| 坂本君は英語があまり得意ではなったようです。 | 坂本同學似乎英文不太在行。 |
| 彼は未だに独身のようです。 | 他至今似乎仍單身。 |
| 台風が近づいているらしいです。 | 好像有颱風接近中。 |
| 彼女は今日機嫌が悪そうです。 | 她今天心情似乎不太好。 |
| 元気そうで何よりです。 | 很開心知道你過得很好。 |
| 食べ過ぎてお腹を壊しました。 | 吃太多吃壞肚子了。 |
| 飲みすぎて会社を休みました。 | 喝太多喝到請假沒去上班。 |
| この日傘は軽くて持ちやすいです。 | 這把陽傘很輕，方便攜帶。 |
| 黒板の字は小さくて読みにくいです。 | 黑板的字太小，看不清楚。 |
| テストがあるだろう。勉強しろよ。 | 你有考試吧！快唸書吧！ |
| もう、部屋から出で行け。 | 夠了，給我滾出去！ |
| 時間がないから、早くしろ。 | 沒時間了，動作快！ |
| 喧嘩したやつを呼んで来い。 | 去把打架的傢伙叫過來！ |
| あなたが悪いから謝れ。 | 是你不對，你要道歉！ |
| 危ないから早く逃げろ。 | 危險！快逃吧！ |
| もっと立派な人間になれ。 | 要成為更優秀的人！ |
| 陰で他人の悪口を言うな。 | 別在背地裡說別人壞話！ |
| 授業をサボるな。 | 別蹺課！ |
| 授業中、寝るな。 | 上課不要睡覺！ |
| 会議の時、携帯電話をいじるな。 | 開會時別滑手機！ |
| 電車の中で大声でしゃべるな。 | 電車中不要大聲喧譁！ |
| 彼が出席するかどうか分かりません。 | 不知道他會不會出席。 |
| 店が開いてるかどうかを確認しますね。 | 我確認一下店有沒有開。 |
| 藤井さんが来たかどうかを見てきます。 | 我去看看藤井先生來了沒。 |

| | |
|---|---|
| いつ台湾へ帰国したか聞いていません。 | 沒聽說什麼時候回台灣了。 |
| 森岡さんは日曜日暇かどうか知りません。 | 我不知道森岡先生星期天有沒有空。 |
| 食事会はいつにするかまだ決まってないです。 | 聚餐時間還沒有決定。 |
| 明日何人参加するか分かりません。 | 不知道明天多少人會參加。 |
| 昨日は悪かった。 | 昨天不好意思了！ |
| すまない。 | 不好意思／歹勢！（台灣話） |
| それほどでもないです。 | 不像您誇獎的那樣。／您過獎了！ |
| まだまだ勉強が足りません。 | 還有很多要學習的。 |
| たいしたことはありません。 | 沒什麼大不了的。 |
| もったいないお言葉をありがとうございます。 | 您太過獎了。 |
| 彼の趣味は日曜大工です。 | 他的興趣是業餘木工，假日DIY。 |
| 一応明日もう一度来てください。 | 明天還是請你來一趟。 |
| 痛み止めの薬を出しましょう。 | 我開止痛藥給你吧！ |
| あの家はウサギ小屋みたいです。 | 那個房子跟兔子窩一樣小。 |
| うちの庭は猫の額みたいですよ。 | 我家的院子非常小喔！ |
| 彼は死んだ魚のような目をしています。 | 他的眼神無神，跟死魚一樣。 |
| 彼女は能面を被っているような顔をしています。 | 她總是面無表情。 |
| このシャツは棉100パーセントです。 | 這件襯衫是純棉的。 |
| ステンレスのほうが丈夫だと思います。 | 我覺得不鏽鋼比較耐用。 |
| 男だけじゃつまらないでしょう。 | 都是男生不好玩吧！ |
| 最近は天候が不安定です。 | 最近氣候不太穩定。 |
| 縄で固定させたほうがいいです。 | 用繩子固定一下比較好。 |
| 新しい駅ができて、乗り換えが便利になりました。 | 新車站蓋好後，轉車更方便了。 |
| この店、キャッシュカードが使えますか。 | 這家店可以刷卡嗎？ |
| また遊びにいらしてください。 | 歡迎再來玩。 |

| | |
|---|---|
| 特売品はお一人様2点までです。 | 特價品每人限購2件。 |
| 切符は券売機でお求めください。 | 請利用自動售票機購票。 |
| MRTの中で寝過ごししてしまいました。 | 在捷運中睡過頭了。 |
| 私の不注意でご迷惑を掛けました。 | 因為我的疏失給您添麻煩了。 |

# 題型分析與對策 | 聽解

※ 根據官方公布，實際每回考試題數可能有所差異

| 問題 1<br>問題理解 | 一共 6 題。測驗項目為理解情報找出解決問題的選項。先掌握問題選項，邊聽音檔邊筆記線索。題目最後常問的是「接下來要做什麼？」「最後的決定是什麼？」等。<br><br>本大題開始作答前會播放例題，請勿作答。每題僅播放一次，播放結束後，作答時間約 12 秒。 |
| --- | --- |

 範例題

男の人がデパートの案内所で尋ねています。男の人が買いたいものはどこにありますか。

M：すみません、ちょっとお尋ねしますが、男性の服の売り場はどこですか。

F：いらっしゃいませ。メンズフロアは 5 階になります。ここは 3 階でございますので、あちらのエレベーターでお上がりください。

M：5 階ですね。ありがとうございます。いやぁ、ゴルフに行くときの服を探そうと思ってね。

F：あ、それでしたら、6 階のスポーツ用品のフロアになります。スポーツウエアもいっしょに置いてございますので。

M：あ、ゴルフウエアじゃないんですよ。ゴルフ場へ行くとき、朝着ていく服なんですよ。

F：そうでございますか。それではやはり、二つ上の紳士服売り場になりますね。

男の人が買いたいものはどこにありますか。

1. 2 階
2. 3 階
3. 5 階
4. 6 階

（回答用紙）

一共 6 題。測驗項目為理解課題發生的原因、理由。先掌握問題選項，邊聽音檔邊筆記線索。題目最後常問的是「為什麼？」「重要的是什麼？」等。

本大題開始作答前會播放例題，請勿作答。每題播放情境提示和問題後，約 20 秒停頓可先讀解選項；整題播放結束後，作答時間約 12 秒。

## ✎ 範例題

ある夫婦が話しています。妻はどうして赤ちゃんが泣いていると言っていますか。

F：あー、お願いだから泣かないでー。

M：なかなか泣き止んでくれないね。機嫌がわるそうだな。あ、お腹すいてるんじゃないか？

F：さっきミルク飲んだばかりよ。

M：この部屋、暑いんじゃないか。エアコンつける？

F：それは昨日の夜よ。夜中ずっとぐずぐず言って、あまり寝てないから。

M：ああ、お昼寝したいんだ。

妻はどうして赤ちゃんが泣いていると言っていますか。

1. 眠いから

2. ミルクが飲みたいから

3. おなかがすいているから

4. ぐずぐず言っているから

（回答用紙）

| （例） | ● | ② | ③ | ④ |

✏️ 範例題

いえ おとこ ひと おんな ひと はな
家で男の人と女の人が話しています。

M：じゃ、行ってきまーす。

F：はい、行ってらっ……、ねえ、ちょっと待って。その格好で行くの？

M：え？そうだけど。

F：やめてよー。もう10月よ。半そでなんて、今誰も着ていないわよ。

M：さっき天気予報で、今日は昼間は気温が上がりますって、言ってたからさ。

F：そうは言っても今は秋よ。せめて薄いジャケット、手に持っていってよ。

ふたり なに はな
二人は何について話していますか。

1. 男の人の服装

2. 男の人の学校

3. 今日の天気

4. 今日の予定

（回答用紙）

一共4題。測驗項目為理解「發話者」應該如何發話，問題用紙上以「圖畫」呈現，圖畫中以「箭頭」標示發話者，聆聽情境提示時必須掌握發話者按常理會如何發話。

本大題開始作答前會播放例題，請勿作答。每題僅播放一次，播放結束後，作答時間約10秒。

✏️範例題

部下が上司に話しています。何と言いますか。

（回答用紙）

1. 努力上は、やってみるつもりです。

2. お願いされた以上、おまかせします。

3. 引き受けたからには、最後までやってみます。

| (例) | ① | ② | ● |

一共9題。測驗項目為理解「回應者」應該如何回應。聆聽情境提示時，必須掌握發話者所說的內容，選出適當的回應選項。

本大題開始作答前會播放例題，請勿作答。每題僅播放一次，播放結束後，作答時間約8秒。

✏️範例題

F：費用3000円のうち、こちらが3分の1を負担します。

M：1. 1000円値上げするということですね。

2. 私は2000円でいいんですね。

3. 1500円いただけるんですね。

（回答用紙）

| (例) | ① | ● | ③ |

# 問題 1

　問題1では、まず質問を聞いてください。それから話を聞いて、問題用紙の1から4の中から、最もよいものを一つえらんでください。

## 1 ばん  001

1　6時頃

2　6時15分頃

3　6時半頃

4　7時頃

男の人と女の人が電話で話しています。女の人は何時頃到着すると言っていますか。

F：もしもし、お待たせしてすみません。今からこちらを出るところですので。

M：お忙しそうで大変ですね。私はもともと8時まで事務所にいる予定でしたので、気になさらずゆっくり来てください。

F：ありがとうございます。それにしましても、もとのお約束は6時でございましたのに、もうすでに30分もオーバーしておりまして、本当にすみません。タクシーで参りますので、あと20分ほどで到着すると思います。

M：わかりました。こちらでの打ち合わせそのものは30分程度ですが、わざわざお越しいただき、こちらこそ申し訳ありませんね。

F：いえ、とんでもない。到着してすぐ始めれば、7時半までには終われそうですね。よろしくお願いいたします。

**女の人は何時頃到着すると言っていますか。**

男士和女士正在講電話。女士説她大約幾點會抵達？

女：喂，抱歉讓您久等了。我現在要從這裡出發了……

男：您好像很忙，真是辛苦了。我本來就預定在辦公室待到8點，所以您別在意，慢慢來就可以了。

女：謝謝您。不過原來跟您約6點的，已經晚了有30分鐘，實在非常抱歉。我搭計程車過去，所以大約再20分鐘左右會到。

男：我知道了。這次的事前討論會是30分鐘左右，還麻煩您為此特別走一趟，我才覺得很不好意思呢！

女：別這麼説。我一到就馬上開始的話，在7點半以前似乎可以結束吧！就麻煩您了。

**女士說她大約幾點會抵達？**

1. 6點左右
2. 6點15分左右
3. 6點半左右
4. 7點左右

正答：4

# 2ばん 🎧 MP3 002

1

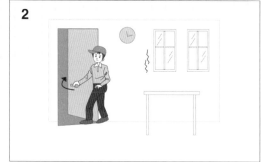

2

3

4

小学校の先生が学生たちに話しています。先生は地震が発生したらまず何をしなければい
けないと言っていますか。

F ： はい、これで地震のときの注意点はわかりましたね。では一つ考えてみましょう。
夜7時にうちにいたとします。突然地震が発生しました。まずどのように行動し
なければいけませんか。

M1 ： えっと、机の下に入ります。

F ： はい、それも大切です。

M2 ： 逃げるためにドアを開けます。

F ： はい、よく覚えていますね。

M3 ： えっと、火を消します。

F ： ええ、夕飯の準備など、台所でガスなどを使用していますからね。これがいち
ばん先に気をつけることですよ。

M1 ： あと、倒れやすい家具から離れなければいけませんよね。

F ： はい、そのためにも早く机の下に入ったほうがいいですね。

**先生は地震が発生したら、まず何をしなければいけないと言っていますか。**

小學老師對著學生說話。老師說地震發生時，首先該做什麼？

女 ： 那麼，大家都知道地震時要注意的事項了吧！那麼來試想一個狀況。假設晚上7點在家裡。
突然發生地震了。首先，要採取怎樣的行動呢？

男1 ： 嗯……躲進桌子底下。

女 ： 對，那也很重要。

男2 ： 打開門方便逃生。

女 ： 對！你記得很清楚哦！

男3 ： 還有，要熄火。

女 ： 對。因為正在準備晚餐，廚房有使用瓦斯等等的。這是要最先留意的事喔！

男1 ： 還有，要遠離容易倒下的家具吧。

女 ： 對，所以才要趕緊躲到桌子底下！

**老師說地震發生時，首先該做什麼？**

3

正答：3

# 3 ばん  🎧 MP3 003

1 私服の作業服

2 歩きやすいズボンと靴

3 肌を見せない長袖の服と、足元まで長いスカート

4 着替えのしやすい服装

男の人と女の人が話しています。女の人は明日どのような服装で工場へ行きますか。

M：明日は工場見学ですので、動きにくい服装などはしてこないように。

F：具体的にはどのような服装で見学すればいいですか。

M：えっと、工場内へ入る前に、上から作業服を一枚着ることになります。その作業服は工場でお借りできるそうです。

F：あ、つまり私服の上に、もう１枚服を重ねるということですね。

M：そうです。ただやはり、足元などはそのままになりますので、短すぎるものは露出しすぎて足が汚れたり、長すぎるものだと、引っかかったりして危なかったりすると思います。

F：はい、わかりました。じゃあ靴も歩きやすいものがいいですね。

**女の人は明日どのような服装で工場へ行きますか。**

🈗 **動きにくい：不方便行動**
**歩きやすい：方便走路**

男士和女士正在談話。女士明天會穿什麼樣的服裝去工廠呢？

男：明天要參觀工廠，請勿穿著不方便行動的服裝前來。

女：具體來説，要穿什麼樣的衣服去參觀好呢？

男：嗯，在進入工廠前會再穿上一件工作服。那件工作服聽説可以在工廠借。

女：那，就是説在個人的服裝外再多穿上一件囉？

男：沒錯。不過因為腳的部分維持原狀（不做服裝上的改變），所以如果（下半身穿）太短的話露出太多，腳就會弄髒，太長的話又會絆倒，很危險的。

女：好，我知道了。那鞋子也是穿方便走路的吧！

**女士明天會穿什麼樣的服裝去工廠呢？**

1. 私人的工作服
2. 方便行走的褲子和鞋子
3. 不會露出肌膚的長袖服裝和到腳底的長裙
4. 方便更換的服裝

正答：2

# 4ばん 🎧 MP3 004

1 先に少し打ち合わせをする

2 部長を手伝う

3 昼食をとる

4 お客さまの対応をする

かい しゃ おとこ ひと おんな ひと はな
会社で男の人と女の人が話しています。男の人は先に何をすると言っていますか。

M：あの、11時ごろからミーティングを始めようということだったんですが、まだ始
まらないんでしょうか？

F：はい、ちょっと急な来客があって、部長がその対応にあたっていて……。

M：ああ、それは大変ですね。何か私にお手伝いできることはありますか。

F：いえいえ、その点はご心配なく。ただ少し時間がかかるようですので、少し早いで
すが先にお昼、召し上がっておいてくださいとのことです。部長がおっしゃるには、
部長の体が空き次第すぐ始められるようにしてほしいって。

M：あ、しかしそれじゃあ、部長が休憩できないですよね。

F：まあそうですね。

M：ではできる限りミーティングが短時間で済むように、ある程度先に話し合っておき
ましょう。それでもまだお客さまがお帰りにならないようでしたら、その間に昼食
をとらせてもらいましょうか。

おとこ ひと さき なに い
**男の人は先に何をすると言っていますか。**

在公司裡，男士和女士正在談話。男士說要先做什麼呢？

男：嗯……原本預定11點左右要開會的，還沒有要開始進行嗎？

女：對。因為突然有訪客來，部長正在應對客人……

男：啊……那真是辛苦了。有什麼我可以幫得上忙的嗎？

女：沒有沒有。這點不用擔心。只是因為可能要花一點時間，雖然早了點，請您先去用午餐。部
長交代說，希望等他一空下來就能馬上進行會議。

男：可是那樣部長就無法休息了呀！

女：是呀……

男：那，為了能讓會議儘早結束，我們先大致談一下吧！如果客人還是沒有離開的話，那段時間
我再去吃午餐好嗎？

**男士說要先做什麼呢？**

1. 先討論一下
2. 幫部長忙
3. 吃午餐
4. 應對客人

正答：1

## 5 ばん 🎧 MP3 005

1　仕事中に休憩する

2　休憩時間にゆっくりする

3　病院へ行く

4　薬局で薬を買う

男の人と女の人が話しています。男の人は女の人に明日何をするように言われましたか。

F：まだ風邪、治らないんですか。

M：はい、もう一週間ぐらいなんですよ。せきが止まらなくて。

F：私たちの仕事はのどを使うから、ひどくなる一方ですよね？少し休んでは？

M：いえ、さっき休憩したばかりなんですよ。

F：違う違う。一日うちでゆっくり休むってことですよ。何をすればいいか言ってくれたら、仕事はみんなでフォローできますから。

M：はい、ありがとうございます。じゃ、そうさせてもらって、明日は病院へ行こうかな。

F：え？まだ行ってなかったんですか？薬を飲んでいたから、もうお医者さんに診てもらったものだと思っていました。

M：あ、この薬？これは薬局で買ったやつなんです。

F：じゃ、明日、必ず行ってくださいよ。

**男の人は女の人に明日何をするように言われましたか。**

🈁 **フォロー**：補充不足或缺失的地方，這裡指幫忙分擔的意思。

男士和女士正在談話。女士要男士明天做什麼呢？

女：感冒還沒好嗎？

男：是呀，已經一個禮拜了。咳嗽咳個不停。

女：我們的工作要用到喉嚨，所以才會愈來愈嚴重吧？稍微休息一下如何？

男：不用了，我才剛休息完而已。

女：不是啦！是要你在家好好地休息一天的意思。只要告訴我們要做哪些事，你的工作大家可以替你分擔。

男：好，謝謝。那就這樣，我明天去醫院好了。

女：什麼？你還沒去看醫生嗎？看你吃藥以為你已經去給醫生看過了呢！

男：啊，這藥？這是在藥房買來的。

女：那你明天一定要去醫院喔！

**女士要男士明天做什麼呢？**

1. 在工作時休息一下
2. 在休息時間內慢慢休息
3. 去醫院
4. 到藥房買藥

正答：3

# 6 ばん 🎧 MP3 006

1 研修旅行の行き先

2 何のための研修かということ

3 参加メンバーの人数

4 男の人と相談する目的

女の人が男の人に相談を持ちかけています。女の人はこのあとまず何を決めなければなりませんか。

F：来月の研修旅行についてなんですが……。

M：ああ、もう１ヶ月切ったんだね。で、今回はどこへ行くのかな？

F：あ、それをご相談させていただこうと思って。

M：え？まだ決めてないの？

F：あ、いや、だいたいこの辺って言う候補はあるんですが。

M：どんなことをするの？

F：えっと……。

M：メンバーは？何人くらい？

F：えっと、たぶん前回と同じぐらいの人数だと……。

M：何も決定してないじゃない。せめて研修目的だけでも決めてから、話を持ってきてくれる？

F：はい、すみません。

**女の人はこのあとまず何を決めなければなりませんか。**

女士找男士商量事情。女士在這之後必須先決定什麼？

女： 關於下個月的研習旅行……

男： 啊……已經剩不到一個月了啊。這次是要去哪裡呢？

女： 啊，就是想找您商量這件事。

男： 什麼？還沒有決定嗎？

女： 啊，有……是有大概想好幾個地點方案。

男： 要進行什麼活動呢？

女： 嗯……

男： 參加者呢？大約多少人？

女： 我想大概跟上次的人數差不多……

男： 什麼都還沒決定好嘛！至少要先決定好研習目的，再來找我商量好嗎？

女： 是，對不起。

**女士在這之後必須先決定什麼？**

1. 研習旅行的目的地
2. 為了什麼目的去研習
3. 參加者的人數
4. 和男士商量的目的

正答：2

# 7 ばん  MP3 007

1  3万4000円

2  3万4500円

3  3万5000円

4  3万5500円

語学学校の受付係と、男子学生が話しています。学生は明日いくら払わなければなりません か。

F：それでは明日、朝10時から授業が始まります。こちらの受付で授業料等のお支払 いを済ませてから、教室へ入ってください。

M：えっと、授業料って、今学期は確か3万5000円でしたよね。

F：はい、毎学期の初日にちょうだいすることになっております。先学期に引き続き受 講される学生さんは、1000円引きの特典がございます。

M：あ、じゃあ僕は割引対象ですよね。それと、教科書なんかは……。

F：こちらが授業でお使いいただくテキストです。1冊500円で、こちらでお求めになっ た上で、授業を受けてください。

M：これは今買ってもいいんですよね。家で予習しておきたいので。

F：はい、もちろん構いません。では500円ちょうだいいたします。

**学生は明日いくら払わなければいけませんか。**

語言學校的櫃台服務人員正在與男學生交談中。學生明天必須要付多少錢？

女：那明天早上10點開始上課。請在這裡的櫃台付清學費等費用，再進教室。

男：請教一下，妳説的學費，這學期是3萬5000日圓沒錯吧？

女：是的，依規定在每學期的第一天必須收取。接續上一學期續讀的學生可享折價1000日圓的 優惠。

男：啊，那我就是優惠的適用對象沒錯吧。我還想問教科書該怎……

女：這些是上課所使用的教科書。一本500日圓，請在這裡購買後，再去上課。

男：這些現在先買也沒關係吧。因為想在家先預習。

女：是的，當然可以。那要向您收取500日圓。

**學生明天必須要付多少錢？**

1. 3萬4000日圓
2. 3萬4500日圓
3. 3萬5000日圓
4. 3萬5500日圓

正答：1

# 8 ばん 🎧 MP3 008

| 1  | 2  |
|---|---|
| 3  | 4  |

日曜日のことについて、男の人と女の人が話しています。女の人は何を持っていくと言っていますか。

M：今週の日曜日、行くでしょ？社長の奥様の誕生日会。

F：ええ、そのつもり。社長のお宅へ伺うのは初めてだから、ちょっと楽しみだわ。私、ケーキを買っていこうと思ってるんだけど。

M：奥様、お菓子作りが好きで、当日もご自分で焼くっておっしゃってたけど。

F：あ、そうなんだ。じゃ、ワインとかにしようかしら。

M：食べ物や飲み物はこちらで準備しますからって言われたから、僕は花束を持っていくことにしたんだけど。

F：そうなんだ。でも飲み物って、いくらあってもいいんじゃない？

M：あ、そうだね。

**女の人は何を持っていくと言っていますか。**

男士與女士正針對星期天的事交談中。女士說要帶什麼去？

男：這週日會去吧？董事長夫人的慶生會。

女：對啊，正有那打算。因為我是第一次去董事長的家，所以有一點期待呢！我想要買蛋糕過去。

男：夫人喜歡做點心，她說當天會自己親自做……

女：是這樣啊，那換買酒類好了。

男：夫人說「吃的和喝的我們來準備」，所以我想帶花束過去……

女：這樣啊。可是喝的東西不是愈多愈好嗎？

男：啊，也對啦！

**女士說要帶什麼去？**

3

正答：3

# 9ばん　MP3 009

1　5時
2　5時半
3　6時
4　6時半

母親と息子が話しています。母親は明日何時に息子を起こしますか。

M：お母さん、明日の朝、サッカーの朝練だから、僕6時半に家を出るよ。

F：あら、早いわね。じゃ、お弁当を作るとなると……、私5時ごろ起きなきゃね。

M：お弁当、明日はいいよ。それよりちゃんと起こしてね。

F：どうしてお弁当いらないの？

M：学食で食べるから。起きるの、家を出る30分前ね。

F：30分？準備できるの？

M：十分だよ。

F：そう、じゃ、その時間に起こすわね。

**母親は明日何時に息子を起こしますか。**

母親與兒子正在交談。母親明天要幾點叫兒子起床？

男： 媽媽，明天早上有足球的晨間練習，所以我6點半要出門喔。

女： 唉呀～這麼早啊，那我要幫你做便當的話……5點左右就必須起來了呢！

男： 明天便當不用沒關係，重要的是要把我叫起來喔！

女： 為什麼不用便當？

男： 因為要在學校餐廳吃。出門前30分鐘把我叫起來好了。

女： 30分鐘？來得及準備嗎？

男： 綽綽有餘啦！

女： 這樣啊，那就到時候叫你起床吧！

**母親明天要幾點叫兒子起床？**

1. 5點
2. 5點半
3. 6點
4. 6點半

正答：3

# 10 ばん 🎧MP3 010

1 「商品説明」書類の翻訳

2 「料金一覧表」の翻訳

3 「料金一覧表」のメール送信

4 「商品説明」の数字変更

男の人と女の人が話しています。男の人はこのあとすぐ何をしなければなりませんか。

F：リンさん、すみませんが、急いで頼みたい翻訳が一つあるんです。

M：あ、昨日話していた「商品説明」の書類ですか？ それなら、ちょっと時間はかかりましたが、もうすぐ完成します。

F：それとは別のなの。「料金一覧表」っていうのなんだけどね、これはそんなに時間かからないと思うのよ。

M：ああ、数字が多いからですね。わかりました、ではメールに添付して送っていただけますか。

F：了解。すぐそうさせてもらいますね。でも昨日の書類、もうすぐできるんだったら、そちらを優先してもらおうかしら。

M：わかりました。ではそちらを急いで仕上げます。

**男の人はこのあとすぐ何をしなければなりませんか。**

男士與女士正在交談。男士在這之後必須立刻做什麼事？

女：林先生，不好意思，我有一份文件急著想請你翻譯。

男：是昨天提到的「商品説明」的文件嗎？如果是那件，雖然花了一點時間，但快完成了。

女：不是那一件！這次是「價格一覽表」，這個我想應該不用花那麼多時間。

男：嗯，因為數字很多吧。了解了，那可以麻煩請妳附件在電子郵件中寄給我嗎？

女：了解，我立刻寄過去。但如果昨天的文件快好了，就請你優先處理那件好了。

男：了解，那我趕快把它完成。

**男士在這之後必須立刻做什麼事？**

1. 翻譯「商品説明」文件
2. 翻譯「價格一覽表」
3. 寄發「價格一覽表」的電子郵件
4. 變更「商品説明」的數字

正答：1

# 11 ばん （MP3）011

1　花に水をやっている

2　写真を撮っている

3　孫にメールを送っている

4　パソコンやカメラを買っている

男の人が女の人に話しかけています。女の人は今何をしているところですか。

M：おばあちゃん、こんにちは。どうしたの？

F：あら、こんにちは。庭の桜がきれいに咲いたので、孫に見せてあげようと思ってね。

M：お孫さんって、北海道に住んでいるって言ってた？

F：そうそう。向こうは春はまだまだだからね。

M：でもおばあちゃん、それどうやって見せるの？

F：これ？撮ってからパソコンで送るのよ。

M：すごい。おばあちゃん、メールとかできるんだ。

F：ふふふ。孫も写真やら近況報告やら、いろいろ送ってくれるのよ。だから去年から がんばってやり方覚えるためにパソコン教室通ってんのよ。このカメラもね、その ために買ったのよ。

M：へえ、勉強熱心だね。

### 女の人は今何をしているところですか。

男士正對女士說話。女士現在正在做什麼？

男：婆婆，你好，怎麼了？

女：啊，你好。因為庭園的櫻花開得很漂亮，所以想給我孫子看。

男：你說的孫子，是不是曾說過住在北海道？

女：是啊，那裡春天還早的呢！

男：可是婆婆，妳要怎麼給他看呢？

女：這個？拍完用電腦寄出哦！

男：好厲害，婆婆你會寄電子郵件啊！

女：呵呵呵，孫子也會寄照片或是近況之類的給我喔！所以從去年開始為了學習操作方法就努力 去上電腦課。這台相機也是因此才買的呢！

男：這樣呀，很熱衷學習呢！

### 女士現在正在做什麼？

1. 正在澆花
2. 正在拍照
3. 正在寄電子郵件給孫子
4. 正在買電腦和相機

正答：2

# 12 ばん 🎧MP3 012

1 手を合わせて「いただきます」という

2 お風呂に入る

3 手をよく洗う

4 クッキーを買いに行く

母親が男の子と話しています。男の子は何をするように言われましたか。

M：ただいまー。あ、これ、食べてもいい？いっただっきまーす！

F：これ！お行儀悪いわね。帰ったら最初に何をするの？

M：だって、すっごくおなかすいてるんだもん。

F：クッキーは手で食べるでしょ。だから、さ、早く行ってらっしゃい。

M：わかったよー。お母さん、タオルは？

F：洗面台の横に置いておいたわよ。ちゃんと石鹸使って、指の間もしっかりこすってね。

**男の子は何をするように言われましたか。**


母親與男孩正在交談。男孩被要求做什麼？

男： 我回來了！啊，這可以吃嗎？我開動—了！

女： 看看你真沒規矩呢！回到家應該先做什麼？

男： 可是我真的快餓扁了嘛！

女： 餅乾是用手吃的吧。所以，快，快去！

男： 好啦！媽，手巾在哪？

女： 放在洗臉台的旁邊啊！一定要用肥皂洗手，手指間隙也要搓乾淨喔！

**男孩被要求做什麼？**

1. 雙手合十說「開動了」
2. 去洗澡
3. 好好洗手
4. 去買餅乾

正答：3

# 問題2

　問題2では、まず質問を聞いてください。そのあと、問題用紙のせんたくしを読んでください。読む時間があります。それから話を聞いて、問題用紙の1から4の中から、最もよいものを一つえらんでください。

## 1ばん 🎧 MP3 013

1　練習があまりできなかったから

2　2位になって恥ずかしいから

3　他の選手のほうがタイムが良かったから

4　いいタイムで優勝できなかったから

女性があるマラソン選手に話しかけています。男の人はどうしてあまりうれしくなさそうなのですか。

F：山下さん、一生懸命練習してきて、本当に良かったですね。優勝おめでとう。

M：はい、ありがとうございます。あんなタイムで優勝って言うのも恥ずかしい限りですが。

F：何をおっしゃいますか。優勝は優勝ですよ。2位との距離も100ｍ以上離れてたんでしょ。ぶっちぎりじゃないですか。

M：まあ、今回は運が良かったのかもしれません。でも本来マラソンって、自分との戦いですから。

F：他の選手よりタイムが良かったのは、実力がある証拠だと思いますよ。

**男の人はどうしてあまりうれしくなさそうなのですか。**

🈁📕 **恥ずかしい限り**：非常丟臉。「形容詞＋限り」表「非常～」、「極度～」

**ぶっちぎり**：競賽中以懸殊的成績獲勝

女士正在和某位馬拉松選手交談。男士為何看起來不是很開心呢？

女：山下先生，您長期的努力練習（有這樣的成果）真是太好了！恭喜您獲得優勝！

男：謝謝您。但是以那樣的時間獲得優勝真的是教人汗顏。

女：您太客氣了！優勝就是優勝啊！您和第2名差距有100公尺以上吧！是以懸殊的成績獲勝呢！

男：嗯，或許這次是運氣好。不過，本來馬拉松就是和自己的競賽。

女：比其他選手所花的時間更短，我覺得這就能夠證明您是有實力的。

**男士為何看起來不是很開心呢？**

1. 因為沒有太多練習
2. 因為是第2名覺得丟臉
3. 因為其他選手的時間更短
4. 因為優勝成績並不理想

正答：4

# 2ばん　MP3 014

1　赤ちゃんを持っているとだんだん辛くなること

2　赤ちゃんの足が動かないようにすること

3　赤ちゃんの耳に水が入ってしまうこと

4　赤ちゃんの体が重くならないようにすること

**解說**

男の人が赤ちゃんをお風呂に入れようとしています。女の人は何に気をつけるようにと言っていますか。

M：やったことがないから、ちょっと緊張するなあ。

F：落ち着いてやれば大丈夫よ。こうやってね、首のところを持って支えてあげるの。

M：えっと、こんな感じ？

F：あ、もう少し上、耳の後ろ辺り。そうそう、耳に水が入らないようにするために、そこに手を持ってくるのよ。

M：ああ、足、動かさないで！水、嫌いなのかな？

F：気持ちいいのよ。ほら、笑ってるじゃない。

M：ああ、片腕でだから、だんだん辛くなってきた。

F：何言ってるのよ。赤ちゃんなんだからそんなに重くないでしょ。

**女の人は何に気をつけるようにと言っていますか。**

男士正要幫嬰兒洗澡。女士說要注意什麼？

男：因為以前沒做過，有點緊張呢！

女：冷靜地做就沒問題啦！像這樣，手要幫他撐住脖子的地方。

男：嗯……像這樣嗎？

女：啊！再往上一點，在耳朵後方。對、對，為了避免水進到耳朵，所以才要把手放在那裡喔。

男：啊……腳別亂動呀！他是不是討厭水啊？

女：他很舒服呢。你看！他不是在笑嗎？

男：啊……用單手（支撐），愈來愈吃力了……

女：你說什麼呀？小嬰兒應該沒那麼重吧！

**女士說要注意什麼？**

1. 手撐住嬰兒會愈來愈吃力
2. 要讓嬰兒的腳不要亂動
3. 水會跑進嬰兒的耳朵裡
4. 不要讓嬰兒的身體變重

正答：3

# 3ばん  🎧MP3 015

1 ほうれん草の供給量が少なくなったから

2 検査したほうれん草に残っていた農薬の量が通常より多かったから

3 農薬を使った栽培方法のほうれん草だということがわかったから

4 収穫量がピークを迎え、出荷しすぎたから

<ruby>男<rt>おとこ</rt></ruby>の<ruby>人<rt>ひと</rt></ruby>がある<ruby>野菜<rt>やさい</rt></ruby>について<ruby>話<rt>はな</rt></ruby>しています。<ruby>男<rt>おとこ</rt></ruby>の<ruby>人<rt>ひと</rt></ruby>はどうして<ruby>販売<rt>はんばい</rt></ruby>を<ruby>中止<rt>ちゅうし</rt></ruby>すると<ruby>言<rt>い</rt></ruby>っていますか。

M：このたび<ruby>消費者<rt>しょうひしゃ</rt></ruby>の<ruby>皆様<rt>みなさま</rt></ruby>には、ほうれん<ruby>草<rt>そう</rt></ruby>の<ruby>供給量<rt>きょうきゅうりょう</rt></ruby>が<ruby>少<rt>すく</rt></ruby>なくなったことにつきまして、<ruby>大変<rt>たいへん</rt></ruby>ご<ruby>迷惑<rt>めいわく</rt></ruby>をおかけしております。この<ruby>地域<rt>ちいき</rt></ruby>で<ruby>栽培<rt>さいばい</rt></ruby>されておりましたほうれん<ruby>草<rt>そう</rt></ruby>は、<ruby>今月初<rt>こんげつはじ</rt></ruby>めより<ruby>収穫<rt>しゅうかく</rt></ruby>の<ruby>時期<rt>じき</rt></ruby>に<ruby>入<rt>はい</rt></ruby>っており、<ruby>今<rt>いま</rt></ruby>まさに<ruby>出荷<rt>しゅっか</rt></ruby>のピークを<ruby>迎<rt>むか</rt></ruby>えていたわけであります。しかしながら<ruby>昨日<rt>きのう</rt></ruby>の<ruby>仕分<rt>しわ</rt></ruby>け<ruby>作業<rt>さぎょう</rt></ruby>の<ruby>際<rt>さい</rt></ruby>、<ruby>無作為<rt>むさくい</rt></ruby>に<ruby>抽出<rt>ちゅうしゅつ</rt></ruby>して<ruby>野菜<rt>やさい</rt></ruby>に<ruby>残<rt>のこ</rt></ruby>っている<ruby>農薬<rt>のうやく</rt></ruby>の<ruby>濃度<rt>のうど</rt></ruby>を<ruby>検査<rt>けんさ</rt></ruby>いたしましたところ、<ruby>基準値<rt>きじゅんち</rt></ruby>を<ruby>超<rt>こ</rt></ruby>える<ruby>数値<rt>すうち</rt></ruby>が<ruby>検出<rt>けんしゅつ</rt></ruby>されたとの<ruby>報告<rt>ほうこく</rt></ruby>を<ruby>受<rt>う</rt></ruby>けました。そういうわけで、<ruby>私<rt>わたし</rt></ruby>どもといたしましては、とりあえず<ruby>当面<rt>とうめん</rt></ruby>の<ruby>出荷<rt>しゅっか</rt></ruby>および<ruby>販売<rt>はんばい</rt></ruby>を<ruby>中止<rt>ちゅうし</rt></ruby>し、すぐに<ruby>原因<rt>げんいん</rt></ruby>を<ruby>調査<rt>ちょうさ</rt></ruby>して<ruby>今後<rt>こんご</rt></ruby>の<ruby>対策<rt>たいさく</rt></ruby>を<ruby>立<rt>た</rt></ruby>てる<ruby>方向<rt>ほうこう</rt></ruby>で<ruby>動<rt>うご</rt></ruby>いております。

**<ruby>男<rt>おとこ</rt></ruby>の<ruby>人<rt>ひと</rt></ruby>はどうして<ruby>販売<rt>はんばい</rt></ruby>を<ruby>中止<rt>ちゅうし</rt></ruby>すると<ruby>言<rt>い</rt></ruby>っていますか。**

🈁生詞　**<ruby>出荷<rt>しゅっか</rt></ruby>のピーク：出貨的高峰期**

男士正在對某種蔬菜提出說明。男士說為何要停止販賣呢？

男：此次關於菠菜供應量減少一事，對消費大眾造成極大的困擾深感抱歉。這地區栽種的菠菜，本月月初進入收割，現在正是出貨的高峰期。但是在昨天進行分類作業時，對隨機選出的青菜上殘留的農藥濃度做了檢查，檢驗結果超出了標準值。因此，我們決定先暫時停止出貨與販賣，並立即調查其原因、制定今後的對策。

**男士說為何要停止販賣呢？**

1. 因為菠菜的供應量變少了
2. 因為檢驗出菠菜上殘留的農藥量比以往多
3. 因為知道是使用了農藥栽培的菠菜
4. 因為收穫量達高峰期，出貨太多了

正答：2

# 4ばん MP3 016

1 公園へ食事に行くこと

2 ダイエット

3 健康のためのマラソン

4 公園の周りを歩くこと

男の人と女の人が話しています。女の人が毎日続けていることは何ですか。

F：あら、もうこんな時間。ごちそうさま。じゃ、私、行ってくるわ。

M：行くって、どこへ？

F：公園よ。もう３ヶ月も続けているのよ。

M：ああ、そういえばマラソン始めたって言ってたっけ。

F：走るんじゃなくて、歩くほう。早足で公園の外を２、３周。

M：あ、そうだったね。どう？かなり痩せた？

F：あのね、だからダイエット目的じゃなくてさ、健康のため。

M：あ、ごめんごめん。

## 女の人が毎日続けていることは何ですか。

男士和女士正在談話。女士每天持續做什麼事呢？

女：哎呀，已經是這個時間啦！謝謝招待！那，我先走了。

男：走去哪裡啊？

女：公園啊！已經連續３個月了喔！

男：啊……妳好像説過開始跑馬拉松了？

女：不是跑，是用走的啦。繞公園外面快走兩、三圈。

男：啊～對耶。怎麼樣？瘦了很多嗎？

女：喂！就説了不是要減肥，是為了健康著想。

男：啊！對不起啦！

**女士每天持續做什麼事呢？**

1. 到公園用餐
2. 減肥
3. 為了健康跑馬拉松
4. 繞公園周邊走路

正答：4

# 5ばん 🔊MP3 017

1 自分の会社に出勤するから

2 スーツを着ると暑いから

3 手に持って出勤すればいいから

4 着替えるのが面倒だから

家で夫婦が話しています。男の人はどうしてスーツを着ないと言っていますか。

F：あら、今日はその服装で行くんですか。

M：うん、これでいいだろう。

F：いくら自分の会社だとは言え、出勤はそれなりの格好をしたほうがいいんじゃない？

M：こう毎日暑い日が続くとさ、スーツなんか着ていられないよ。駅から歩くときなんか、すっごい汗だぜ。

F：上着は手に持って、ネクタイははずしてかばんに入れておくとか。第一お客様と会うときはどうするの？

M：そのときは会社に一着置いてあるから。

F：まあ、いちいち着替えるって言うの？

**男の人はどうしてスーツを着ないと言っていますか。**

**生詞**　いちいち：一個一個，在此意指每次。


夫妻正在家對話。男性說他為什麼不穿西裝呢？

女：咦！你今天要穿那樣去嗎？

男：對啊！這樣就可以了吧！

女：雖然說是自己的公司，但上班還是要穿得像樣一點比較好吧？

男：每天都這麼熱，西裝穿不住啦！從車站下車走路時都滿身大汗呢！

女：可以把外套拿在手上，把領帶取下放進包包啊。最重要的是，和客人見面時怎麼辦呢？

男：我在公司放了一套（西裝），那時候可以用。

女：哎，你每次都還要換裝呀？

**男士說他為什麼不穿西裝呢？**

1. 因為是到自己公司上班
2. 因為穿西裝很熱
3. 因為拿在手上去上班就可以了
4. 因為換衣服很麻煩

正答：2

## 6ばん MP3 018

1　のどが渇いている人には熱いお茶を出さない

2　急いで来たお客様には冷たいお茶を出す

3　疲れている方にぬるいお茶を出す

4　暑い日には冷たくて味わいのあるお茶を出す

女の人がお客様に出すお茶について話しています。お茶を出すとき配慮していることは何ですか。

F：外からいらっしゃるお客様に、いつもお茶をお出ししているのですが、お客様の様子を見て、どのようなものをお出しすればいいか、できるだけ気を配るようにしています。大きな荷物を運んできたり、急いでいらっしゃって息が切れている方などにはぬる目の温度でお茶を入れるようにしています。恐らくのどが渇いていらっしゃるでしょうし、たくさんお飲みになりたいんじゃないかなと思いまして。ちょっと最近お疲れ気味かしら、という方などにはですね、熱くて味わい深いお茶をお出ししたりします。お茶一つにしても、寒い日には熱いお茶を、暑い日には冷たいお茶を、というような、単純なものではないと思っています。

**お茶を出すとき配慮していることは何ですか。**

女士談到關於端茶給客人的事。端茶請客人時會顧慮到什麼？

女：對從外面來訪的客人，我們通常都會奉上一杯茶。但我會儘量注意，先觀察一下客人再決定端什麼茶出來。搬運大件行李來的、或匆匆忙忙過來還喘不過氣的客人，我就會送上一杯微溫的茶。想必他們一定很渴，而且應該也想多喝一點吧。對於最近看起來有些疲勞的客人，我就為他們準備熱呼呼味道較濃的茶。我認為奉茶這件事，並非單純到只要在冷天氣時泡熱茶，大熱天裡泡冰茶待客就可以的。

**端茶請客人時會顧慮到什麼？**

1. 不要端熱茶給口渴的客人
2. 端冰茶給匆忙來訪的客人
3. 端溫茶給顯得疲勞的客人
4. 在熱天端出冰涼且茶味濃重的茶給客人

正答：1

# 7 ばん (MP3) 019

1 お正月だから

2 両親に弟を会わせたいから

3 母親の誕生日だから

4 父親と顔を合わせたことがないから

姉と弟が話しています。姉は弟に、どうして実家へ帰ってくるように言っていますか。

F：高志、あんたずいぶん実家に帰ってきてないでしょ。

M：え？正月休みに行っただろ？

F：そんなの半年も前のことじゃない。仕事が忙しいのはわかるけど、今週の週末は戻ってくるのよ。

M：そんな、急に言われてもなあ。

F：だめ。日曜日絶対帰ってきて。

M：どうして？母さんの誕生日か何かだっけ？

F：それは来月。父さんと母さんに、顔見せてあげなさい。二人とも、高志は元気でやってるのかって、いつも心配してるんだから。

M：大丈夫、元気さ。ときどき電話もしてるじゃない。

F：顔を見ないと安心できないのよ。

## 姉は弟に、どうして実家へ帰ってくるように言っていますか。

姉姐和弟弟正在交談。為何姐姐説要弟弟回老家一趟？

女：高志，你很久沒回老家了吧？

男：是嗎？不是過年休假時才回去過了？

女：那不是半年前的事了？我知道你工作很忙，但這週末你要回來喔！

男：突然這樣説……沒辦法啦！

女：不行，星期日絕對要回來。

男：為什麼？是媽媽的生日或是什麼日子嗎？

女：那是在下個月。讓爸和媽看一下你吧。兩人都一直擔心不知道高志過得好不好。

男：不用擔心，我很好。我不是也常常電話聯絡嗎？

女：沒看到你的人他們是不會放心的啦！

**為何姐姐說要弟弟回老家一趟？**

1. 因為是過年

2. 因為想讓父母親看看弟弟

3. 因為是母親的生日

4. 因為沒有和父親見過面

正答：2

# 8ばん MP3 020

1 学生のときにアルバイトの経験がある人

2 フリーターや主婦以外の人

3 病気などでたびたび仕事を休まない人

4 ウェイターをしたことがない人

男の人と女の人がアルバイト募集について話しています。男の人が次に来るアルバイトの
スタッフに、求めていることは何ですか。

M：今募集しているアルバイトについてなんですがね。

F：あ、はい。ホールスタッフの学生アルバイトですね。

M：うん、それなんだけど、今、不景気じゃない？健康で元気な人だったら、学生にこ
だわらなくてもいいと思ってるんだ。

F：フリーターとか、主婦の方とかでもいい、ということですか。

M：そうそう。しょっちゅう体調壊して休んだりされるのは、もうこりごりだよ。

F：今回もやっぱり女性がいいんですよね。

M：うーん、別にウェイターでもいいんだよ。

**男の人が次に来るアルバイトのスタッフに、求めていることは何ですか。**

男士與女士針對招募工讀生在交談。男士對下位來打工的員工要求什麼？

男：針對現在正在招募的工讀生一事……

女：是的，是大廳服務人員的工讀嗎？

男：嗯，就是那件事，現在不是不景氣嗎？只要是健康有活力的人，我認為不一定要非學生
不可。

女：是指像自由兼職者或主婦們也可以的意思嗎？

男：對對！常常身體不舒服就請假，真是受夠了！

女：這次也是找女性比較好，是嗎？

男：不，找男服務生也可以。

**男士對下位來打工的員工要求什麼？**

1. 學生時期有打工經驗的人

2. 自由兼職者或主婦以外的人

3. 不要因生病等就時常請假的人

4. 沒做過服務生的人

正答：3

# 9 ばん MP3 021

1 野田部長に見てもらたい物があるため

2 女性が出張するため

3 約束の日に来られないから

4 模型をつくるから

ある女性が会社の受付で話しています。女性はどうしてこの会社に来たのですか。

F：お約束もせず急に押しかけてきて申し訳ございません。野田部長様は明日から1週間ほどご出張されるとお伺いしましたので、その前にもう一度わが社の新しいプランをご覧いただきたいと思いまして……。あ、こちらは完成予定の模型でございますが、もしご面会がご無理なようでしたら、こちらをご覧いただくだけでもけっこうなんです。何とかお願いできないでしょうか。

**女性はどうしてこの会社に来たのですか。**

某位女士在公司的櫃台處說話。女士為什麼來到這間公司？

女：很抱歉沒有事先預約就突然到訪，只是我聽說野田部長從明天開始出差1個星期，因此想在他出差前請他再看一次我們公司新的企畫……啊，這個是預定完成的模型，如果不方便會客，把企畫與模型呈給部長過目也行，請問能不能麻煩您？

**女士為什麼來到這間公司？**

1. 因為有想讓野田部長看的東西
2. 因為女士要出差
3. 因為無法在約定的日子前來
4. 因為要做模型

正答：1

# 10 ばん MP3 022

1 久<sub>ひさ</sub>しぶりに文章<sub>ぶんしょう</sub>を書<sub>か</sub>いてみたかったから

2 子供<sub>こども</sub>を産<sub>う</sub>んだことを発表<sub>はっぴょう</sub>したかったから

3 映画<sub>えいが</sub>やテレビの会社<sub>かいしゃ</sub>の方<sub>かた</sub>に勧<sub>すす</sub>められたから

4 自分<sub>じぶん</sub>が周<sub>まわ</sub>りの人<sub>ひと</sub>に支<sub>ささ</sub>えられていることを伝<sub>つた</sub>えたいから

男の人が女の人に本についてインタビューしています。女の人がこの本を書いた理由は何ですか。

M：女優として大活躍の江口さんですが、このたびお書きになった本についてお伺いしたいと思います。

F：はい、文章を書いたりするのはとても久しぶりで、何を書いたらいいのか最初はわからなかったんです。しかし、出版社の方にとにかく一度書いてみたら、と勧められて……。

M：そうですか。お子さんをご出産されたことがきっかけかと思っておりましたが。

F：いえ、子供を産んだことというよりは、映画やテレビのお仕事をさせていただく中で、多くの方々と関わる機会がありますよね。いつもいつも、私は周りの皆さんに支えられているんです。今回の妊娠、出産についても、多くの人の助けなしには経験できなかったことだということもよくわかりました。そうした方々への感謝の気持ちを、この本にこめたいと思ったんです。

M：そうなんですか。

**女の人がこの本を書いた理由は何ですか。**

男士和女士針對書籍做訪問。女士寫這本書的理由是什麼？

男：江口小姐最近以女演員的身分大為活躍，這次我想針對您寫的這本書來訪問您。

女：是，我已經很久沒有寫文章了，起初也不知要寫什麼才好，但被出版社的人勸說反正就寫看看如何……

男：原來如此，我還以為您寫書的契機是因為孩子的出生。

女：不，比起生小孩，在參與電影與電視的工作時，我有與各式各樣的人接觸的機會。我總是受到旁人的支持。這次的懷孕、生產也是，我知道如果沒有大家的協助，不會如此順利，因而想將感謝這些人士的心情寫在這本書裡。

男：原來是這樣啊！

**女士寫這本書的理由是什麼？**

1. 因為很久沒有寫文章，想寫看看
2. 因為想公布生小孩的消息
3. 因為被電影與電視公司的人勸說
4. 因為想要傳達自己受到旁人的支持

正答：4

# 11ばん MP3 023

1 日曜日だから

2 選挙より仕事のほうが大切だから

3 夜8時までに行くから

4 もう投票をしたから

男の人と女の人が選挙の投票について話しています。男の人が今日投票に行かないのはどうしてですか。

F：あら、お出かけですか。

M：ええ、日曜ですが、出勤当番なんですよ。

F：まあお仕事？ごくろうさまです。あら、じゃあ今日の選挙の投票は無理ですね。公民館で夜8時までだそうですが。

M：あ。もう先日すませたんです。だから今日は……。

F：ああ、期日前投票ですね。

**男の人が今日投票に行かないのはどうしてですか。**

男士與女士針對選舉的投票正在交談。男士今天沒去投票是為什麼？

女：咦，你要外出嗎？

男：是的，雖是週日，要出勤值班。

女：那是工作嗎？辛苦了。唉呀，那今天的選舉投票不就無法去了？聽說在公民館到晚上8點為止……

男：啊，我在幾天前就投完了，所以今天……

女：原來如此，是在投票日前投票啊。

**男士今天沒去投票是為什麼呢？**

1. 因為是星期日
2. 因為工作比選舉重要
3. 因為晚上8點前會去
4. 因為已經投完票了

正答：4

# 12 ばん MP3 024

1 料理に油をあまり使わない

2 野菜だけの食事をする

3 夜遅くに食べないようにする

4 食事は1日8時間以内にする

女の人が食習慣について話しています。この女の人が食事で気をつけていることは何ですか。

F： 女性はそれぞれスタイルを気にして、工夫した食生活をなさっていると思います。例えば油の摂取を少なくしたり、野菜中心の食事を心がける、などがありますね。私もいろいろ試してみたんですが、食べる時間がポイントだと思うんです。夜8時以降の食事は、寝るとき、胃の中に食べ物を残すことになるそうなので、これは絶対に避けようと気をつけています。

**この女の人が食事で気をつけていることは何ですか。**

女士針對飲食習慣在説話。這位女士在飲食上特別注意的是什麼事？

女： 我認為女性都很在意身材，因此在飲食上都會特別下工夫。例如減少油的攝取，注意多攝取蔬菜等等。我也試過各種方法，而我認為吃的時間是重點所在。據説如果在晚上8點後用餐，容易造成睡覺時食物還停留在胃中，所以我都特別注意，盡量避免。

**這位女士在飲食上特別注意的是什麼事？**

1. 料理時少使用油
2. 只吃蔬菜的飲食
3. 晚上盡量不要太晚吃東西
4. 用餐時間控制在一天8小時以內

正答：3

# 問題３
もんだい

問題３では、問題用紙に何もいんさつされていません。この問題は、ぜんたいとしてどんなないようかを聞く問題です。話しの前に質問はありません。まず話しを聞いてください。それから、質問とせんたくしを聞いて、１から４の中から、最もよいものを一つえらんでください。

## 1ばん (MP3) 025

ある男性と女性が話しています。

M：では次の方、どうぞ。

F：失礼します、植田花子と申します。

M：お座りください。えー、まず、当校を希望なさっている理由を簡単にお話しください。

F：はい、私は高校で、パソコンクラブに入っていました。みんなでいろんなソフトウェアを試したり、作ってみたりしていましたが、コンピューターについての専門知識をもっと勉強したいと思い、こちらを受験いたしました。

M：そうですか。ではこれから、学校生活以外でも構いませんが、こんなことをやってみたい、というようなことなどはありますか。

F：はい、そうですね、学校生活以外にも、パソコンを使うようなアルバイトなんかがあればやってみたいです。時給がいくらとかは関係なく、とにかく技術を身につけると同時に、社会勉強にもなると思いますので。

**女の人は今、何をしていますか。**
1. コンピューターについての研究発表
2. 就職活動
3. 入学の面接試験
4. アルバイト募集


某位男士和女士正在談話。

男： 那麼下一位，請進。

女： 不好意思打擾了，我是植田花子。

男： 請坐。那麼，首先請您簡單談談想進本校的理由。

女： 好的。我在高中時加入了電腦社。和大家一起測試或製作各種軟體程式，但是我想要學習更多關於電腦的專業知識，所以才報考貴校。

男： 這樣啊！那麼學校生活以外的事也可以，有沒有什麼今後想要嘗試看看的事情呢？

女： 是的。在學校生活之外，如果有能用到電腦的打工我也想試試看。無論時薪多少都沒關係，因為我認為那除了能獲得技術之外，同時也是一種社會學習。

**女士現在正在做什麼？**
1. 發表有關電腦的研究
2. 找工作
3. 入學的面試
4. 應徵工讀
正答：3

# 2ばん　MP3 026

男の人と女の人が話しています。

F：人数は 30 名だと聞いていますが。

M：確かそうだったね。テーブルは 4 人掛けだから……8 つ、並べておきましょうか。そして椅子は人数分ね。えっと、資料の方はどうなっているかな？ 10 時開始だから、もうあと 30 分しかないけど……。

F：コピーはもうすんでいるはずです。あとで会議室に持ってきてもらうよう、伝えてあります。

M：そう、よかった。

F：あの、飲み物の用意なんですが……。

M：ああ、話の流れ次第では、ちょっと長時間になるかもしれないからね。ペットボトルに入ったものをテーブルに置いておこうか。少し多めにね。

**二人は今、何をしていますか。**

1. 資料の作成
2. 会社で会議中
3. ミーティングの準備
4. 30 人分の食事の用意

男士和女士正在談話。

女：聽説人數有 30 位。

男：好像是。一桌可以坐 4 個人……所以先排 8 張好了。然後椅子就照人數來擺。還有，資料準備得怎麼樣了？ 10 點開始，只剩 30 分鐘了……

女：應該已經印好了。我有交代他們等一下要拿到會議室來。

男：那就好。

女：那，飲料的準備……

男：啊～依談話內容，會議時間也有可能會拉長呢。所以先在桌上放些寶特瓶飲料好了。多準備一些哦！

**兩位現在在做什麼？**

1. 製作資料
2. 在公司開會
3. 準備會議
4. 準備 30 人份的餐點

正答：3

# 3ばん 🎧 MP3 027

男の人が話しています。

M：ふるさとに帰ったのは久しぶりでした。もう 30 年にもなるんですね。東京に出ていってから、町はすっかり近代的になってしまってね。私がいたころなんかは木造 3 階建ての小学校があの辺りではいちばん高い建物だったんですけどね、ははは。歩いても、今は空がすっかり見えなくなってしまって、残念です。いやね、夕焼けがとてもきれいに見える町だったものでね。あ、みなさん、のんびりと温かい方ばかりのところは、今も昔も同じでしたね。

**男の人は町のどこがいちばん変わったと言っていますか。**
1. 高い建物が増えたこと
2. 木造の小学校がなくなってしまったこと
3. きれいな夕焼けが見えるようになったこと
4. 町の人が知らない人ばかりになってしまったこと

男士正在談話。

男：好久沒回故鄉了。已經快 30 年了吧！搬到東京以後，這小鎮完全變成近代都市了呢。我還在的時候，3 層樓的木造小學是那一帶最高的建築物呢！哈哈哈！現在走在街上，已經完全看不到天空了，真是可惜。從前這裡可是看得到美麗夕陽的小鎮呢！啊～不過居民們步調緩慢且溫暖熱情的這一點，現在和以前倒是沒變呢！

**男士說這個小鎮哪裡改變最大？**
1. 高聳的建築物增加了
2. 木造的小學不見了
3. 看得到美麗的夕陽了
4. 城鎮的人都變得不認識了

正答：1

男の人と女の人が話しています。

F：山下君、机の上に置いておいたからね。

M：え？何を？

F：やだ、さっき言ってたやつよ。

M：あ、来週金曜日提出のレポートのね。

F：そう。参考になりそうなのがいくつかあったので、題名書いておいたから。

M：ありがとう。いくつぐらい見つけたの。

F：えっと、七つぐらいかな。

M：そんなにたくさんあったの？じゃ、早速それもって図書館へ探しに行くよ。ほんと、
　　ありがとね。

**女の人は男の人の机の上に何を置きましたか。**

1. レポートに関連する本を 7 冊
2. 参考になる本の名前を書いたメモ
3. 女の人が宿題で書いたノート
4. 来週提出のレポート


男士與女士正在交談。

女： 山下同學，我放在桌子上喔！

男： 啊？什麼東西？

女： 哎唷，就剛才說的那東西呀！

男： 啊，是有關下週五要交的報告嗎？

女： 對。因為有幾本書可供參考，我把書名寫下來囉。

男： 謝謝，大約找到多少本呢？

女： 我看看，大約七本吧。

男： 有那麼多啊？那麼我要趕快拿去圖書館找了。真的太感謝妳了。

**女士放什麼東西在男士的桌上呢？**

1. 和報告相關的 7 本書
2. 寫著可供參考的書名的便條
3. 女士在作業上寫下的筆記
4. 下週要交的報告

正答：2

男の人と女の人が喫茶店で話しています。

F：何にする？私、ケーキにしようかな。

M：えっと、これって、甘いのかな。

F：うーん、ホットだと自分でお砂糖の量を調節できるんだけど、冷たいのってどうなのかしらね。

M：店によってはもともと砂糖が入っているものもあるんだよね。

F：あ、隣の人もコーヒーだけど、見て。シロップかな？店の人が別の入れ物でいっしょに持ってきてくれてるわ。

M：あ、本当だ。自分で調節できるんだね、よかった。

F：じゃ、すみませーん。私は紅茶とケーキのセット。あ、紅茶は温かいのね。それと彼は……。

M：僕はこれ。ケーキはいいよ。

**男の人が注文したものは何ですか。**

1. ホットコーヒー
2. アイスコーヒー
3. 温かい紅茶
4. ケーキ


男士與女士在咖啡店聊天。

女：要點什麼？我點蛋糕好了……

男：嗯，這個甜不甜啊？

女：嗯……熱的可以自己調節糖的量，但冰的就不知道可不可以……

男：也有些店家的是原本就加好糖的。

女：啊，隔壁的人也是咖啡，你看，好像是加糖漿的？店員會另外裝在其他容器裡再一起端上來！

男：啊，真的。原來可自行調配，太好了。

女：那，不好意思，我要紅茶和蛋糕組合。對了，紅茶要溫的。那他要……

男：我要這個，蛋糕就不用了呢。

**男士點了什麼？**

1. 熱咖啡
2. 冰咖啡
3. 溫紅茶
4. 蛋糕

正答：2

# 6 ばん 🎧 MP3 030

男の人と女の人が話しています。

M：いらっしゃいませ。

F：予約していた中山です。

M：あ、お待ちしておりました。どうぞこちらへ。あ、今日はおひとりなんですね。

F：そうなんです。たまにはひとりでゆっくり来たいな、と思って。娘は母に預けてきましたの、ふふふ。

M：そうですか。えっと、今日はどうされますか。けっこう伸びましたよね。

F：ええ、長さはこのままでいいんですが、色を明るくしてほしいんです。

M：カラーですね。わかりました。ではまずシャンプー台のほうへどうぞ。

## 女の人はどこへ来ましたか。

1. 歯科
2. 美容院
3. 温泉
4. 喫茶店

男士與女士正在交談。

男：歡迎光臨。

女：我姓中山，有預約。

男：啊，讓您久等了，這邊請。今天是一個人來嗎？

女：沒錯，有時候也想一個人來偷閒一下。女兒就寄在母親那裡了，呵呵呵。

男：這樣啊，那今天要怎麼做？留得相當長了。

女：長度就這樣不用改變，但顏色想弄亮一些。

男：染髮嗎？了解，那請先到洗髮台這邊來。

## 女士來到了什麼地方？

1. 牙醫診所
2. 美髮院
3. 溫泉
4. 咖啡店

正答：2

# 問題4

問題4では、えを見ながら質問を聞いてください。やじるし（➡）の人は何と言いますか。1から3の中から、最もよいものを一つえらんでください。

## 1ばん MP3 031

---

解説 ▶

入学を希望していた大学の試験に、やっと合格できました。何と言いますか。

1. とてもうれしくて、喜びそうです。
2. 今までの努力しだいで、よかったです。
3. 今のこの気持ち、言葉では表せません。

**終於考上了志願的大學。這時會怎麼說呢？**

1.（無此用法）
2.（無此用法）
3. 現在這個心情很難用言語形容。

正答：3

解説

何度<sup>なんど</sup>も鳴<sup>な</sup>り続<sup>つづ</sup>けていた電話<sup>でんわ</sup>の受話器<sup>じゅわき</sup>をとりました。何<sup>なん</sup>と言<sup>い</sup>いますか。

1. お持<sup>も</sup>ちいたしました。
2. お待<sup>ま</sup>たせいたしました。
3. お世話<sup>せわ</sup>になりました。

**把響了很久的電話接起來。這時會怎麼說呢？**

1. 我拿來了。
2. 讓您久等了。
3. 受您照顧了。

正答：2

会社で上司に仕事を頼まれました。何と言いますか。

1. ごくろうさまです。

2. おかまいなく。

3. かしこまりました。

**在公司被上司交代工作。這時會怎麼說呢？**

1. 你辛苦了。

2. 不用招呼我。

3. 我明白了。

正答：3

## 4ばん 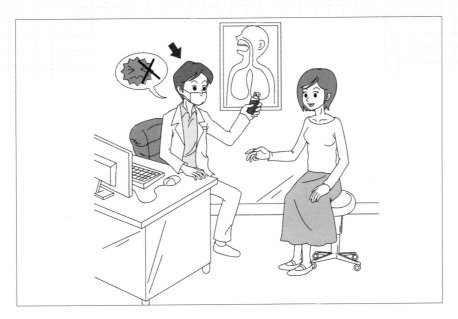 MP3 034

解説

医者が患者に話しています。何と言いますか。

1. このクスリを飲みさえすれば、すぐに治りますよ。
2. 健康に応えて、薬を飲んでみましょう。
3. 薬を飲んだものの、ほとんど良くなるでしょう。

生詞　飲みさえすれば：只要服用的話

**醫生正在對病患說話。這時會怎麼說呢？**

1. 只要服用這個藥，很快就會好了！

2. （無此用法）

3. （無此用法）

正答：1

**解說**

キャンプに来ています。蚊に刺されました。何と言いますか。

1. ああ、かいてならない。

2. ああ、かゆいにはいられない。

3. ああ、かゆくてたまらない。

**露營被蚊子叮了。這時會怎麼說呢？**

1.（無此用法）

2.（無此用法）

3. 啊，癢死了！

正答：3

## 6 ばん  MP3 036

解說▶

テレビに出ている女優を見ています。何と言いますか。

1. 彼女、年の割りに若く見えるね。
2. 彼女、女優にしては美しいね。
3. 彼女、きれいなくせに美人だね。

**正看著電視裡的女演員。這時會怎麼說？**

1. 她看起來比實際年齡年輕！

2. 她雖然是女演員卻很美呢！

3. （無此用法）

正答：1

# 7 ばん  MP3 037

解説

2人が携帯電話で話している人を見ながら話しています。何と言いますか。

1. あの人、忙しいといいつつ、いつも長電話なんだよね。

2. あの人、電話と知りながら忙しいようね。

3. あの人、話しながら電話しつつあるね。

**兩人邊看著在講手機的人邊交談。這時會怎麼說呢？**

1. 那個人啊，一直說很忙，卻老是講電話講很久。

2. （無此用法）

3. （無此用法）

正答：1

解說

しょうひん せつめい　　　　　なん い
商品の説明をしています。何と言いますか。

1. これこそは、子供べき商品です。
　　　　　　 こ ども　 しょうひん

2. この商品は、子供はずです。
　　 しょうひん　　　こ ども

3. こちらは、子供向けの商品です。
　　　　　　 こ ども む　 しょうひん

**正在做商品說明。這時會怎麼說？**

1.（無此用法）

2.（無此用法）

3. 這是專為小孩設計的商品。

正答：3

　問題5では、問題用紙に何もいんさつされていません。まず文を聞いてください。それから、そのへんじを聞いて、1から3の中から、最もよいものを一つえらんでください。

## 1ばん 🎧 MP3 039

- メモ -

**解説**

M：さあ、全員集まりましたか？
F：1. 佐藤さんからのはずです。
　　2. 佐藤さんがまだです。
　　3. 佐藤さんが集まっています。

男：大家都到齊了嗎？
女：1. 應該從佐藤先生開始。
　　2. 佐藤先生還沒到。
　　3. （無此用法）
正答：2

- メモ -

**解說**

M：このご飯、まだ芯が残っているよ。

F：1. もうお腹いっぱい。

　　2. お米が少なかったのかしら。

　　3. あら、ちょっと硬かったわね。

男：這碗飯，飯粒裡面還有芯呢！

女：1. 已經吃飽了！

　　2. 是不是米放太少了？

　　3. 啊！的確是有點硬呢！

正答：3

# 3 ばん MP3 041

- メモ -

解説

F：はい、どうぞお入りください。
M：1. では失礼します。
　　2. 失礼にあたります。
　　3. どうも失礼いたしました。

女：請進。
男：1. 那我就打擾了。
　　2. 很失禮。
　　3. 真是非常抱歉。
正答：1

# 4 ばん　（MP3）042

- メモ -

**解説**

F：あの、いっしょに写真を撮っていただけませんか？

M：1. すみません、写真はお断りしているんです。

　　2. すみません、カメラ持ってなくて。

　　3. すみません、差し上げることはできないんですよ。

女：嗯……可以請您一起照張相嗎？

男：1. 不好意思，我不跟別人合照。

　　2. 不好意思，我沒帶相機。

　　3. 不好意思，我不能送給您。

正答：1

- メモ -

**解説**

M：疲れたでしょ？僕が代わるよ。
F：1. ええ、少し変わっています。
　　2. はい、ほぼ毎日です。
　　3. いえ、まだ平気です。

男：妳累了吧？換我來吧。
女：1. 對，有點奇怪。
　　2. 是的，幾乎每天。
　　3. 不用，我還可以。
正答：3

- メモ -

解説 ▶

F：ご両親、相当心配されてるんじゃない？

M：1. はい、兄が両親を手伝っています。

　　2. はい、すっかり良くなりました。

　　3. はい、昨日も電話がありました。

女：您父母親應該很擔心吧！

男：1. 是啊，哥哥在幫忙父母。

　　2. 是啊，已經變好了。

　　3. 是啊，昨天也接到他們的電話。

正答：3

- メモ -

**解説**

M：明日の試験、まだ何も準備できてないんだ。
F：1. もう試験受けたの？
　　2. 今日からでも間に合うわよ。
　　3. 用意が早いね。

男：明天的考試我都還沒有準備。
女：1. 你考完了喔？
　　2. 今天開始準備也來得及啊！
　　3. 準備得真早呢！
正答：2

- メモ -

解説

F：ご入場は前の方から順にお願いします。

M：1. 僕たちは後ろのほうだから、まだだね。

　　2. じゃあ真ん中からも入れるかな。

　　3. それは前の人によるね。

女：進場時請從前面照順序來。

男：1. 我們在後面，所以還沒輪到吧！

　　2. 那⋯⋯從中間也可以進去吧？

　　3. 那就要看前面的人呢！

正答：1

- メモ -

---

解説 ▶

M：ここからは許可（きょか）をもらってからでなければ入（はい）れません。

F：1. どこからでもかまいません。

2. じゃ、今日（きょう）はむりだね。

3. いいえ、何（なに）もいただいていませんよ。

男：從這裡開始，未經許可不得進入。

女：1. 從哪裡都沒關係。

2. 那……今天就沒辦法了呢！

3. 不，什麼也沒收到啊！

正答：2

- メモ -

---

解説 ▶

F：これ、早めに医者に見せたほうがいいんじゃない？

M：1. うん、あとで病院に見てくれるよ。
　　2. うん、できるだけ退院してみるよ。
　　3. うん、今晩診察してもらうよ。

女：這（毛病）快去看醫生比較好吧？

男：1.（無此用法）
　　2.（無此用法）
　　3. 好，今晚去看診。

正答：3

- メモ -

---

**解說**

M：この子は食の好き嫌いが激しくて……。

F：1. 何でも食べられるようにしなきゃね。
　　2. これからはもっと早く来なきゃね。
　　3. 上手に書けるように練習しなきゃね。

男：這孩子對食物的喜好很明顯……
女：1. 要讓他什麼都敢吃才行！
　　2. 接下來要更早一點來才行！
　　3. 要練到寫很漂亮才行！

正答：1

- メモ -

---

### 解説 ▶

F：外、まだ降ってる？

M：1. けっこういい傘だね。

　　2. うん、みんなさして歩いてるよ。

　　3. そろそろ降りそうだね。

女：外面還在下雨嗎？

男：1. 很不錯的傘呢！

　　2. 嗯，大家都撐著（傘）在走路喔！

　　3. 差不多快下了呢！

正答：2

- メモ -

**解説**

F：先生、どこから読みましょうか？

M：1. あと2～3ページぐらいでいいでしょう。
2. 明日の授業から始めます。
3. 4行目からお願いします。

女：老師，要從哪裡開始讀？

男：1. 再2～3頁左右就可以了吧。
2. 從明天的課開始。
3. 請從第4行開始。

正答：3

# 14 ばん MP3 052

- メモ -

解說

M：お隣から苦情が来てるよ。

F：1. そう、しばらく留守みたい。

　　2. ええ、いつもおすそ分けをくれるのよ。

　　3. あ、昨日けっこう騒いじゃったからだ。

男：鄰居跑來抱怨呢！

女：1. 這樣啊，看來暫時不在。

　　2. 是啊，常跟我分享呢！

　　3. 啊，因為昨天太吵了。

正答：3

- メモ -

**解說**

F：頼んでたやつ、金曜日までにもらえるかな？

M：1. わかりました。金曜日からですね。

　　2. はい、それまでにお届けします。

　　3. そうです。もう渡しました。

女：拜託你的東西，星期五之前能拿到嗎？

男：1. 了解，星期五之後沒錯吧。

　　2. 好，在那之前拿給你。

　　3. 沒錯，已經拿給你了。

正答：2

- メモ -

**解説**

M：あれ？山田さん、今日何か雰囲気違うね。

F：1. 髪形変えたの、分かる？

　　2. もうすっかり終わったわよ。

　　3. どれも同じに決まってるじゃない。

男：山田小姐，今天好像感覺不一樣喔！

女：1. 我改變髮型了，看得出來？

　　2. 已經完全結束了喔！

　　3. 一定是每個都一樣不是嗎？

正答：1

- メモ -

**解説**

F ： この資料、分かりにくいですね。

M ： 1. 内容がちゃんと整理されているからね。

　　 2. 情報が多すぎて複雑だからね。

　　 3. それはがんばった甲斐があります。

女： 這資料不好理解呢！

男： 1. 因為內容整理得很好呀！

　　 2. 因為情報太多太複雑了呢！

　　 3. 努力得到回報了！

正答：2

- メモ -

## 解説

M：君にはいつも励まされてばかりだね。

F：1. いえ、失敗でした。

　　2. ではときどきお願いします。

　　3. いえ、こちらこそ元気をもらっています。

男：老是讓妳鼓勵我呢！

女：1. 不，失敗了！

　　2. 那麼，就時時要麻煩你了。

　　3. 不，我也從你那得到了活力。

正答：3

- メモ -

解説

M：今日はどうしても無理でしょうか。

F：1. 本日から1週間のみ受け付けております。

2. 行けるとしても、早くて明日の午後になると思います。

3. 明日が最終日となっております。

男：今天無論如何也不行嗎？

女：1. 從今天開始一週展開受理。

2. 我想最快也要明天下午以後才能去。

3. 明天就是最後一天了。

正答：2

# 4

# 模擬試題

**問題1** ＿＿＿＿のことばの読み方として最もよいものを、1・2・3・4から一つえらびなさい。

**1** これは世界で最も古い小説だと言われている。
しょうせつ

　　1 さいも　　　　2 もっとも　　　　3 とっても　　　4 さも

**2** 怒らないから、正直に話してください。
おこ

　　1 せいちょく　　2 しょうじき　　　3 そっちょく　　4 すなお

**3** 何か身分を証明できるものを持ってきてください。
しょうめい

　　1 しんぶん　　　2 しんふん　　　　3 みぶん　　　　4 みわけ

**4** 庭に花の種をうめた。

　　1 たね　　　　　2 ほね　　　　　　3 ねた　　　　　4 さら

**5** 最近息子の様子がおかしい。

　　1 さまご　　　　2 ようし　　　　　3 ようこ　　　　4 ようす

**6** 伝言がありましたら、お伝えしておきます。

　　1 つたえごと　　2 でんげん　　　　3 でんごん　　　4 でんせつ

**7** 交差点は事故が多いので、気をつけましょう。
じ こ

　　1 こうさてん　　2 こうさくてん　　3 こうつうてん　4 こさてん

**8** 医者の指示どおりに薬を飲んだ。

　　1 さし　　　　　2 しし　　　　　　3 しじ　　　　　4 ゆびさし

**問題2** ＿＿＿＿＿のことばを漢字で書くとき、最もよいものを、１・２・３・４から一つえらびなさい。

**9** 毎月げつまつはとても忙しい。

1 月末 　　　　 2 月未 　　　　 3 月下 　　　　 4 月初

**10** 私のせんもんは日本文学です。

1 専文 　　　　 2 専問 　　　　 3 専門 　　　　 4 専任

**11** 髪にリボンをむすんでもらった。

1 縛んで 　　　　 2 結んで 　　　　 3 束んで 　　　　 4 飾んで

**12** もう少ししおを多めに入れてください。

1 油 　　　　 2 塩 　　　　 3 粉 　　　　 4 砂

**13** 大事にしていた置き物がわれてしまった。

1 割れて 　　　　 2 折れて 　　　　 3 壊れて 　　　　 4 破れて

**14** 長い時間せいざしていたので、足が痛くなった。

1 星座 　　　　 2 正座 　　　　 3 性座 　　　　 4 勢座

**問題3**　（　　　　）に入れるのに最もよいものを、1・2・3・4から一つえらびなさい。

**15**　授業中につい（　　　　）してしまった。

1　ぜいたく　　　2　居眠り　　　　3　くせ　　　　4　おんぶ

**16**　母が出かけている間に、洗濯物を（　　　　）おいた。

1　たたんで　　　　　　　　　　2　ぬれて
3　たまって　　　　　　　　　　4　かわいて

**17**　子どもが（　　　　）笑顔で近づいてきた。

1　しつこい　　　　　　　　　　2　かわいそうな
3　仲がいい　　　　　　　　　　4　人なつっこい

**18**　注文した商品がいつ届くか、店に（　　　　）。

1　知り合った　　　　　　　　　2　聞き取った
3　話しかけた　　　　　　　　　4　問い合わせた

**19**　あの人はいつも（　　　　）と文句を言っている。

1　ぶつぶつ　　　2　がらがら　　　3　ぶらぶら　　　4　ぺこぺこ

**20**　いつも（　　　　）をつけて、料理を作ります。

1　ジーンズ　　　2　エプロン　　　3　アイロン　　　4　リモコン

**21**　彼はわたしの姉の息子、つまり（　　　　）です。

1　おじ　　　　2　めい　　　　3　いとこ　　　　4　おい

**22**　（　　　　）の上に野菜を置いて、細かくきざんだ。

1　包丁　　　　　2　湯飲み　　　　3　しゃもじ　　　4　まな板

**23** 木村さんはハンサムで話もおもしろいので、女性に（　　　　）。

1　誘う　　　　　　2　もてる　　　　　3　あこがれる　　4　付き合う

**24** この図書館は、体が（　　　　）人も安心して利用<sub>りよう</sub>できる。

1　不便な　　　　　2　意地悪<sub>いじわる</sub>な　　　3　不都合な　　　4　不自由な

**25** 鈴木さんは最近恋人<sub>こいびと</sub>に（　　　　）元気がない。

1　はられて　　　　2　ふられて　　　　3　へられて　　　4　ほられて

**問題4** _____ に意味が最も近いものを、１・２・３・４から一つえらびなさい。

**26** この道は渋滞（じゅうたい）しているから、違う道を通ろう。

1　迷っている　　2　危ない　　　　3　込んでいる　　4　直している

**27** もう出かけますから、早くしたくしてください。

1　食べ終わって　2　準備して　　　3　洗濯（せんたく）して　4　片付けて

**28** 日本へ来てから、さまざまな経験（けいけん）をした。

1　いろいろな　　　　　　　　　　2　不思議な

3　めちゃくちゃな　　　　　　　　4　おもしろい

**29** あの二人はまるで姉妹のようにそっくりだ。

1　似合っている　2　似ている　　　3　違っている　　4　気が合う

**30** 大勢（おおぜい）の人の前でスピーチをして、あがってしまった。

1　興奮（こうふん）して　2　泣いて　　　　3　喜んで　　　4　緊張（きんちょう）して

**問題5**　つぎのことばの使い方として最もよいものを、１・２・３・４から一つえらびなさい。

**31**　バランス

1　果物はバランスが豊富ですから、毎日食べましょう。

2　材料一つ一つのバランスを量ってから料理した。

3　そんなバランスが高いものばかり食べていたら、太りますよ。

4　栄養のバランスがとれた食事をすることが大切です。

**32**　もりあがる

1　日本では、年々少子化がもりあがっている。

2　ごはんをたくさんもりあがってください。

3　吉岡さんはまだ若いから、元気がもりあがっていますね。

4　きのうのパーティは、ゲームやカラオケでとてももりあがった。

**33**　夢中

1　ゲームに夢中してばかりいないで、もっと勉強しなさい。

2　スポーツの中でいちばん夢中はバスケットボールです。

3　それは、わたしが子どものときに夢中になって読んだ本だ。

4　その時間はぐっすり夢中だったので、地震にも気がつかなかった。

**34** もともと

1　とても心配していたが、テストの結果<sup>けっか</sup>はもともとだった。

2　みんなが集<sup>あつ</sup>まりましたから、もともと会議を始めましょう。

3　先生、よくわからないので、もう一度もともと説明<sup>せつめい</sup>してください。

4　彼のことはもともと好きじゃなかったが、もっと嫌いになった。

**35** 仕送<sup>しおく</sup>り

1　母の誕生日に花とセーターを仕送りした。

2　事故<sup>じこ</sup>があったため、電車が 1 時間仕送りしている。

3　フランスへ留学<sup>りゅうがく</sup>する友人を空港まで仕送りした。

4　東京で働き始めてから、毎月母に仕送りしている。

**問題1**　つぎの文の（　　　）に入れるのに最もよいものを、1・2・3・4から一つえらびなさい。

**1**　「よし、明日（　　　）絶対早起きするぞ。」「たぶん、無理だよ。」
　　1　ばかり　　　　2　こそ　　　　　　3　しか　　　　　4　ほど

**2**　英語は世界中で（　　　）いる言語です。
　　1　話させられ　　2　話られて　　　　3　話されて　　　4　話させて

**3**　彼はかわいくて、まるで女の子（　　　）だよね。
　　1　よう　　　　　2　みたい　　　　　3　そう　　　　　4　らしい

**4**　（　　　）としたときに、電話がかかってきた。
　　1　出かけよう　　　　　　　　　　　2　出かける
　　3　出かけるだろう　　　　　　　　　4　出かけます

**5**　明日、テストがある（　　　）すっかり忘れていた。どうしよう。
　　1　のを　　　　　2　ものを　　　　　3　のが　　　　　4　ものが

**6**　日本の食べ物（　　　）、やはりおすしでしょう。
　　1　たら　　　　　2　のならば　　　　3　といえば　　　4　いうと

**7**　アランさんは外国人（　　　）日本語が上手だね。
　　1　にたいして　　2　になったら　　　3　にしては　　　4　にとって

**8**　先生の（　　　）試験に合格できました。ありがとうございました。
　　1　せいで　　　　2　おせわに　　　　3　よって　　　　4　おかげで

**9** 来月、大阪に転勤することに（　　　　　）。
　　1　言いました　　　2　いました　　　　3　なりました　　4　ありました

**10** そんなに心配する（　　　　　）ないよ。きっと、上手くできるから。
　　1　ことは　　　　　2　ものは　　　　　3　ときは　　　4　のは

**11** あの人、年の（　　　　　）は若く見えますね。
　　1　わりに　　　　　2　ことに　　　　　3　ついに　　　4　ものに

**12** 昨夜は、テレビをつけた（　　　　　）寝てしまいました。
　　1　ながら　　　　　2　まま　　　　　　3　つつ　　　4　ぱなしで

**13** 彼はいくらお酒を（　　　　　）顔色が変わらない。
　　1　飲むなら　　　　2　飲むのに　　　　3　飲んでも　　4　飲んだら

問題2　つぎの文の　＿★＿　に入る最もよいものを、１・２・３・４か
ら一つえらびなさい。

---

## （問題例<ruby>れい</ruby>）

あそこで　＿＿＿＿　＿＿＿＿　＿★＿＿　＿＿＿＿　は山本<ruby>やまもと</ruby>さんです。

１　CD　　　　　２　聞いている　　３　を　　　　　４　人

## （解答<ruby>かいとう</ruby>のしかた）

### 1. 正しい答えはこうなります。

あそこで　＿＿＿＿　＿＿＿＿　＿＿＿★＿＿＿　＿＿＿＿　は山本<ruby>やまもと</ruby>さんです。

１ CD　　３ を　　２ 聞いている　　４ 人

### 2. ＿★＿　に入る番号<ruby>ばんごう</ruby>を解答用紙<ruby>かいとう</ruby>にマークします。

（解答用紙<ruby>かいとう</ruby>）　　（例<ruby>れい</ruby>）　　①　●　③　④

---

**14**　辞書で　＿＿＿＿　＿＿＿＿　＿★＿＿　＿＿＿＿　ないから、先生に聞いた。

　　　　１　いくら　　　２　ても　　　　３　調べ　　　４　わから

**15**　今日の作文は　＿＿＿＿　＿★＿＿　＿＿＿＿　＿＿＿＿　書いてください。

　　　　１　に　　　　　２　ず　　　　　３　辞書を　　　４　使わ

**16** こちらは焼き ＿＿＿ ＿＿＿ ★ ＿＿＿ よ。

　　1　の　　　　　　2　たて　　　　　　3　パン　　　　4　です

**17** 選手たちは ＿＿＿ ★ ＿＿＿ ＿＿＿ で戻ってきた。

　　1　ひどく　　　　2　疲れ　　　　　　3　ようす　　　4　きった

**18** 毎日30分は運動 ＿＿＿ ＿＿＿ ★ ＿＿＿ います。

　　1　して　　　　　2　する　　　　　　3　に　　　　　4　こと

**問題3**　つぎの文章を読んで、文章全体の内容を考えて、 **19** から **23** の中に入る最もよいものを、１・２・３・４から一つえらびなさい。

---

初めての化粧

ジェニー・リン

　わたしは、国にいるとき、ぜんぜん化粧をしませんでした。でも、日本の女性はみんな化粧を **19** ね。ある日、大学の友だちに「日本の女の子はみんな **20** ですね」と言いました。すると、その友だちは「それは、化粧をしているからですよ。リンさんも化粧をして **21** か。」と言いました。

　 **22** 、私は初めて化粧をしました。恥ずかしかったですけれど、とてもドキドキしました。化粧をした顔は、まるで自分じゃない **23** でした。友だちも、とてもきれいだと言ってくれました。

---

**19**　1　していません　2　しています　3　しましょう　4　しました

**20**　1　おもしろい　2　あつい　3　きれい　4　ゆうめい

**21**　1　います　2　みません　3　あります　4　おりません

**22**　1　それで　2　しかし　3　ところが　4　ところで

**23**　1　らしい　2　そうだ　3　みたい　4　ような

**問題4　つぎの（1）から（4）の文章を読んで、質問に答えなさい。答えは、1・2・3・4から最もよいものを一つえらびなさい。**

（1）

---

高橋さんへ

　メールで失礼いたします。

　お久しぶりです。お元気ですか。

　宮崎での生活には、もう慣れたことと思います。

　さて、今年もクラス会を開くことになりました。

　昨年は皆で花火大会を見に行きましたが、今年はせっかくだから、みんなで宮崎に行こうかと思っています。

　高橋さんのご自宅の近くに、いい場所がありましたらぜひ教えてください。

　どうぞよろしくお願いいたします。

池田のりこ

---

**24**　このメールを受け取る人はどんな人か。

1　最近、引越しをした人

2　来年、引越しをする人

3　最近、クラス会を開いた人

4　今年、クラス会を開く人

（2）

　日本では、老人の割合（わりあい）が増えるにつれて、いわゆる「寝たきり」の老人が増えてきている。これは、老人が病気で寝こんでしまい、そのまま寝たままで立ち上がることもできなくなってしまう状態である。こうなる原因は、看病（かんびょう）をしている人たちが老人を「寝かせきり」にしていることにある、という批判もある。

**25**　批判もあるとあるが、だれを批判しているのか。

　　1　寝たきりの老人
　　2　老人を診察（しんさつ）する医者
　　3　老人を看病（かんびょう）している人
　　4　この文を書いた筆者

（3）

　今、茶道を習いたいという女性が増えています。しかし、茶道には多くの流派が

あります。茶道教室に通う前に、自分がどの流派の茶道を習いたいのかを決める必

要があります。茶道における作法やお茶の点て方を習いたいだけであれば、どんな

流派でもいいという意見もあります。しかし、本当に茶道を習いたいならば、自分

が学びたい流派を決めなければなりません。いざ始めてみて、自分に合わないから

といって、途中から流派を変えることは、大変失礼なことなのです。

26　この筆者の意見はどれか。

　　1　茶道を習いたいのなら、有名な先生を選ばなくてはならない。

　　2　茶道には多くの流派があるが、とくにこだわる必要はない。

　　3　茶道を習いたいのなら、学ぶ流派を先に決めなければならない。

　　4　茶道の流派はたくさんあるから、いろいろな流派を習ったほうがいい。

（4）

　日本でパンダの公開が始まった。しかし、パンダには知られていない一面が多い。まず、「パンダ」という名前は「竹を食べるもの」という意味のネパール語が語源で、これは日本や英語圏での呼び名である。地元の中国では「熊猫」と呼ぶ。また、パンダの主食はなぜ竹かというと、2500万年以上前にパンダにつながるさまざまな種類の祖先が現れたが、生存競争を生き抜いたのは山奥で竹の葉を主食にしていた種類だったらしい。そのため現在のパンダも食べ物の99%は竹だ。竹は栄養分が少なく消化されにくいので、たくさん食べる必要がある。

**27**　なぜパンダの主食は竹なのか。

　　1　パンダという名前は「竹を食べるもの」という意味だから。

　　2　パンダのさまざまな種類の祖先はみんな竹を食べていたから。

　　3　竹は栄養分が少なく消化されにくいから。

　　4　パンダの直接の祖先は竹を食べていた種類のものだったから。

## 問題5　つぎの（1）と（2）の文章を読んで、質問に答えなさい。答えは、1・2・3・4から最もよいものを一つえらびなさい。

（1）

　しゃぶしゃぶ、すき焼き……肉や魚とともに、野菜をたっぷり食べられる鍋はとても健康的だ。けれど、味付けや材料の選び方に気をつけないと、健康的なはずの鍋が非健康的な高カロリー（注1）料理になってしまうこともある。まず、主役の肉や魚は脂肪が少なめのものにすること。そして、ちょっと味が足りないと思った時、役に立つのが、キノコ類とゴボウやニンジンなどの根菜類である。どちらもいいだしが出て旨味が増し、しかもかみ応えがあるため、満足感が出る。さらに、根菜類は身体を温め、キノコ類は免疫力を高める食材でもあるので、風邪予防にもいい。

　また、食べる時のたれ（注2）も意外と高カロリーなので注意すること。たれを使わずに済むようなスープに濃い味のついた鍋が基本。もしたれを使うのなら、ポン酢がおすすめである。


（注1）カロリー：栄養分、ここでは脂肪分のこと
（注2）たれ：食べる時に肉や野菜につける調味料

**28** 鍋が非健康的な料理にならないようにするには、何に注意するべきか。

1 肉や魚を入れないようにする。

2 脂肪が多い材料（ざいりょう）を避ける。

3 キノコ類や根菜類（こんさいるい）を少なめにする。

4 たれを濃い味付けにする。

**29** <u>役に立つのが、キノコ類とゴボウやニンジンなどの根菜類（こんさいるい）である</u>とあるが、その理由として挙げられていないものはどれか。

1 身体を温めたり、免疫作用がある。

2 値段が安くて、買いやすい。

3 よく噛むので、満腹感が出る。

4 だしがでて、味がよくなる。

**30** 筆者はどんな鍋がいいと言っているのか。

1 肉や魚がたくさん入っている鍋。

2 きのこや根菜（こんさい）を多く入れた高カロリーの鍋。

3 スープにあまり味がなく、たれをたくさん使う鍋。

4 脂肪の少ない肉や魚をいれた低カロリーの鍋。

（2）

　この前、学生に、「俳優」と「タレント」の違いは何かと聞かれて、すぐには答えられなかった。最近は芸能人の呼び方もいろいろあって、よく分からない。基本的に「俳優」は、ＴＶドラマ、映画、舞台への出演を中心に活動する人で、「タレント」はその人の個性を生かし、バラエティ番組 (注) への出演を中心に活動する人だと思う。しかし、最近は俳優の方のバラエティ番組出演や、タレントのドラマ出演も珍しくないので、これだけの定義では不十分かもしれない。

　そこで、さらに付け加えると、ドラマ等において作品ごとに様々な役柄を演じ分けることが出来る人が「俳優」であり、どの作品においても同じような役柄を演じる人や、その人の個性を全面に出した役を演じる人が「タレント」であるのではないかと思う。これなら、たぶん、学生も納得してくれるだろう。

（注）バラエティ番組：話やゲームなどが中心の娯楽番組

**31** 筆者が「俳優」と「タレント」の違いについての質問に、すぐに答えられなかったのはなぜか。

1 芸能人の呼び方はたくさんあって、それぞれの正確な定義がよく分からなかったから。

2 芸能人はたくさんいて、だれが「俳優」でだれが「タレント」か分からなかったから。

3 芸能人の名前はいろいろあって、誰がどんな名前を使っているかよく分からなかったから。

4 芸能人はいろいろな呼び方があって、正確な呼び方はないから。

**32** これだけの定義では不十分かもしれないと筆者が思った理由は何か。

1 最近の芸能人は「俳優」と「タレント」の区別がなくなりつつあり、それぞれを定義する必要がないから。

2 最近は「俳優」がタレントの仕事をしたり、「タレント」が俳優の仕事をしたりするから。

3 「俳優」や「タレント」の仕事は奥が深く、簡単な定義では定義しきれないから。

4 最近の「俳優」は「タレント」の仕事をしたがっているので、定義づけるのが無意味だから。

**33** 結局、「俳優」と「タレント」の定義は何だと筆者は言っているのか。

1 どの作品に出ても同じ個性でいるのが「俳優」で、作品ごとに演技を変えるのが「タレント」である。

2 強い個性を表現するのが「俳優」であり、あまり個性を出さないのが「タレント」である。

3 バラエティ番組に出演するのが「タレント」であり、ドラマや舞台に出るのが「俳優」である。

4 どの作品に出ても同じ個性を表現するのが「タレント」で、作品ごとに役柄を演じ分けるのが「俳優」である。

**問題6** つぎの文章を読んで、質問に答えなさい。答えは、１・２・３・４から最もよいものを一つえらびなさい。

　猫は、時々、飼い主の目の前でコロンと転がり、お腹を見せる姿勢をします。犬がこのような姿勢をする場合は、一般に「相手への服従、降参」を表すといわれますが、猫の場合はどうなのでしょう。

　全身をフワフワの毛で覆われている猫ですが、毛が薄く、攻撃されると一番弱い部分がお腹です。現実に、猫同士のケンカがはじまった時のことを考えて見ましょう。猫パンチや鋭い歯で噛むなどの攻撃をお互いにした後、勝敗が決まった時は、どちらか一方が下になって、相手にお腹を見せます。もちろん、そのままの姿勢を続けると、お腹に攻撃を受けて大けがをする可能性がありますから、次の瞬間には、下になっていたほうが大急ぎで逃げ去ります。つまり、猫同士の場合も、犬と同じく、「お腹を見せる」というのは、服従あるいは降参という意味があると考えられます、

　ところで、飼い主が床に横になって雑誌を読んでいる時、猫がそばに寄ってきて寝転がり、お腹を見せたりするのは、「服従、降参」という意味ではなく、「私、あなたが大好き」という親愛の情を示そうとしていると考えられます。大切なお腹を出すというのは、飼い主に対する全幅の信頼がなければできないことです。飼い主への親愛の情が非常に（ ① ）と言えるでしょう。

（ネコとの暮らしを楽しむ会『ネコの気持ちがおもしろいほどわかる本』より一部改変）

**34** この文章の題名としてつぎのどれが適当か。

1 「猫と犬との違いについて」

2 「猫の気持ちについて」

3 「猫のケンカについて」

4 「飼い主への注意」

**35** 猫同士の喧嘩で勝負がついた時はどのようになるか。

1 勝った猫が下になってお腹（なか）を見せる。

2 勝った猫が上になってお腹（なか）を見せる。

3 負けた猫が下になってお腹（なか）を見せる。

4 負けた猫が上になってお腹（なか）を見せる。

**36** 飼い主（ぬし）に猫がお腹（なか）を見せるのはどういう気持ちか。

1 飼い主（ぬし）に対して恐怖を感じている。

2 飼い主（ぬし）に対して興味を感じている。

3 飼い主（ぬし）に対して怒りを感じている。

4 飼い主（ぬし）に対して愛情を感じている。

**37** （ ① ）にはいる適切な言葉はつぎのどれか。

1 強い

2 弱い

3 きびしい

4 やさしい

問題7　右のページは、スポーツセンターの案内<ruby>案内<rt>あんない</rt></ruby>である。下の質問に答え
　　　　なさい。答えは、１・２・３・４から最もよいものを一つえらび
　　　　なさい。

　原田さんは、あかね市の隣<ruby>隣<rt>となり</rt></ruby>の市に住んでいます。今度の土曜日の午後に、小学生の息子二人を連れて、あかね市民スポーツセンターへ行こうと思っています。

38　原田さんがあかね市民スポーツセンターで利用できるのは、つぎのどれか。
　　１　プールと卓球
　　２　卓球だけ
　　３　バドミントンとバスケット
　　４　卓球とバスケット

39　原田さんたちがみんなで体育館を使うとき、全部でいくら払わなければならないか。
　　１　400円
　　２　650円
　　３　800円
　　４　1,200円

# あかね市民スポーツセンター

## 一般の方が使える日

| | 体育館 | | | プール | |
|---|---|---|---|---|---|
| | 午前<br>9:00 ～<br>12:00 | 午後<br>13:00 ～<br>17:00 | 夜<br>18:00 ～<br>21:00 | 午前・午後<br>9:00 ～<br>17:00 | 夜<br>18:00 ～<br>21:00 |
| 月 | 休　み | | | | |
| 火 | | バスケット | バドミントン | ○ | |
| 水 | 卓球 | | | | ○ |
| 木 | | バドミントン | 卓球 | ○ | |
| 金 | バドミントン | | | | ○ |
| 土 | | 卓球 | バスケット | ○ | |
| 日 | バドミントン | | | ○ | ○ |

1 あかね市民も市民以外の方も、どなたでもお使いいただけます。

2 体育館では必ず室内用のくつにはき替えてください。

3 プールでは必ず水着と水泳帽を着用してください。

## 料金

・体育館　　大人（高校生以上）：350 円（200 円）

　　　　　　小・中学生：150 円（100 円）

・プール　　大人（高校生以上）：600 円（400 円）

　　　　　　小・中学生： 300 円（200 円）

＊（　　　　）の中は、あかね市民の料金です。

〈注意〉

・ 小学生は夜（18:00 以降）は使えません。

# 問題1

　問題1では、まず質問を聞いてください。それから話を聞いて、問題用紙の1から4の中から、最もよいものを一つえらんでください。

## 1ばん MP3 058

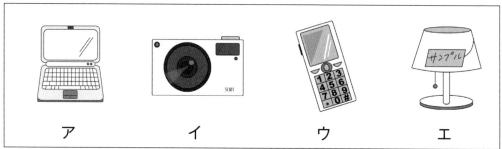

| ア | イ | ウ | エ |

1　ア、イ、ウ

2　ア、ウ、エ

3　イ、ウ、エ

4　ア、イ、エ

## 2ばん MP3 059

1　携帯電話会社

2　携帯電話を買った店

3　前のアパート

4　大家さん

第
一
回

聴
解

## 3ばん (MP3) 060

1 今日から

2 今夜から

3 今月末から

4 来月から

## 4ばん (MP3) 061

1 先輩に相談する

2 参考になる本を探す

3 去年のレポートを探す

4 インターネットで情報を探す

## 5ばん (MP3) 062

1 絵の手前に草花を描く

2 空に雲を描き足す

3 奥に木を増やす

4 色を少し加える

## 6ばん (MP3) 063

1 おばあちゃんの家の台所に、卵をもらいに行く

2 お母さんの代わりに、卵を買いに行く

3 おばあちゃんの家に遊びに行く

4 スーパーへ買い物に行く

# 問題2

　問題2では、まず質問を聞いてください。そのあと、問題用紙のせんたくしを読んでください。読む時間があります。それから話を聞いて、問題用紙の1から4の中から、最もよいものを一つえらんでください。

## 1ばん　MP3 064

1　実家から戻らなければいけないから

2　父といっしょに仕事をするから

3　大学が休校になったから

4　地元の大学に転入するから

## 2ばん　MP3 065

1　女の人にチケットを渡すため

2　女の人を誘うため

3　メールだけでは失礼だから

4　今日は都合が悪かったから

## 3ばん　MP3 066

1　色やデザインが古いから

2　若い人が反応しないから

3　珍しくないから

4　店に来る客の好みに合わないから

## 4ばん　(MP3) 067

1　遅れないように早めに行く

2　前もって伝えた時間に行き、長くいないようにする

3　相手の体調が悪くなる前に早く行く

4　遅刻をしそうになったら電話で伝えておく


## 5ばん　(MP3) 068

1　店の雰囲気がいいこと

2　料理のおいしさ

3　価格の安さ

4　店内が広いこと


## 6ばん　(MP3) 069

1　同業者と仲良くする

2　当たり前の味を大切にする

3　料理の見た目も重視する

4　料理作りを楽しむ

# 問題3

　問題3では、問題用紙に何もいんさつされていません。この問題は、ぜんたいとしてどんなないようかを聞く問題です。話の前に質問はありません。まず話を聞いてください。それから、質問とせんたくしを聞いて、1から4の中から、最もよいものを一つえらんでください。

## 1ばん (MP3) 070

- メモ -

## 2ばん (MP3) 071

- メモ -

## 3ばん (MP3) 072

- メモ -

## 問題4

問題4では、えを見ながら質問を聞いてください。やじるし（➡）の人は何と言いますか。1から3の中から、最もよいものを一つえらんでください。

### 1ばん  MP3 073

### 2ばん MP3 074

## 3ばん  MP3 075

## 4ばん MP3 076

# 問題5

　問題5では、問題用紙に何もいんさつされていません。まず文を聞いてください。それから、そのへんじを聞いて、1から3の中から、最もよいものを一つえらんでください。

## 1ばん （MP3）077

- メモ -

## 2ばん （MP3）078

- メモ -

## 3ばん （MP3）079

- メモ -

# 4ばん （MP3）080

- メモ -

# 5ばん （MP3）081

- メモ -

# 6ばん （MP3）082

- メモ -

# 7 ばん (MP3) 083

- メモ -

# 8 ばん (MP3) 084

- メモ -

# 9 ばん (MP3) 085

- メモ -

**問題1**　＿＿＿＿のことばの読み方として最もよいものを、1・2・3・4から一つえらびなさい。

**1** 子どもたちの笑顔を見ると、元気になる。

　　1　しょうがん　　2　わらがお　　　3　えがお　　　　4　えいがお

**2** わたしの父は公務員です。

　　1　こうむいん　　2　じむいん　　　3　こうさくいん　4　かかりいん

**3** 次の角を右折してください。

　　1　みぎおり　　　2　ようせつ　　　3　させつ　　　　4　うせつ

**4** パーティーの出席者（しゅっせきしゃ）の人数を数えた。

　　1　すうえた　　　2　かぞえた　　　3　かずえた　　　4　おしえた

**5** 電気が消えていますから、留守のようですね。

　　1　かきとめ　　　2　るうしゅ　　　3　るす　　　　　4　りゅうしゅ

**6** 渡辺さんは先月胃の手術をしたそうだ。

　　1　てくだ　　　　2　しゅじゅつ　　3　ししゅつ　　　4　じゅじゅつ

**7** 明日は必ず8時にここへ来てください。

　　1　まず　　　　　2　ひつず　　　　3　こころず　　　4　かならず

**8** あのレストランは人気があるので、予約しなければならない。

　　1　よやく　　　　2　やくそく　　　3　ようやく　　　4　よほう

**問題2**　＿＿＿＿のことばを漢字で書くとき、最もよいものを、1・2・3・4から一つえらびなさい。

**9** テレビを見ているうちに、いつのまにか<u>ねむって</u>しまった。
1　覚って　　　　　2　飽って　　　　　3　寝って　　　　　4　眠って

**10** 川の水が汚れていないか<u>ちょうさ</u>した。
1　調査　　　　　2　調索　　　　　3　捜索　　　　　4　検査

**11** 火事でうちが<u>やけて</u>しまった。
1　燃けて　　　　　2　黒けて　　　　　3　焦けて　　　　　4　焼けて

**12** この道は車が多いですから、<u>ほどう</u>橋を渡りましょう。
1　保道　　　　　2　歩度　　　　　3　歩道　　　　　4　補動

**13** みんなの意見が<u>ちがう</u>のは当然だ。
1　異う　　　　　2　違う　　　　　3　偉う　　　　　4　遺う

**14** この機械は日本で<u>せいぞう</u>されました。
1　生造　　　　　2　制造　　　　　3　製造　　　　　4　成造

問題3　（　　　　）に入れるのに最もよいものを、1・2・3・4から
一つえらびなさい。

15　コップを倒して、中の水を（　　　　）しまった。
　　1　あふれて　　　　2　あばれて　　　　3　こぼして　　　4　たまって

16　はずかしくて（　　　　）が赤くなった。
　　1　ほお　　　　　　2　へそ　　　　　　3　まつげ　　　4　まぶた

17　この問題はどれだけ考えても（　　　　）わからない。
　　1　うっかり　　　2　すっかり　　　3　すっきり　　　4　さっぱり

18　道路に（　　　　）ら危ないですよ。
　　1　飛び出した　　2　飛び込んだ　　3　飛び上がった　4　飛び立った

19　おなかがすいていたので、ご飯を何杯も（　　　　）した。
　　1　おすすめ　　　2　おつまみ　　　3　おごり　　　4　おかわり

20　新しく社員を（　　　　）ため、面接（めんせつ）をした。
　　1　やとう　　　　2　もうける　　　3　かせぐ　　　4　なまける

21　あの人は（　　　　）から、絶対に人におごらない。
　　1　だらしない　　2　けちだ　　　3　のんきだ　　　4　しつこい

22　車を運転するときは、必ず（　　　　）をしてください。
　　1　シートベルト　2　ハンドル　　　3　アクセル　　　4　エンジン

**23** スピーチ大会では、緊張して声が（　　　　　）。

1　しびれた　　　　2　こった　　　　　　3　ふるえた　　4　かいた

**24** 節約（せつやく）のために、（　　　　　）ものを買わないようにしている。

1　むだな　　　　　2　貧乏（びんぼう）な　　　　　3　ずうずうしい　4　きつい

**25** ここを押（お）すとひらがなから漢字に（　　　　　）できます。

1　入力（にゅうりょく）　　　　2　挿入（そうにゅう）　　　　3　変換（へんかん）　　　　4　削除（さくじょ）

**問題4**　＿＿＿＿＿に意味が最も近いものを、1・2・3・4から一つえらびなさい。

**26** その女性はかわいい赤ちゃんを見てほほえんだ。

1　話しかけた　　　　　　　　　　2　だっこした
3　さわった　　　　　　　　　　　4　にっこりした

**27** いきなり犬が飛び出してきて、驚いた。

1　やっと　　　　2　さっき　　　　3　急に　　　　4　いっぺんに

**28** 今日乗った電車はがらがらだった。

1　古かった　　　2　危なかった　　3　こんでいた　　4　すいていた

**29** きのう電車でさいふをとられた。

1　買われた　　　2　拾われた　　　3　持たれた　　　4　ぬすまれた

**30** 用事ができたので、旅行をキャンセルした。

1　取り消した　　2　取り出した　　3　取り替えた　　4　取り付けた

**問題5**　つぎのことばの使い方として最もよいものを、１・２・３・４から一つえらびなさい。

**31** 蒸し暑い

1　どうぞ蒸し暑いうちに召し上がってください。

2　今晩はとても蒸し暑くて眠れない。

3　彼は性格が蒸し暑くて、みんなから嫌われている。

4　母はいもを蒸し暑くしてから食べた。

**32** 一人っ子

1　私は一人っ子だから、兄弟がいる人がうらやましい。

2　教室に入ったら、学生が一人っ子だった。

3　佐々木さんは息子が一人っ子います。

4　友達がいないので、いつも一人っ子で寂しい。

**33** 似合う

1　二人は双子だから、顔がよく似合っている。

2　彼とは意見が似合わなくて、いつもけんかばかりしている。

3　この服はちょっとサイズが似合わないようだ。

4　その髪型、木村さんによく似合っていますね。

**34** あいまい

1　彼の説明はあいまいで、何が言いたいのかよくわからない。

2　その学生はあいまいに大学の試験に合格した。

3　田中くんと山本さんはあいまいの関係らしい。

4　いつもあいまいを答えていたら、だれにも信用されなくなるよ。

**35** ユーモア

1　彼女の考え方はとても<u>ユーモア</u>がよくて、新しい。

2　講義のときは先生の話をよく聞いて、<u>ユーモア</u>してはいけない。

3　岡本さんは<u>ユーモア</u>があって、いつもみんなを楽しませる。

4　高橋さんはおもしろくて、<u>ユーモア</u>な人だ。

**問題1　つぎの文の（　　　　）に入れるのに最もよいものを、1・2・3・4から一つえらびなさい。**

**1** ちょっと気分が悪いので、早く（　　　　）もらえませんか。

　　1　帰られて　　　　2　帰らせられて　　　3　帰らせて　　　4　帰らさせて

**2** ピアノが少し上手に弾ける（　　　）なりました。

　　1　とうに　　　　2　ように　　　　3　ことに　　　　4　ものに

**3** そんな話がうそだということは、子ども（　　　　）さえ分かるよ。

　　1　で　　　　　　2　の　　　　　　3　を　　　　　　4　は

**4** 力ではなく、話し合いに（　　　　）問題を解決しましょう。

　　1　のって　　　　2　かんして　　　3　とって　　　　4　よって

**5** スポーツは見るよりやる（　　　）好きです。

　　1　ほうを　　　　2　ほうが　　　　3　ほうに　　　　4　ほうで

**6** 政治家はもっと国民の意見をよく聞く（　　　）だ。

　　1　べき　　　　　2　ほう　　　　　3　ため　　　　　4　ところ

**7** 大学時代はよくあの公園で彼女とデートをした（　　　）だ。

　　1　もの　　　　　2　べき　　　　　3　ため　　　　　4　さえ

**8** 山の中に住んでいる人たちに（　　　）、車は必需品です。

　　1　よって　　　　2　たいして　　　3　かんして　　　4　とって

**9** 子どもの（　　　　）生意気な口をきくな。

　　1　ものに　　　　　2　ことに　　　　　3　くせに　　　　4　わりに

**10** こうなったら、もう自分でやる（　　　　）ない。

　　1　だけ　　　　　　2　べき　　　　　　3　しか　　　　　4　さえ

**11** 先ほど事故がありました。（　　　　）電車が大幅に遅れております。申し訳ございませんが、少々お待ちください。

　　1　そのため　　　　2　つまり　　　　　3　それから　　　4　なぜなら

**12** 絵画や彫刻は、古いもの（　　　　）価値があります。

　　1　くらい　　　　　2　ほど　　　　　　3　ほうが　　　　4　だけ

**13** 自分が言われていやだと思うことは、他人にも（　　　　）だ。

　　1　言わずこと　　　2　言わないこと　　3　言うべきこと　4　言おうこと

問題２　　つぎの文の　★　に入る最もよいものを、１・２・３・４から一つえらびなさい。

（問題例）

あそこで ＿＿＿ ＿＿＿ ★ ＿＿＿ は山本さんです。

１　CD　　　　　２　聞いている　　３　を　　　　　４　人

（解答のしかた）

1. 正しい答えはこうなります。

> あそこで ＿＿＿ ＿＿＿ ★ ＿＿＿ は山本さんです。
>
> 　　　　　１　CD　　３　を　　２　聞いている　　４　人

2. ★ に入る番号を解答用紙にマークします。

（解答用紙）　　| （例） | ① ● ③ ④ |

---

**14** 頭は ＿＿＿ ＿＿＿ ★ ＿＿＿ 良くなりますよ。

１　使う　　　　　２　使え　　　　　３　ほど　　　４　ば

**15** 本を ＿＿＿ ★ ＿＿＿ ＿＿＿ ないでください。

１　最中に　　　　２　読んで　　　　３　いる　　　４　話しかけ

**16** 友だちに、引越しの ＿＿＿ ＿＿＿ ★ ＿＿＿ 食事をごちそうした。

　　1　もらう　　　　2　手伝いを　　　3　して　　　　4　かわりに

**17** 山田さんは ＿＿＿ ★ ＿＿＿ ＿＿＿ なので、何もできませんよ。

　　1　社員　　　　　2　したての　　　3　入社　　　　4　まだ

**18** 大雨 ＿＿＿ ＿＿＿ ★ ＿＿＿ ぬれてしまいました。

　　1　のせい　　　　2　中まで　　　　3　で　　　　　4　くつの

**問題３**　つぎの文章を読んで、文章全体の内容を考えて、| 19 |から| 23 |の中に入る最もよいものを、１・２・３・４から一つえらびなさい。

---

花見

マイク・スミス

先週、友だちから「花見に行き| 19 |」と誘われました。私は、「えっ、花ですか。何の花を見るんですか」と聞きました。| 20 |、友だちは笑いながら「花見の| 21 |といえば、桜ですよ。ひまわりや梅ではありません」と言いました。そして、友だちは私に花見| 22 |、いろいろ説明してくれました。でも私は、じゃあ、なぜ| 23 |ではなく「花見」と言うのかがよく分かりませんでした。

---

**19**　1　たい　　　　2　ましょう　　　3　たかった　　　4　ました

**20**　1　しかし　　　2　なぜなら　　　3　すると　　　　4　けれども

**21**　1　花　　　　　2　見る　　　　　3　場所　　　　　4　意味

**22**　1　にたいして　2　について　　　3　によって　　　4　にとって

**23**　1　「桜見」　　　　　　　　　　2　「梅見」

　　　3　「ひまわり見」　　　　　　　4　「花見」

**問題4**　つぎの（1）から（4）の文章を読んで、質問に答えなさい。答えは、
1・2・3・4から最もよいものを一つえらびなさい。

（1）

---

暑い日が続いておりますが、いかがお過ごしでしょうか。

さて、先日は大変お世話になりました。

おかげさまで、とても楽しい旅行ができました。

木村様とご一緒できて、本当によかったと思います。

旅行中の写真ができましたので、お送りいたします。

また、機会がありましたら、ぜひお会いいたしましょう。

どうぞお体を大切に。

---

**24**　これは誰に送った手紙と思われるか。

　　1　旅行の手配をしてくれた人

　　2　職場で写真をとってくれた人

　　3　旅行中に泊まったホテルの人

　　4　一緒に旅行をした人

（2）

　昔なら「知識階級」と言われた「博士」たちが就職難に苦しんでいるという話は、もう珍しくもない。博士課程の修了者は年に約1万人と言われている。しかし、大学の正規教員の募集はほとんどない。彼らのほとんどが数年間の非常勤講師を繰り返してなんとか生活している。将来の見通しがたたないから、結婚なんて考えることができない。そんな若い博士が大勢いる。

**25**　なぜ博士たちの多くが就職難に苦しんでいるのか。

1　博士課程の修了者が年々増えているから。

2　大学の正規教員の募集がないから。

3　博士課程の将来の見通しが立たないから。

4　博士たちが結婚していないから。

（3）

　なぜ自分はこんなに剣道が好きなのかと、ときどき考えます。その理由は、多分、剣道の武道としての芸術性や稽古する仲間と過ごす時間の楽しさかもしれません。しかしそれ以上に、技や芸といわれるものは、やればやるだけできるようになる。そして、自分が望む限りどんどん先があることが一番の楽しさです。技の難しさや冬の寒稽古などの厳しさは本当にいやなものですが、稽古の時は、なぜかそれほど苦にならない。ふと忘れてしまう。そして、楽しさが生まれるんです。

**26**　この楽しさとはどんなことか。

　1　剣道の芸術性を見る楽しさ

　2　稽古仲間と過ごす楽しさ

　3　技や芸が進歩する楽しさ

　4　つねに希望がある楽しさ

（4）

　新鮮な大粒のいちごを、白餡と、ふわふわの白い餅で優しく包みました。いちごは時期に応じて、全国の産地から新鮮なものを選んでいます。いちごの酸味には、あっさりと品のある甘さが特徴のテボ豆の白餡が一番合います。酸味のあるいちごを甘さひかえめの白あんで包んで、それから白い餅で包みますと、絶妙な味になります。店長としては、このいちご大福が当店の菓子の中では一番おいしいと自信を持っております。

**27** いちご大福の作り方はどれか。
1 いちごを白あんで包みさらにそれを白い餅で包む。
2 いちごと白あんを混ぜてさらにそれを白い餅で包む。
3 いちごを白あんと白い餅を混ぜたもので包む。
4 いちごと白あんと白い餅を混ぜて包む。

**問題5** つぎの（1）と（2）の文章を読んで、質問に答えなさい。答えは、1・2・3・4から最もよいものを一つえらびなさい。

（1）

　職場、学校、育児など様々な場面で、人はイライラしたり悩んだりします。人が社会で暮らすには、他人との関わりは必要不可欠です。そこで摩擦が起きると人間関係が悪くなり、ストレスを感じるようになります。

　以下に代表的なストレス解消法を挙げておきます。

1. 映画、音楽、テレビ、漫画、ゲーム、など、「自分にとって楽しい事」に集中することです。これは皆がやっていることだと思います。

2. 友人や身内などに相談相手になれる人がいる場合、いろいろ話してみましょう。ただし、話しても分かってもらえるとはかぎりません。そういう場合、逆に孤独感を感じてしまうことがあります。

3. 体を動かすのはとても健康的なストレス解消法で、一番のおすすめです。得意なスポーツでもいいし、近くを散歩することでもいいのです。

4. 好きなもの・おいしいものを食べれば、食欲を満たし、幸福感が得られます。ただし、食べ過ぎには要注意です。

**28** 人はなぜイライラしたり悩んだりするのか。

1　社会で暮らすためには、他人とけんかしなければならないから。

2　社会で暮らしていると、嫌な勉強や仕事をしなければならないから。

3　社会で暮らすためには、他人と付き合わなければならないから。

4　社会で暮らすためには、必ず摩擦をおこさないといけないから。

**29** そういう場合とはどういう場合か。

1　友人や身内に相談できる人がいない場合。

2　友人や身内の相談相手の数が少ない場合。

3　相談しても自分の気持ちを理解してくれない場合。

4　相談したら、かえって説教された場合。

**30** 筆者はどのストレス解消法が最もいいと考えているか。

1　1の方法

2　2の方法

3　3の方法

4　4の方法

（2）

　今、「若者の車離れ」が進んでいるといいます。初めて聞いたとき意外でした。私たちの若い頃、自分の車を持つことは「あこがれ」でした。しかし、今の若い人たちは車をほしがらないというのです。その理由として、20代の人たちに聞いてみたところ、次のような答えが帰ってきました。

　Ａ・必要性を感じない

　これが最も大きな理由です。車に興味はあるけれど、他の交通機関が便利になったので、通勤、買い物は電車やバスで十分だといいます。

　Ｂ・お金がかかる

　これも大きな理由です。車の購入は可能でも、維持費が高いのです。ガソリン代、借りている駐車場の料金などは毎年値上がりしていきます。

　Ｃ・将来への不安

　一番問題なのは、これかもしれません。現在の若者たちは、「いつどうなるかわからない」という世の中に対する不安が常にあるので、自分たちの将来のため少しでも貯金を増やしておきたいというのです。

**31** 「若者の車離れ」とはどういうことか。

1　今の若者はあまり車を持ちたがらないということ。

2　今の若者は車への興味があまりないということ。

3　今の若者が車に対して嫌悪感を持っているということ。

4　今の若者は車を買うお金がないということ。

**32** 「若者の車離れ」の原因ではないものはどれか。

1　電車やバスが便利になって、自分の車で移動する必要がないこと。

2　車を買うと、その後も維持のための費用がかかること。

3　親の車があるので、自分のお金を出して買う必要がないこと。

4　車を買うより、将来のためにお金をためようと思っていること。

**33** 「若者の車離れ」の原因の中で、最も深刻な問題だと筆者が考えているのはどれか。

1　A

2　AとB

3　BとC

4　C

**問題６　つぎの文章を読んで、質問に答えなさい。答えは、１・２・３・４から最もよいものを一つえらびなさい。**

　マスコミなどの記事では、「最近の言葉の乱れ」という話題がしばしば取り上げられ、「学者」たちがいろいろ意見を述べたりする。この「乱れ」という観点からしてすでに否定的な評価が含まれている。普段から①そういうものを目にしていれば、自分の言葉遣いに自信がもてなくなる人も多くなるだろう。またこの反対の立場をとる人も現れる。つまり、言葉遣いが少々違っていたって、それがどうした、言葉なんて通じればいいじゃないか。どうせ道具なんだから、といった開き直りである。

　しかし、ここで弁解しておく。②この点に関して、言語学は無関係である。そもそも、「言葉の乱れ」という発想が言語学にはない。あるのは変化だけである。言葉はいつの時代でも変わっていく。それを正しいとか正しくないとか評価したり、批判したりすることは考えていない。正しいか正しくないかなんて、どんな基準をもとにして決めるのだろうか。多くの人が自分の長年親しんできた言葉を基準にして決めようとする。これは身勝手というものだ。

　新聞の投書欄なんかで、「嘆かわしい最近の日本語」などという見出しを目にすると、③私はヤレヤレと思う。今までに感心する意見は一つとしてなかった。これからもないだろう。そういう個人的な意見をどうして声高に訴えたがるのか不思議である。

（黒田龍之介『はじめての言語学』から一部改変）

**34**　①そういうものとは何か。

1　言葉遣いが少々違う人

2　マスコミの記事や学者の意見

3　最近の言葉の乱れの状態

4　言葉遣いという道具

**35**　②この点に関して、言語学は無関係であるとはどういう意味か。

1　「言葉の乱れ」は言語学の研究対象ではない。

2　「言葉の正しさ」について言語学者は感心できない。

3　「言葉の乱れ」の問題自体言語学は想定していない。

4　「言葉の正しさ」と言語学には特別な関係ない。

**36**　③私はヤレヤレと思うとはどのような気持ちか。

1　あきれている気持ち

2　怒っている気持ち

3　喜んでいる気持ち

4　不思議な気持ち

**37**　この文章の内容と合っていないものはどれか。

1　言語学は言葉を「正しいかどうか」という観点からは見ない。

2　言葉遣いが人によって違うのは当たり前のことである。

3　言語学から見ると言葉は常に変化して乱れていくものである。

4　言語学者は「最近の日本語が乱れている」とは言わないはずだ。

問題7　　右のページは、ある電気屋の広告である。これを読んで、下の質問に答えなさい。答えは、１・２・３・４から最もよいものを一つえらびなさい。

**38**　この店でいちばん安く冷蔵庫を買うとしたら、いくらで買えるか。

1　6,120円

2　7,920円

3　8,800円

4　9,800円

**39**　4人家族の三井さんは、400ℓ以上の冷蔵庫に買い換えたいと思っている。クレジットカードで17万円以内で買いたい。この店で買えるものはいくつあるか。

1　一つ

2　二つ

3　三つ

4　四つ

# オオシマ電気　おすすめ冷蔵庫

## YONYO
1ドア　46ℓ　**9,800**円
- 一人暮らしにぴったり
- お持ち帰りのお客様は、1000円引き！

## MITACHI
5ドア　400ℓ　**128,000**円
- 電気代が節約できる！
- 汚れにくい！
- 10年間無料保証

## YOTSUBISHI
2ドア　126ℓ　**19,800**円
- 使いやすい低めのデザイン
- 5年間無料保証

## サニー
2ドア　110ℓ　**24,800**円
- ドアが左右どちらからも開けられる
- 3年間無料保証

## SESHIBA
6ドア　548ℓ　**215,000**円
- カラーはおしゃれな黒
- 10年間無料保証

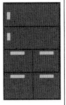

## Banasonic
6ドア　440ℓ　**171,000**円
- 新製品！
- 10年間無料保証

## SHARK
6ドア　465ℓ　**185,000**円
- 使いやすいロータイプ
- 冷凍庫が真ん中で使いやすい！
- 10年間無料保証

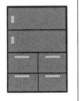

## SESHIBA
3ドア　375ℓ　**79,800**円
- 大人気！
- 低めで使いやすい3ドア
- 5年間無料保証

＊　現金で買っていただいたお客様は、さらに10%割引！！（すべての冷蔵庫が対象です）

＊　買い替えの場合は、さらに2,000円引き！（400ℓ以上の冷蔵庫のみ）

＊　送料無料！

# 問題1

　問題1では、まず質問を聞いてください。それから話を聞いて、問題用紙の1から4の中から、最もよいものを一つえらんでください。

## 1ばん 🎵MP3 086

1　2回

2　3回

3　4回

4　5回

## 2ばん 🎵MP3 087

1　新しい本を買う予算

2　図書館を新しくする予算

3　壊れた機械を修理する予算

4　古い本をきれいに作り直す予算

## 3ばん 🎵MP3 088

1　医者

2　担任の先生

3　さっきの授業の先生

4　後輩

## 4ばん　MP3 089

1 着替えに行く

2 教室を片付ける

3 体育館へ行く

4 椅子を並べる

## 5ばん　MP3 090

1 5時間半

2 6時間半

3 12時間半

4 13時間半

## 6ばん　MP3 091

1 2時から4時まで

2 3時から5時まで

3 4時から6時まで

4 5時から7時まで

# 問題2

問題2では、まず質問を聞いてください。そのあと、問題用紙のせんたくしを読んでください。読む時間があります。それから話を聞いて、問題用紙の1から4の中から、最もよいものを一つえらんでください。

## 1ばん (MP3) 092

1　釣りができない天気だから
2　視界が悪いから
3　波がかなり高くて風も強いから
4　船を沖に出してくれないから

## 2ばん (MP3) 093

1　1時間後
2　1週間後
3　男の人から電話をもらったあと
4　上司が男の人を説得したあと

## 3ばん (MP3) 094

1　先月の売り上げのほうがよかったから
2　今月の売り上げが30％になったから
3　売り上げアップを奥さんが喜んでくれたから
4　部長にいい報告ができるから

**4ばん** 🎧 MP3 095

1 隣の人の騒音がうるさいから

2 隣の人がマンションのルールを守らないから

3 犬の声がうるさいから

4 ペットが飼えないマンションだから

**5ばん** 🎧 MP3 096

1 若い世代の人

2 親がお金を出してくれる人

3 将来出世する人

4 記憶力がいい人

**6ばん** 🎧 MP3 097

1 パソコンとあまり変わらない機能がある

2 好きなデザインの携帯電話が少ない

3 機種の種類が3種類しかない

4 なかなか離すことができない

# 問題3

問題3では、問題用紙に何もいんさつされていません。この問題は、ぜんたいとしてどんなないようかを聞く問題です。話の前に質問はありません。まず話を聞いてください。それから、質問とせんたくしを聞いて、1から4の中から、最もよいものを一つえらんでください。

## 1ばん (MP3) 098

- メモ -

## 2ばん (MP3) 099

- メモ -

## 3ばん (MP3) 100

- メモ -

# 問題4

　問題4では、えを見ながら質問を聞いてください。やじるし（➡）の人は何と言いますか。1から3の中から、最もよいものを一つえらんでください。

## 1ばん  MP3 101

## 2ばん MP3 102

第二回 聽解

## 3ばん MP3 103

## 4ばん MP3 104

# 問題5

　問題5では、問題用紙に何もいんさつされていません。まず文を聞いてください。それから、そのへんじを聞いて、1から3の中から、最もよいものを一つえらんでください。

## 1ばん 🎧MP3 105

- メモ -

## 2ばん 🎧MP3 106

- メモ -

## 3ばん 🎧MP3 107

- メモ -

## 4ばん 🎧 MP3 108

- メモ -

## 5ばん 🎧 MP3 109

- メモ -

## 6ばん 🎧 MP3 110

- メモ -

# 7ばん (MP3) 111

- メモ -

# 8ばん (MP3) 112

- メモ -

# 9ばん (MP3) 113

- メモ -

# 第一回模擬試題解析｜正答表

## 言語知識（文字・語彙）

| 問題 1 | 1 | 2 | 3 | 4 | 5 | 6 | 7 | 8 | | | |
|---|---|---|---|---|---|---|---|---|---|---|---|
| | 2 | 2 | 3 | 1 | 4 | 3 | 1 | 3 | | | |

| 問題 2 | 9 | 10 | 11 | 12 | 13 | 14 | | | | | |
|---|---|---|---|---|---|---|---|---|---|---|---|
| | 1 | 3 | 2 | 2 | 1 | 2 | | | | | |

| 問題 3 | 15 | 16 | 17 | 18 | 19 | 20 | 21 | 22 | 23 | 24 | 25 |
|---|---|---|---|---|---|---|---|---|---|---|---|
| | 2 | 1 | 4 | 4 | 1 | 2 | 4 | 4 | 2 | 4 | 2 |

| 問題 4 | 26 | 27 | 28 | 29 | 30 | | | | | | |
|---|---|---|---|---|---|---|---|---|---|---|---|
| | 3 | 2 | 1 | 2 | 4 | | | | | | |

| 問題 5 | 31 | 32 | 33 | 34 | 35 | | | | | | |
|---|---|---|---|---|---|---|---|---|---|---|---|
| | 4 | 4 | 3 | 4 | 4 | | | | | | |

## 言語知識（文法）・讀解

| 問題 1 | 1 | 2 | 3 | 4 | 5 | 6 | 7 | 8 | 9 | 10 | 11 | 12 | 13 |
|---|---|---|---|---|---|---|---|---|---|---|---|---|---|
| | 2 | 3 | 2 | 1 | 1 | 3 | 3 | 4 | 3 | 1 | 1 | 2 | 3 |

| 問題 2 | 14 | 15 | 16 | 17 | 18 | | | | | | | | |
|---|---|---|---|---|---|---|---|---|---|---|---|---|---|
| | 2 | 4 | 3 | 2 | 3 | | | | | | | | |

| 問題 3 | 19 | 20 | 21 | 22 | 23 | | | | | | | | |
|---|---|---|---|---|---|---|---|---|---|---|---|---|---|
| | 2 | 3 | 2 | 1 | 3 | | | | | | | | |

| 問題 4 | 24 | 25 | 26 | 27 | | | | | | | | | |
|---|---|---|---|---|---|---|---|---|---|---|---|---|---|
| | 1 | 3 | 3 | 4 | | | | | | | | | |

| 問題 5 | 28 | 29 | 30 | 31 | 32 | 33 | | | | | | | |
|---|---|---|---|---|---|---|---|---|---|---|---|---|---|
| | 2 | 2 | 4 | 1 | 2 | 4 | | | | | | | |

| 問題 6 | 34 | 35 | 36 | 37 | | | | | | | | | |
|---|---|---|---|---|---|---|---|---|---|---|---|---|---|
| | 2 | 3 | 4 | 1 | | | | | | | | | |

| 問題 7 | 38 | 39 | | | | | | | | | | | |
|---|---|---|---|---|---|---|---|---|---|---|---|---|---|
| | 1 | 2 | | | | | | | | | | | |

## 聽解

| 問題 1 | 1 | 2 | 3 | 4 | 5 | 6 | | | |
|---|---|---|---|---|---|---|---|---|---|
| | 2 | 2 | 4 | 3 | 2 | 1 | | | |

| 問題 2 | 1 | 2 | 3 | 4 | 5 | 6 | | | |
|---|---|---|---|---|---|---|---|---|---|
| | 2 | 1 | 4 | 2 | 1 | 3 | | | |

| 問題 3 | 1 | 2 | 3 | | | | | | |
|---|---|---|---|---|---|---|---|---|---|
| | 2 | 4 | 1 | | | | | | |

| 問題 4 | 1 | 2 | 3 | 4 | | | | | |
|---|---|---|---|---|---|---|---|---|---|
| | 3 | 2 | 2 | 1 | | | | | |

| 問題 5 | 1 | 2 | 3 | 4 | 5 | 6 | 7 | 8 | 9 |
|---|---|---|---|---|---|---|---|---|---|
| | 3 | 2 | 2 | 2 | 1 | 3 | 3 | 3 | 2 |

# 言語知識｜文字・語彙

## 問題1

1 正答：2 這被稱為是世界上最古老的小
説。
!) 最：音 さい 訓 もっとも
最も：もっとも，最。

2 正答：2 我不生氣，請你老實説。
!) 正：音 せい、しょう
訓 ただしい
直：音 ちょく、じき
訓 なおす、なおる
正直：しょうじき，老實。

3 正答：3 請你拿什麼可以證明身分的東
西來。
!) 身：音 しん 訓 み
分：音 ぶん、ふん
訓 わける、わかれる
身分：みぶん，身分。

4 正答：1 在庭院埋下花的種子。
!) 種：音 しゅ 訓 たね
種：たね，種子。

5 正答：4 最近我兒子的情況很奇怪。
!) 様：音 よう 訓 さま
子：音 し、す 訓 こ
様子：ようす，情況、樣子。

6 正答：3 如果有留言的話，我會幫您轉
達。
!) 伝：音 でん
訓 つたわる、つたえる
言：音 げん、ごん
訓 いう、こと
伝言：でんごん，留言、傳話。

7 正答：1 十字路口的事故很多，請小心。
!) 交：音 こう
訓 まじわる、まじえる

8 正答：3 依照醫師指示吃了藥。
!) 指：音 し 訓 ゆび、さす
示：音 じ、し 訓 しめす
指示：しじ，指示、指點。

## 問題2

9 正答：1 每個月的月底很忙。
1 月底 2 ×
3 月光下 4 月初

10 正答：3 我的專長是日本文學。
1 × 2 ×
3 專長 4 專任

11 正答：2 要（他）幫我在頭髮上繫上緞
帶。
1 × 2 繫
3 × 4 ×

12 正答：2 請再多放一點鹽。
1 油 2 鹽
3 粉末 4 砂

13 正答：1 我很寶貝的裝飾品破了。
1 破裂 2 折斷
3 壞了 4 破損

14 正答：2 因為長時間的跪坐，腳很痛。
1 星座 2 跪坐
3 × 4 ×

## 問題3

15 正答：2 上課中不知不覺打起瞌睡了。
1 奢侈
2 打瞌睡
3 習慣、癖好
4 揹

16 正答：1 在媽媽外出時，把洗好的衣服給折好了。
1 折疊　　　2 溼
3 積　　　　4 乾

17 正答：4 孩子們以友善的笑容靠了過來。
1 難纏的
2 可憐的
3 感情要好的
4 友善的、不怕生的

18 正答：4 向店裡詢問，訂的商品什麼時候會到。
1 認識　　　2 聽見
3 搭話　　　4 詢問

19 正答：1 那個人總是嘀嘀咕咕地發牢騷。
1 嘀咕　　　2 嘎啦
　　　　　　　（物體轉動摩擦聲）
3 溜達　　　4 飢腸轆轆

20 正答：2 平常都是穿圍裙做菜。
1 牛仔褲　　2 圍裙
3 熨斗　　　4 遙控器

21 正答：4 他是我姊姊的兒子，也就是我的外甥。
1 伯父、叔父、舅父
2 姪女、外甥女
3 堂兄弟姊妹、表兄弟姊妹
4 姪子、外甥

22 正答：4 把青菜放在砧板上剁碎。
1 菜刀　　　2 茶杯
3 飯勺　　　4 砧板

23 正答：2 木村先生既英俊說話又有趣，所以很受女性的歡迎。
1 邀請　　　2 受歡迎
3 憧憬　　　4 交往

24 正答：4 這間圖書館，身體不方便的人也可以安心使用。
1 不便利的
2 壞心眼的
3 不合適的
4 不方便的、殘疾的

25 正答：2 鈴木先生最近被情人給甩了，很沒精神。
1 被貼　　　2 被甩
3 被減　　　4 被挖

### 問題 4

26 正答：3 因為這條道路堵塞了，走別條吧！
1 猶豫、迷路
2 危險
3 擁擠
4 修正

27 正答：2 已經要外出了，請快點準備。
1 吃完　　　2 準備
3 洗滌　　　4 整理

28 正答：1 來日本之後，體會了各式各樣的經歷。
1 各種的
2 不可思議的
3 亂七八糟的
4 有趣的

29 正答：2 那兩個人簡直就好像姊妹般一模一樣。
1 適合、相配
2 相像
3 不同
4 意氣相投

30 正答：4 在眾多人的面前演講，緊張得不得了。
1 興奮　　　2 哭
3 高興　　　4 緊張

### 問題 5

31 正答：4 平衡
4 攝取營養均衡的飲食很重要。

32 正答：4 高漲、隆起

　　　　4　昨天的宴會，由於遊戲和卡拉 OK 使氣氛<u>高漲</u>。

33 正答：3 熱中

　　　　3　那是我孩提時<u>熱衷</u>讀的書。

　　　! **夢中になる**：熱衷於～。

34 正答：4 本來

　　　　4　我<u>本來</u>就不喜歡他，現在更討厭了。

35 正答：4 匯寄生活費

　　　　4　在東京開始工作之後，每個月都<u>寄生活費</u>給母親。

# 言語知識｜文法・讀解

## 問題 1

1 正答：2 「好，明天<u>可</u>絕對要早起。」「大概做不到吧！」

　　　! 正確答案 2 的「～こそ」表「～才是、～才能」的意思。1 的「ばかり」表「只有、剛剛」的意思，也有「大約、將要」的意思。3 的「しか」表「只、僅」的意思。

2 正答：3 英語是全世界<u>通行</u>的語言。

　　　! 正確答案 3 的「話される」表「說」的被動用法。在此為沒有明確動作主體的用法。

3 正答：2 他很可愛，<u>簡直就像</u>女孩子一樣。

　　　! 正確答案 2 的「みたい」表「像～一樣」的意思，常與「まるで」（宛如）搭配使用。1 的「よう」若變成「のよう」即可接續。3 的「そう」在此接續和意思都不對。4 的「らしい」不可和「まるで」搭配使用。

4 正答：1 <u>正當要外出時</u>，電話響了。

　　　! 正確答案 1 的「動詞意向形＋としたとき」表「正當要～的時候」的意思。

5 正答：1 我完全<u>忘了</u>明天有考試，怎麼辦？

　　　! 正確答案 1 的「動詞＋の」為將動詞名詞化的表現。

　　　「～を忘れる」：忘記～。

6 正答：3 <u>一提到</u>日本的食物，就會想到壽司吧！

　　　! 正確答案 3 的「名詞＋といえば」表「一提到～（就會想到～）」的意思。2 的「～ならば」表「如果～」的意思。4 在此接續錯誤，無此用法。

7 正答：3 艾倫先生是個外國人，日語<u>卻</u>說得很好。

　　　! 正確答案 3 的「～にしては」意思是「雖說是～」，表與某情況不符。2 的「～になったら」表「變成～」。4 的「～にとって」表「對～來說」的意思。

8 正答：4 <u>託</u>老師的<u>福</u>考試合格了。謝謝您。

　　　! 正確答案 4 的「おかげで」表「託福、幸虧」的意思。1 的「せいで」表「～害的」「～導致的」。3 的「よって」前要加「に」接續，表「因～」的意思。

9 正答：3 下個月要調<u>到</u>大阪<u>了</u>。

　　　! 正確答案 3 的「なります」表與自己意志無關的「結果」。

10 正答：1 <u>用不著</u>那麼擔心，一定可以很順利的。

　　　! 正確答案 1 的「～ことはない」表「用不著～」的意思。

11 正答：1 那個人<u>相較於</u>他的年紀，看起來很年輕。

12 正答：2 昨天晚上開著電視睡著了。

⚠ 正確答案 2 的「まま」表「一直～沒變、原封未動」的意思。1 的「ながら」要用動詞ます形＋ながら，表「一邊～，一邊～」的意思。3 的「つつ」也是用動詞ます形＋つつ，表「一邊～，一邊～」的意思。

13 正答：3 他無論再怎麼喝酒，臉色也不會變。

⚠ 正確答案 3 的「いくら～でも」表「無論～，也～」的意思。

## 問題 2

14 正答：2 辞書で　いくら　調べ　ても
★
わから　ないから、先生に聞いた。
無論怎麼查字典也不懂，所以問了老師。

15 正答：4 今日の作文は　辞書を　使わ
★
ず　に　書いてください。
今天寫作文請不要使用字典。

16 正答：3 こちらは焼き　たて　の
パン　です　よ。
★
這是剛烤好的麵包喔。

17 正答：2 選手たちは　ひどく　疲れ
★
きった　ようす　で戻ってきた。
選手們一副精疲力盡的樣子回來了。

18 正答：3 毎日30分は運動　する
こと　に　して　います。
★
每天做30分鐘的運動。

## 問題 3

### 第一次化妝

Jenny Lin

我在我的國家的時候完全不化妝。可是，日本女性都會化妝。有一天，我對大學的朋友說：「日本女孩子都很漂亮」。於是，那個朋友說：「那是因為化妝的緣故，林小姐要不要也化妝看看？」

所以我第一次化了妝。雖然覺得很害羞，但心噗通噗通地跳。化了妝的臉簡直好像不是自己一樣。朋友也稱讚說非常美麗。

19 正答：2 化粧をしています：化著妝、有上妝。

20 正答：3 きれい：漂亮、美麗。

21 正答：2 ～みませんか：為「みる」的否定疑問，表「不試看看嗎？」的意思。

22 正答：1 それで：表「所以」的意思。

23 正答：3 みたい：表「像～一樣」的意思。

## 問題 4

（1）

高橋先生
　　很抱歉用郵件聯絡。
　　好久不見了。你好嗎？
　　我想你應該已經適應宮崎的生活了。
　　對了，我們今年也決定辦班級聚會。
　　去年大家去看煙火大會，今年由於很難得，所以我和大家想去宮崎。
　　高橋先生你家附近如果有好的場所請務必告訴我。
　　請多多指教。
　　　　　　　　　　　　　　　　　　　池田紀子

24　正答：1　電子郵件的收件對象是什麼樣的人？
　　　　　　　　1　最近搬過家的人

（2）

　　在日本隨著老年人的比率增加，所謂「長期臥病在床」的老年人也日趨增加。這是指老年人因疾病而倒下，便從此臥床而無法再次站起來的狀態。有人批評說，造成這樣的原因是因為照顧病人的人讓老年人「一直臥床」所致。

25　正答：3　文中所謂的「批評」是指批評誰？
　　　　　　　　3　照顧老人的人

（3）

　　現在想學茶道的女性增加了。但是茶道有很多的流派。在學茶道之前必須決定自己想學的是哪個流派。如果只是想學茶道的禮儀和泡法，也有意見認為不管是哪個流派都好。但是如果你是真正想要學茶道，就必須決定自己想學的流派。一旦開始學了，就算覺得和自己不合，中途改變流派，是相當失禮的事。

26　正答：3　作者的意見為以下何者？
　　　　　　　　3　想要學茶道的話，必須先決定師事的流派。

（4）

　　貓熊開始在日本公開亮相了。但是貓熊不被人所知的一面很多。首先，「Panda」這個名字的語源來自尼泊爾語，意思是「吃竹子的生物」，這是日本和英語國家的通稱。在原生地的中國則稱為「熊貓」。而且，大貓熊的主食為什麼是竹子呢？據說是二千五百萬年前，大貓熊曾有過各式各樣的祖先，但是在生存競爭中活下來的，是在深山當中以竹子為主食的種類。因此現在大貓熊的食物有99%是竹子。而因為竹子的營養少又難以消化，所以必須吃很多。

27　正答：4　為什麼大貓熊的主食是竹子？
　　　　　　　　4　因為大貓熊直接的祖先是吃竹子的種類。

## 問題 5

（1）

　　日式涮涮鍋、壽喜燒……能夠同時攝取肉類、魚類，以及大量蔬菜的火鍋，非常的健康。但是要小心調味和材料的選擇，否則原本應該很健康的火鍋，也可能變成不健康的高卡路里（註1）料理。首先，作為主角的肉和魚要挑脂肪少的部位。然後，覺得味道不足時，菇類、牛蒡或胡蘿蔔等根莖類食材都可以派上用場。這些食物都能熬出好的湯汁以增加美味，而且嚼勁十足，令人有滿足感。而且，根莖類能溫暖身體，菇類也是能提高免疫力的食材，可以預防感冒。

　　此外，吃火鍋時的沾醬（註2）熱量意外地高，這點也需要注意。比較基本的是不沾醬而使用有濃稠湯汁的火鍋。假如一定要沾醬的話，推薦使用酸橘醋比較好。

（註1）卡路里：營養成分，在此指脂肪成分
（註2）沾醬：吃的時候用來沾肉和蔬菜的調味醬

28　正答：2　為了不要使火鍋變成不健康的料理，需要注意什麼？
　　　　　　　　2　避免脂肪含量高的材料。

29　正答：2　「菇類、牛蒡或胡蘿蔔等的根莖類食材都可以派上用場」請問下列何者不是文章中所舉出的理由？
　　　　　　　　2　價格便宜，容易買到。

| 30 | 正答：4 | 作者認為什麼火鍋好？ |
| | | 4　放入脂肪少的肉和魚的低卡路里火鍋。 |

（2）

之前被學生問到「演員」和「藝人」的不同，我無法馬上回答。最近娛樂工作者也有各式各樣的稱呼，令人搞不清楚。基本上「演員」是指以演出電視連續劇、電影、舞台為中心的人。「藝人」則是指活用其個性特質，以「綜藝節目」（註）演出為主的人。但是由於最近演員參與綜藝節目的演出、或藝人參加連續劇的演出也屢見不鮮，所以只有這樣的定義並不是很完整。

因此，我認為再加上一些說明，好比能演好連續劇等作品的各種角色人的為「演員」，不管是哪一個作品都扮演同樣的角色，把個人特質完全發揮出來的人為「藝人」。像這樣，大概學生也會同意吧！

（註）綜藝節目：以談話和遊戲為中心的娛樂節目

| 31 | 正答：1 | 筆者對於「演員」和「藝人」之差異的問題，為何無法馬上回答？ |
| | | 1　娛樂工作者的稱呼有很多，作者不了解每一個的正確定義。 |

| 32 | 正答：2 | 「只有這樣的定義並不完整」筆者這樣認為的理由是什麼？ |
| | | 2　因為最近「演員」做藝人的工作，「藝人」也做演員的工作。 |

| 33 | 正答：4 | 結果筆者說「演員」和「藝人」的定義是什麼？ |
| | | 4　不管是演出哪一部作品都表現出相同的特質的是「藝人」，而依作品不同詮釋角色的是「演員」。 |

## 問題 6

貓有時候會在主人的面前翻倒，做出讓主人看到牠的肚子的姿勢。狗做出這樣的姿勢時，一般被稱為是表示「對對方的服從、投降」。但是如果是貓又表示什麼呢？

全身為柔軟的毛所覆蓋的貓，一被攻擊，最弱的部分就是毛很稀疏的腹部。想像一下現實中的貓打架。貓以拳頭或尖銳的牙齒互相攻擊，當勝負底定時，有一方就會放低姿勢，讓對方看牠的肚子。當然如果繼續保持這個姿勢的話，肚子有可能會受到攻擊而受重傷，所以在下一瞬間，放低姿勢的那一方就會急忙逃走。也就是說，貓和狗一樣「讓人看肚子」可以認為是表示服從或投降的意思。

然而，當主人躺在地板上讀雜誌時，貓在身旁翻倒，讓主人看到肚子，這並不是「服從、投降」之意，而被認為是表示「我最喜歡你」的愛的表現。要露出自己重要的肚子，如果對飼主沒有完全的信賴是做不到的。也可以說對飼主的愛是很（　①　）。

（出自和貓咪快樂生活之會《有趣地了解貓咪的心情之書》一部分改編）

| 34 | 正答：2 | 這篇文章的標題哪一個適當？ |
| | | 2　「關於貓的心情」 |

| 35 | 正答：3 | 貓打架決勝負時會怎麼樣？ |
| | | 3　輸的貓會放低姿勢，讓對方看肚子。 |

| 36 | 正答：4 | 貓讓飼主看肚子是什麼心情呢？ |
| | | 4　對飼主感到愛。 |

| 37 | 正答：1 | 填入（　①　）的適當詞語為何？ |
| | | 1　強烈的 |

## 問題 7

原田先生住在茜市隔壁的市。下個星期六的下午，想帶兩個讀小學的兒子去茜市市民運動中心。

| 38 | 正答：1 | 原田先生去茜市市民運動中心可以從事的運動為下列何者？ |
| | | 1　游泳池和桌球 |

**39** 正答：2　原田一家人使用體育館後，總共要付多少錢？

　　　　2　650 日圓

---

# 茜市市民運動中心

**一般民眾能使用的時間**

| | 體　育　館 | | | 游　泳　池 | |
|---|---|---|---|---|---|
| | 上午<br>9:00 ～<br>12:00 | 下午<br>13:00 ～<br>17:00 | 晚上<br>18:00 ～<br>21:00 | 上午・下午<br>9:00 ～<br>17:00 | 晚上<br>18:00 ～<br>21:00 |
| 一 | 休息時間 | | | | |
| 二 | | 籃球 | 羽球 | ○ | |
| 三 | 桌球 | | | | ○ |
| 四 | | 羽球 | 桌球 | ○ | |
| 五 | 羽球 | | | | ○ |
| 六 | | 桌球 | 籃球 | ○ | |
| 日 | 羽球 | | | ○ | ○ |

　1　不論是否是茜市的市民都可使用。
　2　體育館請務必更換室內用的鞋子。
　3　游泳池請務必著泳裝及泳帽。

**費用**

・ 體育館　　成人（高中生以上）：350 日圓（200 日圓）

　　　　　　中小學生：150 日圓（100 日圓）

・ 游泳池　　成人（高中生以上）：600 日圓（400 日圓）

　　　　　　中小學生：300 日圓（200 日圓）

＊（　　　）指茜市市民的費用。

〈注意〉

・ 小學生於夜晚（18:00 以後）不可以使用。

# 聽解

## 問題 1

### 1 ばん MP3 058

男の人と女の人が、明日の出張について話しています。男の人が明日持って行くものは何ですか。

F：明日は直接出張先へ向かうんですよね。忘れ物がないように、準備をしっかりしておいてくださいね。

M：はい、パソコンやカメラを今日家へ持って帰って、明日そのまま持っていこうと思うんですが、よろしいでしょうか。

F：それは荷物が多くなって大変ね。パソコンならここから持っていかなくても向こうの会社のを使わせてもらったら？他に商品見本なんかも持参しなきゃいけないし、持ちきれないんじゃない？

M：うーん、使い慣れたものを向こうでも使いたいんですよね。あ、じゃあ家にある小さいパソコンを持っていくことにします。

F：そう？少しでも軽くなればいいけどね。あ、それに携帯電話にもカメラ機能があるわけだし、それもわざわざ必要ないんじゃない？

M：はい、できるだけ少なくてすむように、そうしてみます。

男の人が明日持って行くものは何ですか。

男士和女士針對明天的出差在談話。男士明天要帶什麼東西去？

女：明天要直接前往出差的地點。要好好地準備，不要忘記帶東西喔！

男：我想今天把電腦和相機帶回家，明天直接帶去可以嗎？

女：行李太多，太累了吧！電腦的話可以不用從這裡帶，用那邊公司的不就好了嗎？還有商品的樣品要帶，帶都帶不完了吧？

男：嗯，我想在那邊用用慣的東西。那我帶家裡用慣的小電腦去好了。

女：這樣啊？能減輕一點也好。啊，而且手機也有相機的功能，那也沒有必要特別帶去不是嗎？

男：好的，我會儘量（把要帶的東西）減到最少。

**男士明天要帶什麼東西去？**

ア　　　　　ウ　　　　　エ

正答：2

### 2 ばん MP3 059

男の人と女の人が携帯電話料金の支払いについて話しています。女の人はまずどこに聞いてみると言っていますか。

F：携帯電話料金の支払いって、普通月初めに通知が来て、15日ぐらいが支払い期限よね。

M：うん、まあ携帯電話会社にもよるけどね。

F：私のは毎月そんな感じなんだけど、今

月は今になってもまだ通知が来ないのよ。携帯の会社に聞いてみたほうがいいかしら。

M：そうだね。電話を買った店でもいいんじゃない？あ、それとも、この前引っ越したって言ってたじゃない？前住んでいたアパートに送られてるってこともあるから、前の大家さんにも聞いてみたら？

F：先月のはちゃんと今のところに送られてきていたから、それはないと思うんだ。帰る途中に店の前通るから、ちょっと寄って聞いてみるわ。

**女の人はまずどこに聞いてみると言っていますか。**

男士和女士針對付手機費用在談話。女士說要先問哪裡？

女：手機費用的支付，一般通知單是月初會來，支付的期限是 15 日左右吧！

男：對，但也要看手機的公司。

女：我的手機帳單大概也是每月這個時間（寄到與付款），但這個月至今尚未寄到。我是不是向手機公司問看看比較好……

男：是啊。也可以問妳買手機的店吧？啊！還是，妳不是說之前搬了家嗎？也可能寄到你之前住的公寓吧，跟妳之前的房東問看看？

女：上個月分就寄到現在住的地方了，所以我想不可能。回家途中會經過手機店，順便去問一下吧。

**女士說要先問哪裡？**

1. 手機公司
2. 買手機的店
3. 之前住的公寓
4. 房東

正答：2

## 3ばん 🎧 MP3 060

男の人が女の人と話しています。男の人はいつから英会話スクールに通いますか。

M：仕事のあと、夜の時間を利用して英語の勉強でも始めようかなと思ってるんだ。

F：へえ、いいじゃない。学校か何かに通うの？

M：うん。ひとつ会社の近所に新しくできた英会話スクールがあって、今月末まで入会金無料キャンペーンをやっているんだ。

F：へえ、お得じゃない。早速説明聞きに行ってみたら？

M：そうだね。ここんところちょっと残業が多いから、授業を受けられるのは来月になりそうなんだけど。

F：先に申し込みをしておけば、入会金払わなくてもいいかもしれないし。

M：うん、今日行ったらそれも聞いてみるよ。

**男の人はいつから英会話スクールに通いますか。**

男士和女士在說話。男士從何時開始上英語補習班？

男：工作結束之後，我想要利用晚上的時間開始學英語。

女：哇！很好啊！你要去學校或什麼地方上課嗎？

男：嗯。公司的附近開了一家新的英語會話

補習班，到這個月月底有免入會費的優惠活動。

女：哇！很划得來呢！馬上去聽聽看説明吧？

男：也對。但最近常加班，要下個月才有空去上課。

女：先申請的話，或許就可以不用付入會費。

男：嗯！今天去時也問看看。

**男人從何時開始上英語補習班？**

1. 從今天開始
2. 從今晚開始
3. 從這個月月底開始
4. 從下個月開始

正答：4

### 4 ばん　MP3 061

男の人と女の人が話しています。女の人は今日家に帰ってから、何をしなければなりません。

M：リーさん、さっき先生が話していたレポートなんだけど、どうやって書けばいいのか、ちょっと僕よく分からないんだよね。

F：来週までのレポートのこと？そうね、ちょっと手がかかりそうね。やっぱりまず参考になる本とかを見つけることが先かしら？

M：インターネット上でも何かヒントになるものを探してみなきゃいけないかも。

F：あ、確か去年先輩が書いたレポートが家にあったはず。今年の授業にも役立つかもって、先輩がくれたのよ。えっと、どこに置いたかな……？

M：ああ、それは書き方の見本になりそう

だね。ネットや本で参考になりそうなものは僕が見つけておくから、お互い協力して情報交換しようよ。

F：わかった。がんばっていいもの完成させましょう。じゃ、私も見つけておくわ。

**女の人は今日家に帰ってから、何をしなければなりませんか。**

男士和女士在説話。女士今天回家後必須做什麼？

男：李同學，剛剛老師説的報告，要怎麼寫，我不太清楚耶。

女：那個到下週截止的報告嗎？對啊，好像需要花點工夫呢。還是先找找能參考的書之類的吧？

男：或許也必須上網找尋一些線索。

女：啊！我家應該有去年學長寫的報告。學長説或許對今年的課會有幫助，所以給我了。我想想，我放到哪裡去了……？

男：啊！那好像可以作為寫法的範本。我負責在網路上或書上找一些可以參考的東西，我們互相合作交換情報吧！

女：我知道了。好好加油完成好的作品吧！我也去找學長的報告。

**女士今天回家後必須做什麼？**

1. 和學長商量
2. 找值得參考的書
3. 找去年的報告
4. 上網找情報

正答：3

### 5 ばん　MP3 062

男の人が描いた絵を先生に見せています。男の人は絵のどこを直せばいいですか。

M：先生、ちょっと私のを見ていただきたいんですけど。

F：うん、かなり完成に近付きましたね。この辺の草花も生き生きしていて、生命力が感じられますよ。空も大きく描かれていて、広がりのある絵に仕上がっています。

M：ありがとうございます。もう少し手前の木を増やしたほうがいいかなと思ってるんですが。

F：うーん、それもいいけど、手前より奥のほうに手を加えてみてはどうでしょう。空に雲がないのが少し気になるかな……。ほら、こんな感じで。

M：ああ、なるほど。そう描けばいいんですね。

F：ここが描けたら、あとは色を塗って仕上げていけばいいわ。この調子でがんばって。

M：はい、そのように進めます。ありがとうございました。

**男の人は絵のどこを直せばいいですか。**

男士讓老師看他的畫。男士需要修改畫的哪裡？
男：老師，請您看一下我的畫。
女：嗯！離完成很接近了。這邊的花草也栩栩如生，我可以感覺到生命力喔。天空也畫得很廣闊，是一幅很有想像空間的畫。
男：謝謝。我在想……近景的樹是不是再增加一些會比較好。
女：嗯！那也不錯，不過與其加在這裡，不如遠景的地方再增加一點東西看看，你覺得如何？天空沒有雲我覺得有點……看，像這樣的感覺。
男：啊！原來如此。這樣畫就行了呢！

女：畫好這邊，之後只要塗上顏色完成它就行了。就這樣加油！
男：好！我會照做，謝謝您！

**男士需要修改畫的哪裡？**
1. 在近景畫上花草
2. 在天空補上雲
3. 在遠景增加樹木
4. 加上一點顏色
正答：2

### 6 ばん 🎧 MP3 ▶ 063

母親が息子に頼んでいます。息子は何をしに行きますか。

F：健二、ゲームしてるんなら、ちょっとお願いしてもいいかしら。

M：え？お母さん何？

F：夕飯の支度をしてるんだけど、ちょっと卵を買ってくるのを忘れちゃってね、今お母さん、手が離せないから、健二、行ってきてくれない？

M：あ、うん。1パック買ってくればいいんでしょ。

F：2〜3個だけでいいのよ。だから下のおばあちゃんにもらってきて。昨日確か、冷蔵庫にけっこうあったと思うのよ。

M：おばあちゃん？さっき買い物行くって出かけちゃったよ。

F：帰ってきたら言っとくから、早く取ってきて。二世帯住宅ってこういうときに便利ね。

M：うん、じゃあ3個でいいんだね。

**息子は何をしに行きますか。**

母親正交代兒子辦事。兒子要去做什麼事呢？

女：健二，既然你在打電動的話，拜託你一下。

男：咦？媽，要做什麼？

女：我正在準備晚飯，但忘了買蛋，我現在走不開，你可以幫我去一下嗎？

男：啊，好！買一盒就行了吧！

女：2～3個就行了。所以你跟樓下的奶奶拿。我記得昨天冰箱還有很多的。

男：跟奶奶拿？她剛剛說要去買東西，所以出去了喔！

女：她回來了我會告訴她的，趕快拿來。兩代同住型的住宅在這個時候就很方便呢！

男：嗯！那麼我拿3個就好了吧！

兒子要去做什麼事呢？

1. 去奶奶家的廚房拿蛋
2. 代替媽媽去買蛋
3. 去奶奶家玩
4. 去超市買東西

正答：1

## 問題2

### 1ばん MP3 064

男の人と女の人が電話で話しています。女の人が大学を休学したのはどうしてですか。

F：もしもし？

M：もしもし、井上ですけど、西山さん？

F：ああ、井上君、久しぶり。

M：久しぶりって、どうしたの？最近授業来てないなと思ったら、大学、やめちゃったんだって？

F：うん、そうなのよ。連絡せずにごめんね。ちょっと実家に戻ることになって。

M：実家って、確か青森だよね？何かあったの？

F：うん、父が自営業なんだけど、「最近忙しいからお前も帰ってきて手伝ってくれないか」って、前々から言われてたのよね。

M：大学休学してまで、しなきゃいけないことなの？

F：もし機会があったら地元の大学に転入っていうこともできるみたいだし。

M：そうなんだ。いろいろ考えてのことなんだね。

**女の人が大学を休学したのはどうしてですか。**

男士和女士通電話。女士為什麼休學了呢？

女：喂？

男：喂，我是井上，妳是西山同學嗎？

女：喔，井上，好久不見了。

男：好久不見，妳怎麼了？我才想最近妳怎麼沒來上課，聽說妳大學不讀了？

女：嗯，對啊。沒跟你聯絡很抱歉。我回老家了。

男：妳老家，是在青森吧？怎麼了？

女：嗯，我爸爸是自己開公司，之前他就一直跟我說：「最近很忙，所以妳能不能回來幫忙？」

男：有到必須休學的地步嗎？

女：如果有機會的話，好像也可以轉入當地的大學。

男：這樣啊！原來是經多方考慮後的結果啊。

**女士為什麼休學了呢？**

1. 因為必須從老家回來
2. 因為要和父親一起工作
3. 因為大學停課
4. 因為要轉入當地的大學

正答：2

## 2 ばん MP3 065

男の人と女の人が話しています。男の人はどうして女の人にメールを送らなかったのですか。

M：すみません、急にお時間とっていただいて。

F：いえ、どうぞお入りください。メールとかでよかったのに……。

M：今回せっかく誘っていただいたのに、こちらの都合でごいっしょできなくなってしまい、本当にすみませんでした。

F：それはしょうがないわよ。ご丁寧に、謝りに来てくれたの？

M：あ、それで、これ、お返ししなきゃと思って。

F：ああ、チケットね。わざわざ持ってきてくれたんだ。ありがとう。

M：いいえ、近くまで来たものですから。ではまた今度はぜひごいっしょさせてください。

F：ええ、こちらこそ。

**男の人はどうして女の人にメールを送らなかったのですか。**

男士和女士説話，男士為什麼沒有寄電子郵件給女士？

男：不好意思！突然過來打擾您。

女：沒關係，請進。其實你寫 mail 給我就可以了説……

男：這次承蒙您邀請我，可是因為我時間無法配合不能一起去，實在很抱歉。

女：那也沒辦法啦。你特別來跟我道歉的嗎？

男：啊，然後我想這個也要還您才行。

女：喔！是票啊！謝謝你特地拿過來。

男：不，我剛好來到附近。下次請務必讓我同行。

女：哪裡，我才是。

**男士為什麼沒有寄電子郵件給女士？**

1. 為了將票交給她
2. 為了邀請她
3. 因為只寫電子郵件很失禮
4. 因為今天不方便

正答：1

## 3 ばん MP3 066

店で男の人と女の人が話しています。女の人はこの商品が売れないのはどうしてだと言っていますか。

M：うーん、せっかくの新商品なんですけど、売れ行きがどうもよくなくて。どうしてなんでしょうか。

F：あ、これ？そうねえ、色やデザインもかなり新鮮なのにね。

M：お客さんが目にしたときの反応も、そう悪くなさそうなんですが、なかなか手に取ってもらうまでにはいかないんですよ。

F：手に取ってもらうまで、か……。確かに目立って物珍しさはあるけど、家に飾っておくには派手なのかもね。

M：ああ、店のお客さんは、若い人より中高年層の方々のほうが多いかもしれません。

F：伝統的な、こういう今まで見慣れているような形や色のほうが、やっぱり

安心して買っていかれるんじゃない
かな、こういう装飾品って。

M：なるほど、そうかもしれませんね。

**女の人はこの商品が売れないのはどうして
だと言っていますか。**

男士和女士在店裡説話。女士説為什麼這商品
賣不好？

男：嗯……好不容易推出了新商品，但銷售
　　狀況卻不太好，到底是為什麼呢？

女：啊，這個？對啊……明明顏色和設計都
　　相當的新穎。

男：客人看到時的反應好像也不壞，但是就
　　是不會拿起來看。

女：拿起來看……這個確實是很醒目，也很
　　少見，但如果是要裝飾在家裡或許太華
　　麗了。

男：啊～店裡的客人，中老年齡層的人可能
　　比年輕人多。

女：像這樣的裝飾品，比較傳統的，形狀、
　　顏色不那麼突出的，他們比較可以安心
　　購買吧？

男：原來如此。或許真的是這樣呢！

**女士説為什麼這商品賣不好？**
1. 因為顏色和樣式太古老了
2. 因為年輕人沒反應
3. 因為不稀奇
4. 因為和來店裡的客人的喜好不合
正答：4

**4 ばん** MP3 067

**女の人が話しています。女の人がお見舞
いに行くとき気をつけていることは何で
すか。**

F：病院などへお見舞いに行く際には、到
　着時間を先にお伝えしておくように
　しています。何かの検査で病室にい

なかったり、着替えやお風呂などで
見舞い客に来てほしくない時間帯も
あると思うんです。前もってお伺い
を立てて、その時間ちょうどに行く。
遅刻しそうならば、いっそのこと行
くのをやめるか、別の日に改めたほ
うがいいでしょう。そして、長居は
禁物です。

**女の人がお見舞いに行くとき気をつけてい
ることは何ですか。**

女士正在説話。女士去探病時會注意的事情是
什麼？

女：去醫院探病的時候，我會先告知抵達的
　　時間。那是因為我想病人可能會有因為
　　做檢查不在病房，或者正在換衣服、洗
　　澡而不希望客人來探望的時候。所以，
　　探病時應該事先詢問而且要準時到。要
　　是快要遲到的話，不如不要去，或改天
　　再拜訪比較好吧。另外也忌諱待太久。

**女士去探病時會注意的事情是什麼？**
1. 為了不要遲到而提早去
2. 在事先告知的時間去，且不久留
3. 在對方的身體狀況惡化之前去
4. 快要遲到的話就先打電話通知
正答：2

**5 ばん** MP3 068

**男の人が話しています。男の人はこのレス
トランの人気があることについて、理由は
何だと言っていますか。**

M：ついつい入ってしまいたくなるこのレ
　ストラン。うまくて安いというのは
　もちろんですが、それを売りにした
　店は他にもたくさんあるんです。こ

こは居心地のよさがあるんじゃないかな？広くない店内だけど、どこか温かくて落ち着く場所。店長さんも明るく親しげに話しかけてくれますし。

**男の人はこのレストランの人気があることについて、理由は何だと言っていますか。**

男士正在説話。男士説這家餐廳很有人氣的原因是什麼？

男：這家餐廳會讓人自然而然就想進來。好吃又便宜是一定要的，但以這為賣點的店也很多。而這裡是因為給人很舒服的感覺吧？雖然店內不是很寬敞，但讓人感到溫暖和閒適。店長也很開朗，會很親切地和我們説話。

男士説這家餐廳很有人氣的原因是什麼？
1. 店裡的氣氛很好
2. 料理很好吃
3. 價格很便宜
4. 店裡很寬敞
正答：1

**6 ばん** 🎧 MP3 069

**女の人が仕事について話しています。この女の人が大切だと思っていることは何ですか。**

Ｆ：いろいろな料理を作ってきましたけど、味を工夫するのは当たり前、多くの同業者がやっていること。なんか私だけの特徴を出さなきゃなって思ったとき、目で料理を楽しむって言葉を聞いたんです。あ、これだって思いましたよ。味だけじゃなく、こういうのも大切なんだなって。

**この女の人が大切だと思っていることは何**

ですか。

女士在談自己的工作。這位女士認為什麼很重要？

女：我做過各種的料理，當然在味道上要下工夫，這是許多同業在做的事。當我覺得必須要有我自己的特色的時候，我聽到了「用眼睛享受料理」的説法。我就想：「啊！就是這個！」不只是味道，這也很重要。

這位女士認為什麼很重要？
1. 和同業保持良好關係
2. 重視最基本的味道
3. 重視料理的視覺效果
4. 享受做料理的樂趣
正答：3

**問題3**

**1 ばん** 🎧 MP3 070

**男の人が女の人のところへ来て話しています。**

Ｍ：すみません、遅くなりました。えっと、パソコン、どれですか？

Ｆ：あー、お忙しいのに急に呼んだりしてすみませんね。外、暑かったでしょう。冷たいものでも飲んで休憩して。すぐ入れるから。

Ｍ：あ、お構いなく。直したらまたすぐもどらなきゃいけないんで。

Ｆ：それがね、さっきちょっと触ってみたら、問題なくちゃんと動いてくれて……。修理しなくてもよさそうなの。

Ｍ：え？そうなんですか？

Ｆ：うん、ごめんなさいね、わざわざ来て

くれたのに。だからせめて、ちょっとソファーで休んでいってよ。はい、ジュース。

M：あ、はあ……。

**男の人は、もともと何をするつもりで来たのですか。**

1. 暑いので休憩をしに来た
2. 女の人のコンピューターを修理しに来た
3. 壊れたソファーを直しに来た
4. 冷たいものを飲みに来た

男士到女士的地方談話。

男：不好意思，我遲到了。咦，是哪一台電腦？

女：啊，你這麼忙還突然叫你來，真抱歉。外面很熱吧！喝點冷飲休息一下。我馬上端上來。

男：啊！請別在意。我修好就得趕快回去了。

女：但是這個，剛剛我又稍微試了一下，沒問題可以用……好像不用修理了耶。

男：咦？是嗎？

女：嗯，對不起，你都特地跑一趟了。所以至少在沙發這邊休息一下吧！請喝果汁。

男：啊，哎……

**男士原本打算來做什麼？**

1. 因為很熱，所以來休息
2. 來修理女士的電腦
3. 來修理沙發
4. 來喝冷飲

正答：2

## 2 ばん 🎧 MP3 071

**女性が男の子に話しかけています。**

F：ひろし君はこうして木を触ったり、組み立てたりするのが好きなの？

M：うん、すっごく楽しい。大きくなったら大工さんになるんだ。

F：へえ、すごいわねー。じゃ、おばちゃんの家も建ててもらおうかな。

M：いいよー。イチローの家を作ったあと、おばちゃんの家を作るね。

F：イチローって、犬のイチロー君？

M：そうだよ。お散歩のあと、そこでお昼寝させるの。

F：ああそう。でもおばちゃんの家は、イチロー君のより大きくしてね。

**二人は何について話していますか。**

1. 女の人が住んでいる家について
2. 男の子が好きな動物について
3. 犬小屋について
4. 男の子の将来の仕事について

女士正與男孩説話。

女：小宏你喜歡像這樣玩木頭，或是組合它嗎？

男：嗯！很有趣！我長大要做木匠。

女：哇！好棒喔！那也幫阿姨蓋房子吧！

男：好啊！等我蓋好一朗的家，就幫阿姨蓋。

女：一朗？是狗狗的一朗嗎？

男：對啊！散步之後，可以讓牠在那裡午睡覺。

女：啊，這樣啊。但是阿姨的家，要蓋得比一朗的大喔！

**兩個人針對什麼在說話？**

1. 關於女人住的家
2. 關於男孩喜歡的動物
3. 關於小狗的房子
4. 關於男孩將來的工作

正答：4

## 3 ばん 🎧 MP3 072

兄と妹の兄妹が話しています。

M：ただいまー。あれ？お前、一人？

F：あ、お兄ちゃんお帰り。遅いから、私先にすませちゃったわよ。

M：ねえ、お母さんは？

F：昨日言ってたじゃない。明日はお父さんとおばあちゃんの家行って、そのまま泊まってくるって。

M：そうだっけ？あー、俺、腹減ったんだけど……。

F：だから、昨日お母さんが用意しておいてくれたの、冷蔵庫に入ってるよ。夜チンして食べなさいって。

M：えっと……、え？これだけ？お前どれだけ食ったんだよ。

F：何よ、ちゃんと残してあるでしょ。……まあ、ちょっとしかないけど。

M：何か一品作れよ。食べ過ぎた罰だ！

F：もう、うるさいなあ。

二人は何について話していますか。
1. 今日の夕食
2. 昨日の食事
3. 料理の作り方
4. 両親の旅行

哥哥跟妹妹在說話。

男：我回來了。咦？只有妳一個人嗎？

女：啊！哥，你回來了。因為太晚了，所以我就先吃了。

男：欸，媽呢？

女：昨天不是說了嗎？明天和爸爸去奶奶家，會在那裡過夜。

男：是嗎？啊！我肚子餓了……

女：所以媽昨天就幫我們準備好了，放在冰箱，叫我們晚上微波一下之後吃。

男：我看看……什麼？就剩這些？妳到底吃了多少啊？

女：什麼嘛！我有留給你耶！……不過，只有一點點就是了。

男：罰妳做一道菜！作為妳吃太多的懲罰，

女：什麼嘛！你很囉嗦耶！

兩個人針對什麼在說話？
1. 今天的晚餐
2. 昨天的飯
3. 料理的作法
4. 雙親的旅行

正答：1

## 問題 4

## 1 ばん 🎧 MP3 073

女の人が男の人に頼んでいます。何と言いますか。
1. 散歩について、コンビニへ行ってきてくれない？
2. 散歩について、買い物をお願いしてくれない？
3. 散歩のついでに、牛乳買ってきてくれない？

女士要拜託男士。這時會怎麼說呢？
1.（無此用法）
2.（無此用法）
3. 散步時，可以順便買牛奶嗎？

正答：3

## 2 ばん 🎧 MP3 074

男の人と女の人が映画を見終わったあと話

しています。何と言いますか。

1. この映画、おもしろくにはいられないね。
2. この映画、感動せずにはいられないね。
3. この映画、見ないことにはないね。

男士和女士看完電影後正在談話。這時會怎麼說呢？

1. （無此用法）
2. 這部電影讓我忍不住感動了。
3. （無此用法）

正答：2

### 3 ばん MP3 075

男の人が鳥を見ながら言っています。何と言いますか。

1. できるものやら飛んでみたいな。
2. 生まれ変われるものなら鳥になりたいな。
3. 飛べるものだから鳥になってやりたいな。

男士一邊看著鳥，一邊說話。這時會怎麼說呢？

1. （無此用法）
2. 要是有來世的話真想當鳥！
3. （無此用法）

正答：2

### 4 ばん MP3 076

母親が息子のテストについて話しています。何と言いますか。

1. 成績、下がる一方じゃない。
2. 成績、下がる反面じゃない。
3. 成績、下がるどころね。

母親正針對兒子的考試在說話。這時會怎麼說呢？

1. 成績愈來愈退步啊！
2. （無此用法）
3. （無此用法）

正答：1

### 問題 5

### 1 ばん MP3 077

M：まだ小さいからって、甘やかしすぎるのは良くないんじゃない？
F：1. 私、甘いものには目がないのよ。
　　2. お砂糖控えめにすればよかったかしら。
　　3. かわいくって、つい、ね。

男：雖說年紀還小，但是太寵不是不好嗎？
女：1. 我很喜歡甜食。
　　2. 砂糖要是（那時）減少一點就好吧。
　　3. 因為太可愛了，所以不知不覺就……

正答：3

### 2 ばん MP3 078

M：いくつぐらい準備しておいたほうがいいかな。
F：1. さあ、信じがたいね。
　　2. うーん、見当がつかないね。
　　3. じゃあ、30分ぐらいでいいんじゃない。

男：要準備幾個才好呢？
女：1. 令人無法相信呢！
　　2. 嗯……我無法推斷呢！
　　3. 那麼，30分左右不就好了？

正答：2

### 3 ばん MP3 079

F：今日の献立は何がいいかしら。

M：1. それなら、バスケットボールでも
　　　する？
　　2. 僕はハンバーグが食べたいな。
　　3. せっかくだから、ハンドバッグで
　　　も買ったら？

女：今天的料理煮什麼好呢？
男：1. 那樣的話，我們要不要來打籃球？
　　2. 我想要吃漢堡排呢！
　　3. 難得的機會，不如買手提包吧？
正答：2

## 4 ばん 🎧 MP3 080

M：すみません、ちょっとやり方がよくわ
　　からなくて……。
F：1. じゃ、引き続きやってみてくださ
　　　い。
　　2. じゃ、まず一通りやってみせます
　　　ね。
　　3. じゃ、やり方を教えてくれる？

男：對不起，我不知道怎麼做……
女：1. 那麼，請繼續試看看。
　　2. 那麼，我先做一遍給你看。
　　3. 那麼，可以教我作法嗎？
正答：2

## 5 ばん 🎧 MP3 081

M：あ、これこれ。加藤さんが書いた記
　　事、載ってますよ。
F：1. 本当？その新聞見せて。
　　2. へえ、どんな味なの？
　　3. もちろん、安全運転でしょう。

男：啊！這個這個！加藤寫的報導被刊登了。
女：1. 真的嗎？讓我看那份報紙！
　　2. 咦？什麼味道？
　　3. 當然是安全開車喔！
正答：1

## 6 ばん 🎧 MP3 082

M：どうしたの？その手の包帯？
F：1. これ？自分で作ってみたんだけ
　　　ど、きれい？
　　2. 友達へのプレゼントなの。
　　3. ちょっと指、切っちゃって……。

男：怎麼了？那隻手怎麼包著繃帶？
女：1. 這個喔？自己做看看的，漂亮嗎？
　　2. 是給朋友的禮物。
　　3. 切到手指了……
正答：3

## 7 ばん 🎧 MP3 083

F：松本君のお兄さん、今日も大活躍だっ
　　たね。
M：1. 兄さえいれば、勝てたのにね。
　　2. 兄のせいで、この結果だよ。
　　3. 兄は僕の誇りだよ。

女：松本的哥哥，今天也很活躍耶！
男：1. 只要有哥哥在，就能打贏的説。
　　2. 因為哥哥的緣故，造成這種結果。
　　3. 哥哥是我的驕傲喔。
正答：3

## 8 ばん 🎧 MP3 084

M：ちょっと実物を見ないことには、わか
　　りかねます。
F：1. はい、絶対に見えません。
　　2. そうしたほうがいいと思います。
　　3. ではすぐお持ちします。

男：不看實物的話，難以了解。
女：1. 是的，絕對看不見。
　　2. 我覺得那樣做比較好。
　　3. 那麼，我馬上拿來。
正答：3

F：何回言ってもわかってくれないんです
よ。

M：1. 君が言うわけにはいかないんだ
ね。

2. 言ってはみたものの効果なしって
ことだね。

3. 言いようがないからだね。

女：不管我説幾次（他）都搞不懂呢！

男：1. 妳不能説呢！

2. 雖然説了但是沒效果呢！

3. 因為實在沒辦法説吧！

正答：2

# 第二回模擬試題解析｜正答表

## 言語知識（文字・語彙）

| 問題 | 1 | 2 | 3 | 4 | 5 | 6 | 7 | 8 | | | |
|---|---|---|---|---|---|---|---|---|---|---|---|
| 1 | 3 | 1 | 4 | 2 | 3 | 2 | 4 | 1 | | | |
| 問題 | 9 | 10 | 11 | 12 | 13 | 14 | | | | | |
| 2 | 4 | 1 | 4 | 3 | 2 | 3 | | | | | |
| 問題 | 15 | 16 | 17 | 18 | 19 | 20 | 21 | 22 | 23 | 24 | 25 |
| 3 | 3 | 1 | 4 | 1 | 4 | 1 | 2 | 1 | 3 | 1 | 3 |
| 問題 | 26 | 27 | 28 | 29 | 30 | | | | | | |
| 4 | 4 | 3 | 4 | 4 | 1 | | | | | | |
| 問題 | 31 | 32 | 33 | 34 | 35 | | | | | | |
| 5 | 2 | 1 | 4 | 1 | 3 | | | | | | |

## 言語知識（文法）・讀解

| 問題 | 1 | 2 | 3 | 4 | 5 | 6 | 7 | 8 | 9 | 10 | 11 | 12 | 13 |
|---|---|---|---|---|---|---|---|---|---|---|---|---|---|
| 1 | 3 | 2 | 1 | 4 | 2 | 1 | 1 | 4 | 3 | 3 | 1 | 2 | 2 |
| 問題 | 14 | 15 | 16 | 17 | 18 | | | | | | | | |
| 2 | 1 | 3 | 1 | 3 | 4 | | | | | | | | |
| 問題 | 19 | 20 | 21 | 22 | 23 | | | | | | | | |
| 3 | 2 | 3 | 1 | 2 | 1 | | | | | | | | |
| 問題 | 24 | 25 | 26 | 27 | | | | | | | | | |
| 4 | 4 | 2 | 3 | 1 | | | | | | | | | |
| 問題 | 28 | 29 | 30 | 31 | 32 | 33 | | | | | | | |
| 5 | 3 | 3 | 3 | 1 | 3 | 4 | | | | | | | |
| 問題 | 34 | 35 | 36 | 37 | | | | | | | | | |
| 6 | 2 | 3 | 1 | 3 | | | | | | | | | |
| 問題 | 38 | 39 | | | | | | | | | | | |
| 7 | 2 | 2 | | | | | | | | | | | |

## 聽解

| 問題 | 1 | 2 | 3 | 4 | 5 | 6 | | | |
|---|---|---|---|---|---|---|---|---|---|
| 1 | 2 | 4 | 1 | 2 | 1 | 2 | | | |
| 問題 | 1 | 2 | 3 | 4 | 5 | 6 | | | |
| 2 | 4 | 3 | 4 | 2 | 1 | 2 | | | |
| 問題 | 1 | 2 | 3 | | | | | | |
| 3 | 3 | 4 | 2 | | | | | | |
| 問題 | 1 | 2 | 3 | 4 | | | | | |
| 4 | 3 | 2 | 2 | 3 | | | | | |
| 問題 | 1 | 2 | 3 | 4 | 5 | 6 | 7 | 8 | 9 |
| 5 | 3 | 2 | 3 | 2 | 1 | 2 | 2 | 1 | 3 |

# 言語知識｜文字・語彙

## 問題 1

**1** 正答：3　看到孩子們的笑容，就變得很有精神。
- ⚠ 笑：音 しょう
　　　　訓 えむ、わらう
　顔：音 がん　訓 かお
　笑顔：えがお，笑臉。發音有連濁現象。

**2** 正答：1　我的父親是公務員。
- ⚠ 公：音 こう
　務：音 む
　員：音 いん
　公務員：こうむいん，公務員。

**3** 正答：4　請在下個轉角右轉。
- ⚠ 右：音 う、ゆう　訓 みぎ
　折：音 せつ　訓 おる
　右折：うせつ，右轉。

**4** 正答：2　數了宴會出席的人數。
- ⚠ 数：音 すう
　　　　訓 かず、かぞえる
　数える：かぞえる，動詞「數」的意思。

**5** 正答：3　因為燈沒有開著，似乎人不在的樣子。
- ⚠ 留：音 りゅう、る　訓 とめる
　守：音 しゅ、す　訓 まもる
　留守：るす，「不在家」的意思。

**6** 正答：2　聽説渡邊先生（小姐）上個月動了胃部的手術。
- ⚠ 手：音 しゅ　訓 て
　術：音 じゅつ
　手術：しゅじゅつ，手術。

**7** 正答：4　明天請務必在 8 點時過來這裡。
- ⚠ 必：音 ひつ　訓 かならず
　必ず：かならず，一定、務必。

**8** 正答：1　那間餐廳很受歡迎，所以必須訂位。
- ⚠ 予：音 よ
　約：音 やく
　予約：よやく，預約、訂位。

## 問題 2

**9** 正答：4　電視看著看著不知不覺就睡著了。
- 1　×　　　　　2　×
- 3　×　　　　　4　睡著
- ⚠ 眠：音 みん　訓 ねむる
　眠る：ねむる，睡著。

**10** 正答：1　調查了河川的水有沒有受到汙染。
- 1　調査　　　　2　×
- 3　搜索　　　4　檢查
- ⚠ 調：音 ちょう　訓 しらべる
　査：音 さ
　調査：ちょうさ，調查。

**11** 正答：4　因為火災房子燒掉了。
- 1　×　　　　　2　×
- 3　×　　　　　4　燒掉
- ⚠ 焼：音 しょう
　　　　訓 やく、やける
　焼ける：やける，動詞「燃燒」的意思。

**12** 正答：3　這條路車子很多，所以還是走天橋吧！
- 1　×
- 2　走路的速度、步伐的寬度
- 3　步道
- 4　×
- ⚠ 歩：音 ほ　訓 あるく
　道：音 どう　訓 みち
　歩道：ほどう，人行道。

**步道橋：ほどうきょう，天橋。**

**13** 正答：2 大家的意見不同是理所當然的。
1 ✕ 2 不同
3 ✕ 4 ✕
⚠ 違：**音** い **訓** ちがう
違う：ちがう，此指「不同、不一樣」的意思。

**14** 正答：3 這台機器是日本製造的。
1 ✕ 2 ✕
3 製造 4 ✕
⚠ 製：**音** せい
造：**音** ぞう
製造：せいぞう，製造。

### 問題 3

**15** 正答：3 把杯子弄倒了，所以裡面的水就灑出來了。
1 溢出 2 鬧
3 灑出 4 積存

**16** 正答：1 因害羞而臉頰變紅。
1 臉頰 2 肚臍
3 睫毛 4 眼皮

**17** 正答：4 這個問題不論怎麼想都完全不懂。
1 不留神 2 全部
3 爽快 4 完全（不）

**18** 正答：1 突然間衝到馬路上是很危險的喔。
1 跑出去、衝出去
2 跳進去
3 飛起來
4 飛起來

**19** 正答：4 因為肚子很餓，所以已經續了好幾碗飯。
1 推薦 2 下酒小菜
3 請客 4 再來一碗

**20** 正答：1 為了新聘員工而舉行面試。
1 雇用 2 設置
3 賺錢 4 懶惰

**21** 正答：2 那個人很小氣，所以絕對不會請客。
1 散漫 2 小氣
3 悠哉 4 糾纏不休

**22** 正答：1 開車的時候一定要繫上安全帶。
1 安全帶 2 方向盤
3 油門 4 引擎

**23** 正答：3 在演講比賽時，緊張到聲音都會顫抖。
1 麻痺 2 凝固
3 顫抖 4 搔癢

**24** 正答：1 為了省錢，盡量不買沒用的東西。
1 沒用的 2 貧窮的
3 厚臉皮 4 生活緊迫

**25** 正答：3 按一下這裡就能把平假名轉換成漢字。
1 輸入 2 插入
3 轉換 4 刪除

### 問題 4

**26** 正答：4 那位女性看到可愛的嬰兒就露出了微笑。
1 搭話 2 抱
3 觸摸 4 微笑

**27** 正答：3 突然間跑出一隻狗來，嚇了一跳。
1 終於 2 剛剛
3 突然 4 一次

**28** 正答：4 今天搭的電車空蕩蕩的。
1 很舊 2 危險
3 擁擠 4 空的

| 29 | 正答：4 | 昨天在電車上錢包**被拿走了**（被偷了）。 |
|---|---|---|
| | | 1 被買了　　2 被撿走 |
| | | 3 被拿著　　4 被偷了 |

| 30 | 正答：1 | 因為有事所以**取消了**旅行。 |
|---|---|---|
| | | 1 取消　　　2 拿出來 |
| | | 3 更換　　　4 安裝 |

## 問題 5

**31** 正答：2 悶熱
2 今天晚上很悶熱，睡不著。

**32** 正答：1 獨生子
1 我是獨生子，所以很羨慕有兄弟姊妹的人。

**33** 正答：4 適合
4 那個髮型非常適合木村。

**34** 正答：1 曖昧、含糊不清
1 他的說明含糊不清，所以我不太了解他想說什麼。

**35** 正答：3 幽默感
3 岡本先生（小姐）人很幽默，總是讓大家很開心。
① 「ユーモアがある」：有幽默感。

# 言語知識｜文法・讀解

## 問題 1

**1** 正答：3 因為我有點不舒服，所以可以**讓**我早點回家嗎？
① 正確答案 3 的「使役形＋てもらえますか」是「可以讓我～嗎？」的意思。1 的「帰(かえ)られて」是被動形或尊敬形，與題意不符合。另外，沒有 4 的「らさせて」的用法。

**2** 正答：2 鋼琴彈得比較好了。
① 正確答案 2 的「～ようになりました」是「本來不是這個樣子，現在變成這個樣子」的意思。這種變化不是一次性或暫時的，而是成為一種逐漸形成習慣的變化。3 的「～ことになりました」是事情自然而然定下來的意思。另外沒有 1 跟 4 的用法。

**3** 正答：1 連小孩子都知道那是謊話。
① 「～さえ」是「連～都～」的意思。前面接名詞時要用正確答案 1 的「で」來接續。

**4** 正答：4 要藉由溝通來解決問題而不是用武力。
① 正確答案 4 的「～によって」是「藉由（依據）～」的意思。1 的「～にのって」是「搭乘（交通工具）」的意思。2 的「～にかんして」是「關於～」的意思。3 的「～にとって」是「對～而言」的意思。

**5** 正答：2 對於運動，比起觀賞，我比較喜歡實際去做。
① 正確答案是 2 的「ほうが」。因為後面接形容詞，要用格助詞「が」來接續。

**6** 正答：1 政治家應該要更傾聽民意才對。
① 正確答案 1 的「～べき」是「（按道理）應當～」的意思。2 的「ほう」是用於對照比較，表「較願傾聽意見的一方」，但此題並非比較。3 的「～ため」是「為了～」的意思。4 的「ところ」原意為「地方、場所」，此處不適用。

**7** 正答：1 大學時代經常和女朋友約會。

⚠ 正確答案 1 的「動詞た形＋ものだ」是「回憶過去」的用法。2 的「～べき」是「（按照道理）應當～」的意思。3 的「～ため」是「為了～」的意思。4 的「～さえ」是「只要～」或「連～都～」的意思。

**8** 正答：4 對住在山裡的人來說，車子是必需品。

⚠ 正確答案 4 的「～にとって」是「對～而言」的意思。1 的「～によって」是「藉由（依據）～」的意思。2 的「～にたいして」是「（針）對於～」的意思。3 的「～にかんして」是「關於～」的意思。

**9** 正答：3 你明明就只是個小孩子，不要用那種狂妄的語氣説話。

⚠ 正確答案 3 的「～くせに」是「明明只是～卻～」的意思。1 的「ものに」沒有這個句型。2 的「～ことに」是「～的是」的意思，前面大多接形容詞。4 的「わりに」有「比較、出乎意料」的意思。

**10** 正答：3 事到如今只好自己做了。

⚠ 正確答案 3 的「しか～ない」是「只有」的意思。1 的「だけ」雖然也是「只有」的意思，但是後面接「ない」意思就不對了。2 的「べき」（當然）也是一樣。4 的「さえ」若與「ない」搭配成「さえ～ない」的話，是「連～都沒有」的意思。

**11** 正答：1 剛剛發生了交通事故。因此電車嚴重誤點。十分抱歉，請您稍待。

⚠ 正確答案 1 的「そのため」是「因此」的意思。2 的「つまり」是「也就是說」的意思。3

的「それから」是「然後」的意思。4 的「なぜなら」是「為什麼（呢）」的意思。

**12** 正答：2 繪畫或雕刻是愈舊愈有價值。

⚠ 正確答案 2 的「ほど」在這裡是「愈～愈～」的意思。1 的「くらい」有「舉例表示程度」的意思。3 的「ほうが」「（兩邊中）這一邊比較～」的意思。4 的「だけ」是「只有」的意思。

**13** 正答：2 自己覺得聽了會不舒服的話，也不應該對別人説。

⚠ 正確答案 2 的「～言わないことだ」是「不應該（不可以說～）」的意思。

## 問題 2

**14** 正答：1 頭は　使え　ば　使う　ほど
★
良くなりますよ。
頭腦愈用會愈好（聰明）喔。

**15** 正答：3 本を　読んで　いる　最中に
★
話しかけ　ないでください。
我正在讀書的時候不要跟我説話。

**16** 正答：1 友だちに、引越しの　手伝いを
して　もらう　かわりに
★
食事をごちそうした。
我請朋友來幫我搬家，然後我請他吃飯作為報答。

**17** 正答：3 山田さんは　まだ　入社
★
したての　社員　なので、何も
できませんよ。
山田是個才剛進公司的職員，所以什麼都不會喔。

18 正答：4 大雨（おおあめ）のせいで くつの
★
中（なか）まで ぬれてしまいました。
都怪大雨，害我的鞋子裡面都濕
透了。

## 問題3

### 賞花

麥可・史密斯

上禮拜朋友來邀我說「一起去賞花
吧！」我問他「咦！賞花嗎？要賞什麼花
呢？」於是，朋友們就邊笑著邊對我說：
「說到賞花的花，當然是櫻花呀。不是向
日葵也不是梅花。」然後，朋友們就向我
說明很多關於賞花的事。但是，我還是不
懂為什麼不是說「櫻見」而是要說「花見」
呢？

19 正答：2 行（い）きましょう：一起去吧。

20 正答：3 すると：於是。

21 正答：1 花（はな）：花。

22 正答：2 ～について：關於～。

23 正答：1 桜見：×。

## 問題4

（1）

連日來氣候炎熱，不知道您近來好嗎？
前些日子承蒙您親切的照顧。
託您的福，讓我們有個非常快樂的旅
行。
能和木村先生（小姐）一起旅行，我
真的覺得非常榮幸。
旅行的照片已經洗好了，所以隨信附
送給您。
下次如果還有機會，期望能再次見面。
請多加保重身體。

24 正答：4 你覺得這是送給誰的信？
4 一起旅行的人

（2）

從前被稱為「知識階級」的「博士」正
面臨求職困難的情形已是時有所聞。博士課程
畢業（取得博士資格）的人，據說一年約有 1
萬人。但是，大學現在幾乎不太延聘正規（專
任）的教師。他們幾乎都只能靠不斷地重複幾
年就要換學校的兼任教師職，才能餬口過生
活。因為將來無法預料，所以根本無法考慮結
婚的事情。像這樣的年輕博士非常地多。

25 正答：2 為什麼博士們大多苦於就業困
難？
2 因為大學沒有延聘專任的教
師。

（3）

有時候我會想，為什麼自己會這麼喜歡劍
道？理由可能是，劍道作為武道的藝術性以及
和同伴練習的快樂時光。但比那更重要的是，
所謂的技巧跟技藝是只要努力就可能達成的。
只要自己有所期望就可以不斷地往前邁進，是
最令人高興的一點。技巧的困難或是寒冬練習
的嚴苛等真的是令人討厭，但在練習的時候，
不知道為什麼總覺得沒那麼辛苦，而且不知不
覺就忘了。然後也因此產生了樂趣。

26 正答：3 這裡的樂趣是指什麼呢？
3 技巧跟技藝進步的樂趣

（4）

把新鮮大顆的草莓用白豆沙餡和綿密的
白色麻糬輕輕地包起來。草莓會因應時節從全
國的產地挑選最新鮮的。草莓的酸味和有著清
爽優雅甜味的白四季豆所做的白豆沙餡是最
搭的。把有著酸味的草莓用微甜的白豆沙餡包
起來，然後外面再用白麻糬包起來之後，就產
生絕妙的味道。我身為店長，對於本店糕點中
最美味的草莓大福相當有信心。

27 正答：1 草莓大福的作法是下列哪個？
1 把草莓用白豆沙餡包起來，
再用白麻糬包覆起來。

## 問題 5

（1）

人們會焦躁、煩惱於職場、學校、以及養育小孩等種種情形。人要在社會上生活，和其他人的往來關係是不可或缺的。因此一旦產生摩擦，人際關係就變得不好，便會感受到壓力。

以下列舉出具代表性的消除壓力的方法。

1. 把精神集中在電影、音樂、電視、漫畫、遊戲等「對自己而言是快樂的事」上面。我想這些是大家都在做的事。
2. 如果朋友和家人等，有人可以成為你商量對象的時候，試著跟他們訴説心事。但是，即使商量，也未必會得到對方的理解。這種時候，有時反而會感到孤獨。
3. 活動身體是一種很健康的壓力解除法，也是我最推薦的。可以是自己覺得最擅長的運動，或是到附近散步也可以。
4. 吃喜歡的東西或是好吃的東西，可以滿足食慾並得到幸福感。但是，要注意不要吃過量。

28 正答：3 人們為什麼有時焦躁有時煩惱呢？
　　3 因為生活在這個社會上，必須和其他人來往。

29 正答：3 「這種時候」指的是什麼時候？
　　3 即使與人商量，對方也不能理解自己心情的時候。

30 正答：3 作者認為哪種消除壓力的方法最好？
　　3 第 3 個方法

（2）

現在，「年輕人不開車」的情形正持續變得普遍。剛開始聽到的時候覺得有點意外。在我們年輕的時候，非常「憧憬」能擁有自己的車子。但是，聽説現在的年輕人不太想要車子。對於不想要車子的理由，我問了 20 多歲的年輕人之後，得到了以下的回應。

A・感覺不到必要性

這個是最大的理由。雖然對車子有興趣，但是因為其它的交通工具很方便，通勤上班、買東西的話，有電車或公車就已經足夠了。

B・花錢

這也是一個很大的理由。就算可以買車，養車的費用也很高。油錢、租借停車場的費用等每年都持續上漲。

C・對將來的不安

最成問題的或許是這個原因也説不定。現在的年輕人，經常對這個社會感到不安，「自己什麼時候要變成什麼樣子都不知道」。所以為了自己的將來，即使是一點點也好總想要先多存一點錢。

31 正答：1 「年輕人不開車的情形」是指什麼事？
　　1 現在的年輕人不太想要擁有車子。

32 正答：3 哪一個不是造成「年輕人不開車的情形」的原因？
　　3 因為有父母親的車，所以沒必要自己出錢買。

33 正答：4 作者認為「年輕人不開車的情形」的原因中，哪一個最嚴重？
　　4 C

## 問題 6

在大眾傳播媒體等報導中，「近來語言的亂象」這個話題經常被拿出來討論，學者們也就此問題發表許多論述。從「亂象」這個觀點來看，已經包含了負面的評價。平常就①看到「那樣的東西」的話，我想或許有很多人對於自己的遣辭用句也變得沒有自信了吧。另外，也有人對於「亂象」這個説法採取相反立場。也就是説，就算措辭有點不同，那又如何？語言這種東西能通不就行了嗎？將錯就錯，反正不過就是個工具罷了。

不過，我要在這裡先辯白一下。②關於這一點和語言學並沒有關係。語言學裡原本就沒有所謂「語言亂象」這種概念。有的只是變化而已。語言不管在任何的時代都在改變。語言學不去評價或批評這種變化是正確或是不正確的。正確或是不正確，要用什麼樣的標準判斷呢？大多數的人都想用自己多年來習慣的語言作為判斷基準。這就叫做自私任性。

當我看到報紙的投稿欄中出現了「最近的日語真令人嘆息」這樣的標題時，③我也只能「哎呀、哎呀」地嘆息。到目前為止沒有一個人的意見讓我感到讚佩，以後也不會有吧。對於這些人為何想要大聲訴説自己個人的意見，實在感到不可思議。

（出自黑田龍之介《語言學入門》部分改寫內容）

**34** 正答：2 「①『那樣的東西』」是指什麼？
2 大眾傳播媒體的報導或學者的意見

**35** 正答：3 「②關於這一點和語言學並沒有關係」是什麼意思？
3 關於「語言的亂象」的問題，在言語學上並無假定的概念。

**36** 正答：1 「③我也只能「哎呀，哎呀」地嘆息」是指什麼樣的心情？
1 厭煩的心情

**37** 正答：3 和這篇文章的內容不合的是哪個？
3 從語言學的角度來看，語言是經常不斷地變化且錯亂的東西。

## 問題 7

**38** 正答：2 若想在這家店買最便宜的冰箱，多少錢可以買到？
2 7920 日圓

**39** 正答：2 三井家有 4 個人，想換 400 公升以上的冰箱。想用信用卡買 17 萬日圓以下的冰箱。請問在這家店可以買到的有幾種？
2 2 種

# 大島電器　冰箱精選推薦

**YONYO**

單門　46 公升　9,800 日圓
- 適合獨居者使用
- 自行運回再折 1,000 日圓

**MITACHI**

5 門　400 公升　128,000 日圓
- 能省電費！
- 不易髒！
- 10 年免費保固

**YOTSUBISHI**

雙門　126 公升　19,800 日圓
- 方便使用的矮型設計
- 5 年免費保固

**サニー**

雙門　110 公升　24,800 日圓
- 左右兩邊均可開啟
- 3 年免費保固

**SESHIBA**

6 門　548 公升　215,000 日圓
- 時尚黑
- 10 年免費保固

**Banasonic**

6 門　440 公升　171,000 日圓
- 新產品！
- 10 年免費保固

**SHARK**

6 門　465 公升　185,000 日圓
- 方便使用的矮型設計
- 冷凍庫中層設計，方便使用
- 10 年免費保固

**SESHIBA**

3 門　375 公升　79,800 日圓
- 超人氣！
- 方便使用的矮型 3 門冰箱
- 5 年免費保固

＊　付現的客人再打 9 折！！（適用於所有機型）
＊　舊換新再折 2000 日圓！（限 400 公升以上的冰箱）
＊　免運費！

# 聽解

問題 1

## 1 ばん 🎧 MP3 086

男の人が今後の予定について女の人と話しています。男の人は授業が始まる前に、何回大学へ行かなければなりませんか。

F：では入学式は4月3日午前9時半に行われます。当日は直接中央ホールまでお越しください。

M：えっと、授業開始は5日の月曜日からですよね。その前の週に入学式があるということですか。

F：はい、そうです。この週はオリエンテーション期間となっており、授業登録や新入生への説明会、それに健康診断と、何回か学校へ来ていただくことになります。

M：えっと、説明会が3月31日、登録が4月1日、あれ？健康診断は……。

F：授業登録の日の午後になります。

M：そうですか。じゃあ行くのは、1回、2回……。

**男の人は授業が始まる前に、何回大学へ行かなければなりませんか。**

男士正和女士談論有關之後的預定行程。男士在開學前，必須去學校幾次？

女：那麼開學典禮在4月3日上午9點半舉行。當天請直接到中央大廳。

男：那……從5號星期一開始正式上課對吧？也就是說在那的前一週有開學典禮的意思是嗎？

女：是，沒錯。這一週是新生訓練週。選課、新生說明會還有健康檢查，中間會有幾次需要您到學校來。

男：那……說明會是3月31號、選課是4月1號，欸？那健康檢查呢？

女：是在選課日的下午。

男：是喔。那要去一次、兩次……

**男士在開學前，必須去學校幾次？**

1. 2次
2. 3次
3. 4次
4. 5次

正答：2

## 2 ばん 🎧 MP3 087

図書館スタッフの女性と男性が相談しています。女性は何の予算が足りないと言っていますか。

F：あの、ちょっとご相談なんですけど、今月の予算の使い道についてなんですが……。

M：あ、ご苦労さま。何か困ったところがあるの？

F：あの、この前利用者から希望が出ていたこれらの本を買い足すつもりなんですが、そうするとですね、こっちの修理代にまで予算がまわらなくなるんです。

M：ああ、表紙なんかが取れかかってるから手入れしてあげなきゃって、前から言ってたやつだよね。うーん、新しい本の購入も必要だけど、リサイクルして大切にしてるってところも、

利用してくれる子供たちに見せたい
しなあ。これら、全部買う必要、あ
るかな？

F：では、購入予定の本を半数にして、残
りの予算をこっちにまわしましょ
うか。

M：うん、それはいい考えだね。

**女性は何の予算が足りないと言っていま
すか。**

女性圖書館員正在和男士商談。女士說是什麼
的預算不夠？

女：那個……我想跟您商量一下，關於這個
月預算的用途……

男：啊，辛苦了。有什麼讓妳感到困擾的地
方嗎？

女：我想買齊之前有讀者反應希望添購的書
本，可是這樣一來，這邊的修理費用預
算就不夠了。

男：啊～就是你之前提到的，因為書的封面
快要掉了必須修補的部分嗎？嗯……買
新書也是必要的，但是我想讓閱讀這些
書的孩子們知道書籍的再利用也是很重
要的事。這些，有必要全部都買嗎？

女：那麼把預定添購的書減半，剩下的預算
就撥到這邊吧。

男：嗯，這是個好主意。

**女士說是什麼的預算不夠？**

1. 買新書的預算
2. 翻新圖書館的預算
3. 修理壞掉的機械的預算
4. 把舊書重新修補的預算

正答：4

## 3 ばん  MP3 088

クラスメイトの男の人と女の人が話してい
ます。男の人は今から誰のところに行くと

言っていますか。

M：えっと、じゃ、僕はそろそろこの辺で。

F：あら、もう帰るの？

M：ちょっと先生のところへ行かなきゃな
らないから。

F：え？今日の授業についての質問か何
か？

M：いや、病院だよ。薬がなくなったんで
診てもらわないといけないんだ。

F：ああ、先週後輩とサッカーしたときに
けがしたって言ってたね。

**男の人は今から誰のところに行くと言って
いますか。**

男生和女生正在講話。男生說接下來要去誰那
裡？

男：嗯……那麼我該告辭了。

女：哎呀，要回去啦？

男：我必須去醫生（日語中老師和醫生都是
「先生」）那邊一下。

女：喔？是關於今天的課業問題？還是什
麼嗎？

男：不是。是去醫院啦。藥沒了，不回診的
話是不行的。

女：啊，你有說過上個禮拜和學弟踢足球受
了傷。

**男生說接下來要去誰那裡？**

1. 醫生
2. 導師
3. 剛剛授課的老師
4. 學弟

正答：1

## 4 ばん  MP3 089

先生が学生と話しています。先生はこのあ
と女子学生がすることは何だと言っていま

すか。

M：えー、ちょっとクラス全員で一度に動くとなると大変なので、半分に分けて行動しようと思います。

F：先生、どのように分けるんですか。

M：うん、男女別に分かれようか。それで先に着替えて体育館で椅子を並べる作業を始めるほうと、もう一方は教室を片付けてから着替えに行きましょう。

F：では、最終的には男女体育館で集合ってことですね。

M：はい、そうです。じゃ、男子学生は着替えに行ってください。

**先生はこのあと女子学生がすることは何だと言っていますか。**

老師和學生在説話。老師叫女同學接下來要做什麼事？

男：因為一次動員全班一起行動的話很麻煩，所以我想分成一半來行動。

女：老師，那要怎麼分？

男：嗯，就分男生跟女生吧。一半的人先換好衣服，到體育館裡把椅子排列好，另一半的人整理完教室後再去換衣服吧。

女：也就是説，最後男生女生都在體育館集合是吧。

男：是，沒錯。那麼，男同學先去換衣服吧。

**老師叫女同學接下來要做什麼事？**

1. 去換衣服
2. 整理教室
3. 去體育館
4. 排椅子

正答：2

**5 ばん** 🎧 MP3 090

**女の人がケーキの作り方について、男の人に話を聞いています。男の人はケーキを作るのにどのくらいの時間がかかると言っていますか。**

F：わあ、すごくおいしそうなケーキですね。これ、けっこう手間と時間をかけてお作りになっていると聞いていますが。

M：はい、小麦粉やバター、卵を練り合わせて生地を作るのにまず１時間、そのあと３時間冷蔵庫で寝かせます。

F：まあ、そんなに……。

M：ええ、そうするとしっとりとした生地に仕上がるんです。その生地で型を作るのが15分、飾り付けに15分。

F：その辺はスピーディーですね。

M：ええ、その後オーブンで１時間焼きます。といっても、１回目は30分、その後20分間おいて、２回目は10分、という感じで二回に分けて焼くんです。

F：それでようやく完成、ですね。

M：はい。出来上がってから６時間以内に売り切ってしまうんです。新鮮さが命ですから。

**男の人はケーキを作るのにどのくらいの時間がかかると言っていますか。**

女士問男士有關製作蛋糕的方法。男士説做蛋糕大約要花多少時間？

女：哇，蛋糕看起來好像很好吃。聽説做這個既費工又費時呢。

男：是，首先把麵粉和奶油、蛋揉成麵糰就要1個小時，之後放在冰箱發酵3個小時。

女：哇！這麼……

男：是啊，這樣一來就可以做出質地濕潤不乾澀的麵糰。然後用麵糰做出形狀要15分鐘，裝飾也要15分鐘。

女：這個部分倒是挺快的。

男：是啊，然後放在烤箱裡烤1個小時。說是這麼說，第1次要烤30分鐘、然後放置20分鐘，第2次再烤10分鐘，像這樣分兩次來烤。

女：這樣才算終於完成了是吧。

男：是的，做好後要在6個小時內賣完，因為新鮮是最重要的。

男士說做蛋糕大約要花多少時間？

1. 5個小時半
2. 6個小時半
3. 12個小時半
4. 13個小時半

正答：1

## 6 ばん MP3 091

男の人が計画停電について話しています。女の人の住んでいる地域はいつ停電すると言っていますか。

F：すみません、今日はこれで失礼いたします。

M：はい、お疲れさま。今日は夕方から節電のための計画停電があるって言ってたから、主婦は家事が大変だね。

F：はい、ちょうど夕食の準備の時間にあたるので……

M：2時間だよね。確か4時から6時まで。

F：いえ、うちは3時からみたいです。

M：そう、じゃ、急いで帰って。お疲れさまでした。

F：お先に失礼します。

女の人の住んでいる地域はいつ停電すると言っていますか。

男士在談論關於輪流停電。女士住的區域何時停電？

女：不好意思，那今天就到此，我先失陪了。

男：好，辛苦妳了。聽說為了節約用電從今天傍晚開始要輪流停電，對主婦來說做家事就變得很麻煩呢！

女：是啊，因為剛好碰到要準備晚餐的時間……

男：是停2個小時對吧。沒記錯的話好像是4點到6點。

女：不是，我們家好像是從3點開始的樣子。

男：是嗎？那麼趕快回去吧。辛苦妳了。

女：那我先告辭了。

女士住的區域何時停電？

1. 2點到4點
2. 3點到5點
3. 4點到6點
4. 5點到7點

正答：2

## 問題 2

## 1 ばん MP3 092

男の人と女の人が話しています。男の人が今日釣りをしないのはどうしてですか。

F：あら、今日釣り、行かなかったのね。

M：うん、けっこう楽しみにしていたんだけど、しかたないよ。

F：天気のせいなの？今は雨、あがってるけど。

M：海の上はまだみたい。こことは天気が違うんだって。波も少し高くて、風

もけっこう吹いてるって言ってた。

F：ああ、視界が悪いってことでしょ。

M：まあ、釣りができないほどってわけじゃなさそうなんだけど、漁師さんたちが船を出してくれなかったら、沖に行けないからね。

F：大切な船だから、無茶したくないのよ、きっと。

**男の人が今日釣りをしないのはどうしてですか。**

男士和女士正在談話。為什麼男士今天不釣魚？

女：哎呀，今天沒去釣魚啊？

男：嗯，雖然我非常期待，可是沒辦法呀。

女：是因為天氣的關係嗎？可是現在雨停了啊。

男：海上好像還沒停。聽說跟這裡天氣不一樣。浪有點高，風也滿強的。

女：啊，是指視線不良的關係？

男：哎，好像也沒到完全不能釣魚的程度，但是漁夫們不出船，所以也沒辦法到海上。

女：我想是因為船對他們來說非常重要，他們也不想冒險吧。

**為什麼男士今天不釣魚？**

1. 因為這個天氣不能釣魚
2. 因為視線不好
3. 因為浪很大，風也很強
4. 因為漁夫不想開船出海

正答：4

**2ばん** MP3 093

男の人と女の人が話しています。女の人が次に男の人の会社に行くのはいつですか。

F：この際ですから、もう一台コピー機を増やして、全ての部署に設置すると

いうのはいかがでしょうか。

M：うん、ま、そうしたいところだけど、私の一存ではね。

F：ご入用の場合、1週間ほどあればご用意できますし、設置作業もあっと言う間です。1時間ほどですぐご利用いただけます。

M：じゃあ、ちょっと時間くれないかな。上と相談してみようと思うんだけど、そのときに詳しい説明なんか、お願いできる？

F：まかせてください。ごいっしょに上司の方を説得してみせますよ。

M：ははは、じゃあ相談の時間が決まったらまたお電話させていただきます。

F：わかりました。いつでも参ります。

**女の人が次に男の人の会社に行くのはいつですか。**

男士和女士正在談話。女士下次去男士的公司是什麼時候？

女：要不要趁這個機會，再多增加一台，讓所有的部門都配有影印機呢？

男：嗯，我也想這麼做。可是我一個人的意見無法決定……

女：如果您需要的話，我們1個禮拜的時間就可以準備好，裝設作業也馬上就可以完成。1個小時左右您就可以馬上使用了。

男：那，你能不能給我一點時間。我想和上面商量看看，那時候能不能請你做更詳細的說明？

女：那就包在我身上。到時我們一起去，我會說服您的上司給您看。

男：哈哈哈，那麼和上司商量的時間定下來之後，我再打電話給妳。

女：我知道了。不論什麼時候都可以。

**女士下次去男士的公司是什麼時候？**

1. 1 小時候
2. 1 週後
3. 男士打電話給她之後
4. 上司説服男士以後

正答：3

## 3 ばん　MP3 094

男の人と女の人が話しています。男の人が安心したのはどうしてだと言っていますか。

F：あー、よかった。今月は先月より30％売り上げアップ達成できたね。

M：うん、本当、安心したよ。一時はどうなるかすごく心配したけどさ。

F：なんか奥さんも心配してたんだって？早く電話してあげたら？喜んでくれるわよ。

M：まあそれは、あとでメールでもしておくよ。いやー、でもこれで堂々と部長に報告できるな。また怒鳴られたらどうしようかって、冷や冷やしてたんだ。

F：そういえば前回のミーティングのあと、すごく不安そうな顔してたもんね。何とかしなきゃって、真っ青な顔しちゃって。

M：そうだったね。あー、よかったよかった。

男の人が安心したのはどうしてだと言っていますか。

男士和女士正在談話。男士説他為什麼放心了？

女：啊，太好了。這個月的銷售額達到比上個月多 30％ 的目標了。

男：嗯，真的，終於放心了。有一陣子還非常擔心，不知道會怎麼樣。

女：聽説你太太也很擔心？要不要趕快打個電話給她？她也會為你高興吧。

男：啊，那個，待會兒我會發簡訊給她。哎，不過這麼一來我也可以光明正大地跟部長報告了。我本來還怕又會被他大聲斥責而提心吊膽呢。

女：説到這個，上次會議之後，看你表情相當不安呢。為了想趕快想出辦法，鐵青著一張臉。

男：是啊。啊～太好了！太好了！

**男士説他為什麼放心了？**

1. 因為上個月銷售額比較高
2. 這個月的銷售額只剩下 30％
3. 因為老婆看到銷售額提高會很開心
4. 因為可以向部長報告好消息

正答：4

## 4 ばん　MP3 095

男の人と女の人が話しています。女の人が引っ越しをしたいのはどうしてですか。

M：小川さん、何か、住むところを探しているんだって？

F：引っ越そうと思ってね。

M：そうなの？けっこう近くていいところだったんじゃないの？

F：気に入ってたんだけど、隣の人が、ね。

M：うるさいの？騒音で寝られないとか？

F：犬をね、飼ってるみたいなのよ。

M：へえ……。

F：家のマンション、ペット禁止なのよ。

ルールを守らない人が隣にいるなん
て、ちょっとね。私も犬は好きなの
よ。でも規則は規則でしょ。

M：ああ、そういうことね。

**女の人が引っ越しをしたいのはどうしてで
すか。**

男士和女士正在談話。女士想搬家是為了什
麼？

男：小川小姐，聽說妳在找住的地方？

女：因為我想搬家。

男：是這樣啊？妳住的地方不是很近又很好
的嗎？

女：我是很喜歡啦，可是，鄰居呀⋯⋯

男：很吵嗎？因為噪音而不能睡覺嗎？

女：好像有養狗。

男：欸⋯⋯

女：我住的公寓是禁止養寵物的。隔壁居然
住了一個不遵守規定的人，實在覺得有
點⋯⋯。我也很喜歡狗啊，可是規定畢
竟是規定不是嗎？

男：啊，原來是這麼一回事。

**女士想搬家是為了什麼？**

1. 因為鄰居很吵
2. 因為隔壁鄰居不遵守公寓的規定
3. 因為狗的聲音很吵
4. 因為這是不能養寵物的公寓

正答：2

## 5ばん　MP3 096

**男の人が留学について話しています。男の
人はどんな人に留学を勧めていますか。**

M：やっぱり金銭面では大変だと思うんで
すけど、10代はもちろん、20代の
うちだと、親も助けてくれる可能性
があるじゃないですか。半分払って

もらうとか、後で出世払いとか。あ
と、外国語学習の面でも、記憶力が
いいうちに行っておいたほうがいい
んじゃないかなって。これくらいの
うちは、お金を払ってでも苦労した
ほうがいい。将来社会に出てから、
きっと役に立つはずだから。

**男の人はどんな人に留学を勧めていますか。**

男士在説有關留學的話題。男士比較推薦什麼
樣的人去留學？

男：我想金錢方面還是比較困難的，10幾歲
的人當然不用說，20幾歲的人，父母或
許也還可以提供援助，不是嗎？請他們
幫你付一半，或是等你以後有成就後再
還也可以。另外，在學習外語的觀點來
看，據説趁記憶力好的時候去比較好。
趁這個年紀，就算是付錢，也要吃點苦
比較好。因為對他們將來出社會，也一
定是有好處的。

**男士比較推薦什麼樣的人去留學？**

1. 年輕世代的人
2. 父母親會幫忙出錢的人
3. 將來會出人頭地的人
4. 記憶力很好的人

正答：1

## 6ばん　MP3 097

**女の人が新しい携帯電話について話してい
ます。この女の人が不満に思っていること
はどんなことですか。**

F：最近の携帯電話はメールやインター
ネットにつないで画像や音楽を配信
したり、まるでパソコンのような機
能が備わっていてとても便利。画面

をタッチするだけで操作できるし、道が分からないときなんかも地図がわりに調べられたりできるんです。もう片時も手放せないアイテムなんですが、色や形がどれも似ているんですよね。機種によっては白、黒、青の３種類しかなくて、全然かわいくないんですよ。その辺が今はちょっと残念です。

この女の人が不満に思っていることはどんなことですか。

女士正談論有關新手機的話題。這位女士覺得不滿的事是什麼事？

女：最近的手機，可以用電子郵件和網路傳送影像跟音樂，宛如具備了電腦一樣的功能，非常方便。不僅只要觸碰畫面就能操作，連不知道路的時候，也可以查詢地圖。手機已經變成了片刻也不能離手的配件，可是呢，顏色跟造型不論哪個都長得很像。有的機種只有白、黑、藍三種顏色，一點都不可愛。這個部分我覺得有點可惜。

這位女士覺得不滿的事是什麼事？
1. 手機的功能與電腦沒有兩樣
2. 自己喜歡的造型的手機很少
3. 只有三種機種
4. 沒辦法放下手機
正答：2

## 問題3

**1ばん** 🎧 MP3 098
男の人と女の人が旅行について話しています。

F：参加予定は20名前後になりそうね。
M：うん、それなら25人乗りバス1台でいけるね。
F：じゃ、あとは行き先なんだけど……。
M：そうだなあ、参加者の年齢層って、どんな感じ？
F：平均したら50代ぐらいなんだけど、20代のグループも二組、6名いらっしゃるのよね。
M：じゃ、お寺や神社じゃつまらないよな。
F：そうかしら？最近は歴史好きの若い女の子、増えているのよ。
M：じゃあ、参加者の男女比ってどれぐらい？
F：うーん、半々ってとこね。

旅行について、まだ決定していないことは何ですか。
1. 参加人数
2. 交通手段
3. 目的地
4. 行き方

男士跟女士正在談論有關旅行的事。

女：預定參加的人數可能會有20個人左右。
男：嗯，這樣的話，25人座的巴士1台就夠了。
女：那麼，剩下的就是目的地了……
男：是啊，參加者的年齡層如何？
女：平均來看是50幾歲，但是20幾歲的也有兩組，6個人。
男：這樣的話寺廟或神社可能就太無聊了。
女：是嗎？最近喜歡歷史的年輕女生變多了唷。
男：那參加者的男女比例大概多少？

女：嗯……一半一半。

關於旅行，還沒決定的是什麼事？

1. 參加人數
2. 交通方式
3. 目的地
4. 去的方式

正答：3

## 2 ばん　MP3 099

かいしゃ おとこ ひと おんな ひと はな
会社で男の人と女の人が話しています。

M：お待たせしました。コピー 10 部です。

F：え？確か 15 部お願いしたはずだけど。

M：あ、そうでしたっけ？

F：10 ページを 15 部って言ったの、聞き間違えたんじゃない？

M：すみません、じゃ、10 分ほどですぐ残りをお持ちします。

F：あと 5 分で会議、始まっちゃうのよ。開始 50 分後に 1 回休憩を挟むから、そのときに不足分、5 部、持ってきて。

M：はい、わかりました。

おとこ ひと のこ わた
男の人はいつ残りのコピーを渡しますか。

1. 今から 5 分後
2. 今から 10 分後
3. 今から 50 分後
4. 今から 55 分後

在公司男士和女士正在談話。

男：讓您久等了。這是影印好的 10 份。

女：欸？我記得我應該是拜託你印 15 份的不是嗎？

男：啊！是這樣子嗎？

女：我說 10 頁要影印 15 份，你是不是聽錯了？

男：抱歉，那請您稍待 10 分鐘，我馬上把不

夠的拿過來。

女：還有 5 分鐘會議就要開始了。會議開始 50 分鐘後中間會有一次休息時間，到時候你把不夠的 5 份拿來。

男：是，我知道了。

男士什麼時候要把剩下的影印拿給女士？

1. 5 分鐘後
2. 10 分鐘後
3. 50 分鐘後
4. 55 分鐘之後

正答：4

## 3 ばん　MP3 100

しょくじ おとこ ひと おんな ひと はな
食事のあと、男の人と女の人が話しています。

F：あー、お腹いっぱい。ごちそうさまでした。

M：じゃ、そろそろ行こうか。

F：そうね。あ、今日は私が払うわね。この前ごちそうになったし。

M：え、悪いよ。じゃあ、今日はワリカンにしよう。

F：じゃあ……、500 円だけもらうわ。あとは私に払わせて。

M：それじゃ、君のほうが多すぎるじゃない。

F：だから前回おごってもらったお返しだって。

M：そう？

F：うん、気にしないで。

ふたり し はら
二人はどのように支払うことにしましたか。

おんな ひと
1. 女の人がおごる

おんな ひと おお はら
2. 女の人が多めに払う

3. 二人（ふたり）でワリカンにする
4. 男（おとこ）の人（ひと）がおごる

飯後，男士和女士正在談話。

女：啊，肚子好撐。我吃飽了。

男：那，差不多該走了。

女：對呀。啊，今天讓我出錢吧。之前是你請客。

男：欸，不好意思啦！那今天就各付各的吧。

女：那……你付 500 日圓就好，剩下的讓我出。

男：那樣妳就多付了呢！

女：就說上次被你請，這次讓我回請。

男：是嗎？

女：嗯，不要在意。

兩個人決定怎麼付錢？

1. 女士請客
2. 女士付多一點錢
3. 兩個人平分
4. 男士請客

正答：2

---

## 問題 4

### 1 ばん 〔MP3〕101

大勢（おおぜい）の人（ひと）の前（まえ）で話（はな）しています。何（なん）と言（い）いますか。

1. 皆（みな）さまの努力（どりょく）に関（かん）して、がんばります。
2. 皆（みな）さまの応援（おうえん）に限（かぎ）らず、がんばります。
3. 皆（みな）さまの期待（きたい）にこたえられるよう、がんばります。

正在很多人面前說話。這時會怎麼說？

1. （無此用法）
2. （無此用法）
3. 為了不辜負大家的期待，我會加油的。

正答：3

---

### 2 ばん 〔MP3〕102

先生（せんせい）に日本語学習（にほんごがくしゅう）について聞（き）かれています。何（なん）と言（い）いますか。

1. 学習（がくしゅう）が進（すす）むとともなって、よくなっています。
2. 勉強（べんきょう）していくにつれて、だんだん楽（たの）しくなってきました。
3. 日本語（にほんご）の目的（もくてき）は、勉強（べんきょう）することにします。

被老師問到有關日語的學習，這時怎麼說呢？

1. （無此用法）
2. 隨著用功讀書，學習漸漸變得有趣了起來。
3. （無此用法）

正答：2

### 3 ばん 〔MP3〕103

男（おとこ）の人（ひと）が食（た）べ物（もの）を見（み）ながら言（い）っています。何（なん）と言（い）いますか。

1. 多（おお）すぎて食（た）べられがたいよ。
2. こんなにたくさん食（た）べられっこないよ。
3. ずいぶんいっぱい食（た）べようがないよ。

男士邊看著食物邊說話。這時會怎麼說呢？

1. （無此用法）
2. 這麼多不可能吃完的！
3. （無此用法）

正答：2

### 4 ばん 〔MP3〕104

女（おんな）の人（ひと）が日本料理（にほんりょうり）の紹介（しょうかい）をしています。何（なん）と言（い）いますか。

1. 日本料理（にほんりょうり）というより、すき焼（や）きなどでしょう。

2. 有名な日本料理といっても、天ぷらがあります。

3. 代表的な日本料理というと、やはり寿司でしょう。

女士正在介紹日本料理。這時會怎麼說呢？

1. （無此用法）

2. （無此用法）

3. 提到代表性的日本料理，還是壽司吧。

正答：3

## 問題5

### 1 ばん MP3 105

F：あの、さきほどはわざわざありがとうございました。

M：1. はい、ついに行きました。

2. ええ、わざとでしたよ。

3. いえ、ついでがありましたので。

女：啊！剛剛麻煩您了，謝謝。

男：1. 是的，最後終於去了！

2. 嗯！我特意的。

3. 不會，因為我剛好順便。

正答：3

### 2 ばん MP3 106

F：図書館ですか？この突き当りです。

M：1. 1ヶ月借りられますよ。

2. じゃあ、この道沿いに行けばいいんですね。

3. 本の辺りにあるんですね。

女：圖書館嗎？就在這條路的盡頭。

男：1. 可以借1個月喔！

2. 那麼，沿著這條路走就可以了是吧？

3. 就在書的旁邊是吧。

正答：2

### 3 ばん MP3 107

F：大学では何を専攻されているんですか。

M：1. 地下鉄とバスです。

2. 週2日の合計4時間です。

3. 日本文学です。

女：您在大學是專攻什麼的？

男：1. 地下鐵與巴士。

2. 每週2天，合計4小時。

3. 日本文學。

正答：3

### 4 ばん MP3 108

M：あ、だんだん店、空いてきたね。

F：1. 今日は定休日ですって。

2. そろそろ閉店時間なのよ。

3. もうすぐ到着するはずよ。

男：啊，店漸漸地空了起來（客人漸漸地少了起來）。

女：1. 聽説今天是公休日。

2. 差不多到了關門的時間了喔！

3. 應該快到了喔！

正答：2

### 5 ばん MP3 109

F：今の時間、いちばん混んでいそうじゃない？

M：1. じゃ、時間ずらして行こうか。

2. 2番目でいいんだよ。

3. もう少し安くなってから買うよ。

女：現在這時間，不是最擁擠的嗎？

男：1. 那麼，錯開時間再去吧！

2. 第2個就可以了！

3. 等再便宜一點就買吧！

正答：1

## 6 ばん 🎧MP3 110

M：ちょっとスケジュールがびっしりつまっててさ……。

F：1. 中には何が入っているの?
　　2. 最近、忙しいんだね。
　　3. あ、これは見たことがあります。

男：行程表排得有點滿……
女：1. 裡面裝了什麼呢?
　　2. 最近,你很忙呢!
　　3. 啊,這個我看過。

正答：2

## 7 ばん 🎧MP3 111

F：お薬の量は、性別によっても違います。

M：1. 子供より大人のほうが多いんですか?
　　2. 女性のほうが少ない、とかですか?
　　3. 何回病気になったかですか?

女：藥的用量,依照性別也有不同。
男：1. 是因為大人比小孩多嗎?
　　2. 是因為女性的話就少一點之類的嗎?
　　3. 是不是因為生過幾次病的關係?

正答：2

## 8 ばん 🎧MP3 112

M：これはぜいたくな食事だね。

F：1. 今日は特別な日ですから。
　　2. とても粗末ですから。
　　3. 簡単に食べられるものがいいですから。

男：這是一頓很奢華的晚餐呢!
女：1. 因為今天是特別的日子。
　　2. 菜不好(請多包涵)。
　　3. 簡單吃就好。

正答：1

## 9 ばん 🎧MP3 113

F：まだ練習始めないんですか?

M：1. はい、あちこちで始めます。
　　2. はい、幸い始めます。
　　3. はい、そろそろ始めます。

女：還沒開始練習嗎?
男：1. 是,到處開始了。
　　2. (無此用法)
　　3. 是,差不多要開始。

正答：3

附録　解答用紙様本

# N3
げんごちしき（もじ・ごい）

にほんごのうりょくしけん かいとうようし

じゅけんばんごう
Examinee Registration
Number

なまえ
Name

<注意 Notes>
1. くろい えんぴつ (HB、No.2) で かいて ください。
（ペンや ボールペンでは かかないで ください。）
Use a black medium soft (HB or No.2) pencil.
(Do not use any kind of pen.)
2. かきなおす ときは、けしゴムで きれいに けして
ください。
Erase any unintended marks completely.
3. きたなく したり、おったり しないで ください。
Do not soil or bend this sheet.
4. マークれい Marking examples

| よい れい<br>Correct<br>Example | わるい れい<br>Incorrect Examples |
|---|---|
| ● | ⊘ ⊖ ⊕ ⊗ ⦸ ○ |

## 問　題　1

| | | | | |
|---|---|---|---|---|
| 1 | ① | ② | ③ | ④ |
| 2 | ① | ② | ③ | ④ |
| 3 | ① | ② | ③ | ④ |
| 4 | ① | ② | ③ | ④ |
| 5 | ① | ② | ③ | ④ |
| 6 | ① | ② | ③ | ④ |
| 7 | ① | ② | ③ | ④ |
| 8 | ① | ② | ③ | ④ |

## 問　題　2

| | | | | |
|---|---|---|---|---|
| 9 | ① | ② | ③ | ④ |
| 10 | ① | ② | ③ | ④ |
| 11 | ① | ② | ③ | ④ |
| 12 | ① | ② | ③ | ④ |
| 13 | ① | ② | ③ | ④ |
| 14 | ① | ② | ③ | ④ |

## 問　題　3

| | | | | |
|---|---|---|---|---|
| 15 | ① | ② | ③ | ④ |
| 16 | ① | ② | ③ | ④ |
| 17 | ① | ② | ③ | ④ |
| 18 | ① | ② | ③ | ④ |
| 19 | ① | ② | ③ | ④ |
| 20 | ① | ② | ③ | ④ |
| 21 | ① | ② | ③ | ④ |
| 22 | ① | ② | ③ | ④ |
| 23 | ① | ② | ③ | ④ |
| 24 | ① | ② | ③ | ④ |
| 25 | ① | ② | ③ | ④ |

## 問　題　4

| | | | | |
|---|---|---|---|---|
| 26 | ① | ② | ③ | ④ |
| 27 | ① | ② | ③ | ④ |
| 28 | ① | ② | ③ | ④ |
| 29 | ① | ② | ③ | ④ |
| 30 | ① | ② | ③ | ④ |

## 問　題　5

| | | | | |
|---|---|---|---|---|
| 31 | ① | ② | ③ | ④ |
| 32 | ① | ② | ③ | ④ |
| 33 | ① | ② | ③ | ④ |
| 34 | ① | ② | ③ | ④ |
| 35 | ① | ② | ③ | ④ |

にほんごのうりょくしけん かいとうようし

# N3
げんごちしき（ぶんぽう）・どっかい

じゅけんばんごう
Examinee Registration
Number

なまえ
Name

〈ちゅうい Notes〉
1. くろい えんぴつ (HB、No.2) で かいて ください。
   （ペンや ボールペンでは かかないで ください。）
   Use a black medium soft (HB or No.2) pencil.
   (Do not use any kind of pen.)
2. かきなおす ときは、けしゴムで きれいに けして
   ください。
   Erase any unintended marks completely.
3. きたなく したり、おったり しないで ください。
   Do not soil or bend this sheet.
4. マークれい Marking examples

| よい れい<br>Correct<br>Example | わるい れい<br>Incorrect Examples |
|---|---|
| ● | ⊘ ⊗ ◯ ◑ ⊕ ● |

| 問 題 1 | ① | ② | ③ | ④ |
|---|---|---|---|---|
| 1 | ① | ② | ③ | ④ |
| 2 | ① | ② | ③ | ④ |
| 3 | ① | ② | ③ | ④ |
| 4 | ① | ② | ③ | ④ |
| 5 | ① | ② | ③ | ④ |
| 6 | ① | ② | ③ | ④ |
| 7 | ① | ② | ③ | ④ |
| 8 | ① | ② | ③ | ④ |
| 9 | ① | ② | ③ | ④ |
| 10 | ① | ② | ③ | ④ |
| 11 | ① | ② | ③ | ④ |
| 12 | ① | ② | ③ | ④ |
| 13 | ① | ② | ③ | ④ |

| 問 題 2 | ① | ② | ③ | ④ |
|---|---|---|---|---|
| 14 | ① | ② | ③ | ④ |
| 15 | ① | ② | ③ | ④ |
| 16 | ① | ② | ③ | ④ |
| 17 | ① | ② | ③ | ④ |
| 18 | ① | ② | ③ | ④ |

| 問 題 3 | ① | ② | ③ | ④ |
|---|---|---|---|---|
| 19 | ① | ② | ③ | ④ |
| 20 | ① | ② | ③ | ④ |
| 21 | ① | ② | ③ | ④ |
| 22 | ① | ② | ③ | ④ |
| 23 | ① | ② | ③ | ④ |

| 問 題 4 | ① | ② | ③ | ④ |
|---|---|---|---|---|
| 24 | ① | ② | ③ | ④ |
| 25 | ① | ② | ③ | ④ |
| 26 | ① | ② | ③ | ④ |
| 27 | ① | ② | ③ | ④ |

| 問 題 5 | ① | ② | ③ | ④ |
|---|---|---|---|---|
| 28 | ① | ② | ③ | ④ |
| 29 | ① | ② | ③ | ④ |
| 30 | ① | ② | ③ | ④ |
| 31 | ① | ② | ③ | ④ |
| 32 | ① | ② | ③ | ④ |
| 33 | ① | ② | ③ | ④ |

| 問 題 6 | ① | ② | ③ | ④ |
|---|---|---|---|---|
| 34 | ① | ② | ③ | ④ |
| 35 | ① | ② | ③ | ④ |
| 36 | ① | ② | ③ | ④ |
| 37 | ① | ② | ③ | ④ |

| 問 題 7 | ① | ② | ③ | ④ |
|---|---|---|---|---|
| 38 | ① | ② | ③ | ④ |
| 39 | ① | ② | ③ | ④ |

附録　解答用紙様本

# N3
ちょうかい

にほんごのうりょくしけん かいとうようし

じゅけんばんごう
Examinee Registration
Number

なまえ
Name

〈ちゅうい Notes〉
1. くろい えんぴつ (HB、No.2) で かいて ください。
(ペンや ボールペンでは かかないで ください。)
Use a black medium soft (HB or No.2) pencil.
(Do not use any kind of pen.)
2. かきなおす ときは、けしゴムで きれいに けして ください。
Erase any unintended marks completely.
3. きたなく したり、おったり しないで ください。
Do not soil or bend this sheet.
4. マークれい Marking examples

| よい れい Correct Example | わるい れい Incorrect Examples |
|---|---|
| ● | ⊘ ⊗ ◯ ◍ ◑ ◐ |

もんだい 問題 1

| | 1 | 2 | 3 | 4 |
|---|---|---|---|---|
| 1 | ① | ② | ③ | ④ |
| 2 | ① | ② | ③ | ④ |
| 3 | ① | ② | ③ | ④ |
| 4 | ① | ② | ③ | ④ |
| 5 | ① | ② | ③ | ④ |
| 6 | ① | ② | ③ | ④ |

もんだい 問題 2

| | 1 | 2 | 3 | 4 |
|---|---|---|---|---|
| 1 | ① | ② | ③ | ④ |
| 2 | ① | ② | ③ | ④ |
| 3 | ① | ② | ③ | ④ |
| 4 | ① | ② | ③ | ④ |
| 5 | ① | ② | ③ | ④ |
| 6 | ① | ② | ③ | ④ |

もんだい 問題 3

| | 1 | 2 | 3 | 4 |
|---|---|---|---|---|
| 1 | ① | ② | ③ | ④ |
| 2 | ① | ② | ③ | ④ |
| 3 | ① | ② | ③ | ④ |

もんだい 問題 4

| | 1 | 2 | 3 |
|---|---|---|---|
| 1 | ① | ② | ③ |
| 2 | ① | ② | ③ |
| 3 | ① | ② | ③ |
| 4 | ① | ② | ③ |

もんだい 問題 5

| | 1 | 2 | 3 |
|---|---|---|---|
| 1 | ① | ② | ③ |
| 2 | ① | ② | ③ |
| 3 | ① | ② | ③ |
| 4 | ① | ② | ③ |
| 5 | ① | ② | ③ |
| 6 | ① | ② | ③ |
| 7 | ① | ② | ③ |
| 8 | ① | ② | ③ |
| 9 | ① | ② | ③ |

國家圖書館出版品預行編目（CIP）資料

日檢 N3 應考對策 / 中國文化大學日本語文學系 , 中
國文化大學推廣部作 . -- 初版 . -- 臺北市：日月文化，
2016.09
360 面 ;19×26 公分 . -- (EZ Japan 檢定 28)
ISBN 97-986-248-589-7 ( 平裝附光碟片 )

1. 日語　2. 能力測驗

803.189　　　　　　　　　　　　　　　105013995

EZ JAPAN 檢定 28

# 日檢N3應考對策（附2回模擬試題＋1MP3）

作　　　者：中國文化大學日本語文學系 、中國文化大學推廣部
審　　　訂：志村雅久
主　　　編：周君玲
責任編輯：楊于萱
校　　　對：方献洲、林孟蓉、陳順益、黃金堂、陳毓敏、藤本紀子、
　　　　　　田中綾子、楊于萱、周君玲、鄭雁聿
封面設計：許偉志、曾晏詩
內頁排版：健呈電腦排版股份有限公司
錄音後製：純粹錄音後製有限公司

發 行 人：洪祺祥
副總經理：洪偉傑
副總編輯：曹仲堯
法律顧問：建大法律事務所
財務顧問：高威會計師事務所
出　　版：日月文化出版股份有限公司
製　　作：EZ叢書館

地　　址：臺北市信義路三段151號8樓
電　　話：(02)2708-5509
傳　　真：(02)2708-6157
客服信箱：service@heliopolis.com.tw
網　　址：www.heliopolis.com.tw
郵撥帳號：19716071日月文化出版股份有限公司

總 經 銷：聯合發行股份有限公司
電　　話：(02)2917-8022
傳　　真：(02)2915-7212
印　　刷：中原造像股份有限公司
初　　版：2016年9月
初版八刷：2022年6月
定　　價：380元
I S B N：978-986-248-589-7